Distance from Hometown

与故乡的距离

华晔 著

上海三联书店

如果记忆有重叠，似水沉香，
我希望自己出走半生，
归来依然是江南夏日里那朵温婉痴情的荷，
摇曳在风中，绚烂于心上。

新泽西的秋天

美东农场的大南瓜

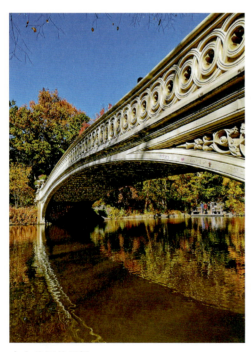

中央公园的弓桥

纽约七星湖的红叶

浦东川沙的红枫

盛开的大丽花

和Marty船长游伊斯特河

哈德逊河

华盛顿大桥下

乘快艇游览曼哈顿

阿联酋萨巴尼亚斯岛码头

站在15亿美元打造的哈利法塔前

泛舟OVERPECK湖

斯坦顿岛渡轮上的小提琴手

金秋的中央公园

纽约熊山自行车健身队

纽约中城居民布置万圣节装饰

康州旅游小火车司机

哥儿俩海边钓鱼

曼哈顿的夏天

曼哈顿卖帽子的小铺子

纽约街头

纽约时代广场的行为艺术

纽约市立大学

西点军校办公楼

父子俩

一人一狗

美东小镇冬季铲雪

2022年10月，我和Christina在中央公园

纽约的皮划艇爱好者

李堡小镇飘雪的早晨

连接曼哈顿和布朗克斯的桥

参观卡塔尔国家博物馆

巴林的出租车司机

在加拿大新斯科舍旅行

在多哈的"牛角"酒店前留影

多哈珍珠岛的富人社区

乘坐诺唯真邮轮游中东

多哈伊斯兰艺术博物馆

纽约世贸中心交通枢纽站像一只和平鸽

丹佛红岩公园露天剧场

参观阿布扎比总统府

阿联酋民间艺术"萨杜"

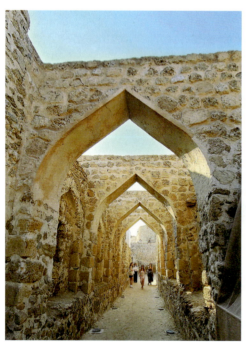

巴林堡

麦那麦城区

阿拉丁神灯装饰

阿联酋野生动物保护区

阿布扎比沙漠的黄昏

体验一下骑骆驼

街边拍照的卡塔尔大叔

在阿布扎比沙漠里冲浪滑沙的游客

打卡迪拜帆船酒店

我们在波斯湾

西点军校毕业生

巴林世界贸易中心

阿拉伯肚皮舞

长岛海滩，跳起的瞬间

多哈纳米区的彩色房子

多哈港独桅帆船

迪拜的海滩

谢赫扎耶德大清真寺

谢赫扎耶德大清真寺里的水晶吊灯

多哈的儿童

初冬来后院觅食的野兔

春江水暖鸭先知

北美公路边的麋鹿

后院树上的小松鼠

我种植的荷包牡丹

树上的毛栗子

映日荷花别样红

入冬后，家里的蟹爪兰盛开

纽约上州的苹果园

2021年春天回国探亲，和母亲舅舅在一起

2022年9月，发小王学军参加我的新书发布会

社区ESL课，中间的大个子是摩西老师

2024年4月，走访上海市侨联

齐云山脚下的徽派民居

打卡香港维多利亚港

序

我认识本书作者，说来还是一种缘分。

20多年前，上海教育电视台招聘记者，一位艺名叫"叶子"的记者递上了申请表，而教育台的台标就是一片绿叶，观众把她戏称为"绿叶台"，经过一番深入的交流，她就此与教育台结下了不解之缘。

我很钦佩她的勇气。她当时是镇江电台的当红节目主持人，名气不小，生活也很安逸舒适，然而她毫不留恋这一切，不惧多重挑战，寻找更大的发展空间。

从声音为主的广播到声画并茂的电视，从众星捧月的主持人到默默无闻的记者，从驾轻就熟的娱乐节目到尚不熟悉的教育领域，从悠闲恬静的三线城市到陌生而快节奏的大都市，她克服了常人难以想象的困难，完成了一次次脱胎换骨的嬗变。

可以说，她是台里最辛苦最勤劳的记者之一，家住上海西北角，到台里来上班，每天横穿整个上海，坐地铁来回也要二三个小时。人到中年，上有老，下有小，但紧张的采访生涯使她很难照顾家庭。无论是有着危险的非典现场，还是汶川大地震；无论是奥运会的北京街头，还是世博会的上海展馆；无论是勇于改革的名牌高校，还是变化中的民工子

弟学校；无论是教育、卫生领域，还是文化、科技行业，都留下了她的
足迹。

她的多部作品获得了全国教育电视界和上海市广播电视新闻奖，她
以自己的能力水平和实绩，荣获了"高级记者"的职称。

整整十四年，她把自己最好的青春年华献给了上海教育电视事业，
献给了上海这座城市。

2016年，她的生活发生了重大变化，由于家庭的原因，她移民美
国，她找到了自己的真爱，为爱远嫁，她放下了紧张的工作节奏，过上
了平凡的移民生活。

但她是一个闲不住的人，始终以字为生。写作，是她的生活方式；
写作，是她的爱好乐趣；写作，是她的精神寄托。她把自己的情感、思
念、喜乐全部诉诸文字，她成了新生代的旅美华人作家，又一次实现了
人生的转折。

法国作家罗丹说："美是到处有的，关键在发现"，她以记者特有
的敏感，善于发现生活中的美好。于是，尽管在异国他乡，她从与邻居
的交往中，与朋友的派对时，与学友的读书里，与先生的旅行中，与闺
蜜的书信里，传递了一份份浓浓的真情。从异国人民的平凡生活中，挖
掘了种种人性的光芒，她为我们更真实更直接地了解彼岸人的生活，架
起了沟通的桥梁。

女作家张洁有篇著名小说，叫"爱是不能忘记的"，华晔说："故
乡永远是我心中的牵挂"。在她的众多作品中，有很大一部分是对故乡
的人和事的回忆，这里，毕竟是生她养她的家乡，是她为之奋斗奉献了
半辈子的地方，她的作品中，洋溢着她对故土的深深的眷恋和热爱。

我非常喜欢她的这些纪实散文，真实的人物，真实的情感，充满着激
情，文字灵动活泼，描写细腻生动，字里行间，散发出女性特有的魅力。

这几年，她开设了一个纯文学的公众号"大苹果花园"，我从这个
花园里及时看到了她的每一篇新鲜出炉的作品，我是第一个为她点赞的
人。互联网的快捷让我们缩短了彼此之间的距离，"与故乡的距离"，

是物理上的，但在心灵上，我们之间没有丝毫距离。

即使疫情最严重的那两年，她也克服重重困难，每年回来探亲，每次也都会来看我，她还是那样朝气蓬勃，对生活充满着热爱。她是一位非常真诚善良的人，乐于奉献，帮助别人，她牵线搭桥帮助了多个孩子上学，多个朋友就医，多个伙伴寻找工作，她交了很多很多朋友，每次回国，大家都想见她，因此，行程总是排得满满的。

摆在我面前的这本书，是她撰写的第五本散文集了，记得她出版的第一本书，名字叫《行走在豪情与精致之间》，她正是个不知疲倦的行走者，行走在新闻与文学之间，行走在镇江与魔都之间，行走在上海与纽约之间，行走在大洋的此岸和彼岸，她的人生充实而丰富，忙碌而快乐着。

我们期待着她有更多的好作品问世！

愿"大苹果花园"里，开出更多更美的花朵，结出更大更好的硕果。

张德明

二0二四年五月十二日

母亲节

张德明：二级教授，报告文学作家，原上海教育电视台台长、上海开放大学校长，曾获"全国优秀教育工作者"等称号。

目 录

001

繁花似锦 / 节日的祝福

041

惊艳旅程 / 温暖的时空

107

天堂地狱 / 真实的美国

213

烟雨微茫 / 故土的情思

321

后 记

繁花似锦

节日的祝福

纽约万圣节

一年一度的万圣节又来啦！

韩国首尔梨泰院万圣节的踩踏悲剧，似乎没有影响到纽约人过鬼节的心情。当然，不少年轻人引以为戒，避免去人多拥挤的地方狂欢。

纽约中心城区的街道，很早就被精心布置成各种青面獠牙鬼怪出没的场景。孩子们盛装打扮，穿着最令人毛骨悚然的服装出门庆祝。他们装扮成妖怪、女巫、骷髅、吸血鬼、小仙女，游走在整个社区，他们挨家挨户敲门讨糖，高呼"Trick or Treat"，不给糖就捣蛋。

万圣节是一个狂欢节。纽约人喜欢装饰他们的房门和窗户，越是古怪离奇，越是博人眼球，越是时髦惊天，就越被人们

看好和赞叹！蝙蝠、蜘蛛、鲜血、墓碑、恶魔、阴尸、还有雕刻成鬼怪形状的南瓜，你可以在街区看见各式各样的万圣节饰物。

万圣夜Halloween的南瓜灯叫"Jack o' Lantern"，来自爱尔兰的一个民间传说。一个名叫Jack的孩子，年纪虽小却开始酗酒，四处招摇撞骗，坏事干尽，天堂去不了；因为屡次三番戏弄恶魔，地狱也不要他。所以Jack死后无处可去，只能提着一盏灯，他的亡灵靠一根小蜡烛指引他在天地之间流浪徘徊。

关于万圣节的由来，众说纷纭。

有人说，曾经的万圣节，无关鬼怪，关乎爱情。无关讨糖，关乎苹果和栗子。还有人说，万圣节最初是一个异教节日，这一天被认为是亡灵跟现实世界接触的日子，灵界大门会在这一晚打开。鬼魂趁机游走于人间，到处找寻适合的替身，藉此得以重生的机会。为了避免成为鬼魂的目标，人们熄灭家中炉火，装成家中无人的样子，打扮成鬼怪，混迹于巡游的人群中，营造喧哗热闹的气氛，驱赶那些孤魂野鬼。

书中记载，孩子们向邻居乞食的起源，可以追溯到古代凯尔特人的庆祝活动，甚至是失传已久的圣诞习俗。在这个与秋收有关的节日里，凯尔特人点燃篝火，摆放好食物，向过去一年里逝去的亡灵献礼。他们还乔装打扮，不想让自己被亡灵认出。

事实上，19世纪，欧洲移民把万圣节带到了美国，庆祝活动依然根植于秋季的收获，久而久之变成孩子们的快乐时光，他们打扮成妖魔鬼怪，四处游荡。

你准备好糖果了吗？走进任何一家超市，甚至是药店，各种巧克力糖果和万圣节道具琳琅满目地摆满了柜台。打折促销活动源源不断，吸引消费者购买。我们买了一些巧克力，准备分发给敲门讨糖的孩子。在我们小镇，大家约定俗成，如果你没有任何过万圣节的准备，也不用担心。

傍晚时分，只需把家里的灯都关掉，门口也不摆放南瓜等饰品，人家一看就懂了，通常不会去按门铃。和感恩节不同，万圣节不算公共假日。纽约人正常上班，学生正常上课，商店照常营业。

今年万圣节，我相信有很多纽约客去参加格林威治村万圣节大游行（Greenwich Village Halloween Parade）。在这个神秘兮兮的万圣夜，经历了3年困难时光，已经躺平，无所畏惧的纽约人，装神弄鬼，开开心心，肆无忌惮，彻夜狂欢。

鬼，神秘又恐怖。中国人对鬼神敬而远之，西方人则喜欢装扮成鬼，吓走魂灵。汉语词典里，魑魅魍魉的读音是chī mèi wǎng liǎng。原为古代传说中的鬼怪，现指各种各样的坏人。

这世上真的有鬼吗？答案是没有。这世上只有装鬼的人。你觉得鬼很可怕吗？呵呵，那你一定还没有看透人心。

2022年12月5日

纽约圣诞，夜幕下的狂欢

点亮圣诞树

Ten、Nine、Eight、Seven、Six……

12月1日晚，随着人们倒计时的欢声呼叫，寂静的小镇沸腾了，社区中心那棵五彩缤纷的圣诞树，刹那间被点亮！亮灯仪式充满了节日气息，也一扫这3年带给大家的阴霾和沮丧。

迎面是凛冽的寒风，却也是魔力四散的夜晚。篝火、气球、歌舞、游戏、美食，小镇居民们的热情被点燃，现场是一片欢乐的海洋。

这里没有口罩，只有欢呼和拥抱。台下观众和台上演员一起大声欢唱，礼花飘散，纷扬如雪，小孩子们三五成群，挥舞着荧光棒，他们叫着、笑着、跳着。在夜色的包裹中，我全副武装，穿着羽绒服，戴着帽子和手套，挤在兴奋的人群中，心底却涌出莫名的感动。

活动现场，装扮成圣诞老人的义工给到场的小朋友们免费发送圣诞节荧光棒、热可可、曲奇、甜甜圈以及巧克力饼干等。警察叔叔和消防员伯伯也乐呵呵地参与其中，一边娱乐一边维持着现场秩序。

这是小镇传统的圣诞树亮灯仪式，今年是第15届了。虽然每年亮灯的形式雷同，心情却是迥异。

憋屈、混乱、糟糕的3年已经过去。随着病毒不断变异，致病力和传播力越来越弱，对生命健康的威胁和危害越来越小，人们回归正常生活的愿望越来越强烈，如今已经没有人在意covid-19。

在美国老百姓的思维里，疫情已经终结。反倒是对病毒的恐惧导致的神经质，比病毒本身的破坏力更强。来现场狂欢的大部分都是本镇居民，也有一些其他town的朋友慕名而来。

西语裔邻居带着5个孩子在现场狂欢，他们踩着音乐节拍，扭动着身躯载歌载舞。华裔夫妇领着几个孩子，在硕大的广场草地上追逐嬉闹。韩国小情侣站在篝火旁开心地喝着饮料，窃窃私语着。

对小镇居民来说，圣诞节是继感恩节之后最重要的节日。很多家庭会装饰他们的房屋，在门口点亮各式各样的卡通灯饰。缅街上，商店橱窗也会布置得分外美丽。长达5英里的电线，75万个led灯泡，渲染了社区中心圣诞景观的浪漫。美妙的节日氛围裹挟着温馨的气息，弥漫在整个小镇，荡漾在初冬寒凉的空气中。如果你在圣诞季来纽约，记得一定要去洛克菲勒中心的圣诞树打卡哦。它已经在11月30日晚上被点亮！

伫立在洛克菲勒中心的圣诞树由GlenFalls的Lebowitz家族捐赠，有50英尺宽、14吨重。是11月12日用平板卡车，从距离纽约市200英里的纽约上州的Queensbury运送到曼哈顿的。那是一棵挪威云杉，82英尺高，树龄大约85至90岁。树上挂着5万多盏LED小灯泡，顶端挂着一颗施华洛世奇水晶星星，重约900磅，覆盖着300万颗水晶。

亮灯仪式后，树上的彩灯将从每天早上6点亮到午夜12点。圣诞节当天，彩

灯将24小时点亮。等圣诞季结束，这棵树也完成了使命，它的归宿是被捐赠出去。

从1931年延续至今的洛克菲勒中心圣诞树点灯仪式，每年都会吸引数以百万计的人前往观看。

纽约的朋友Kelly夫妇的新家在曼哈顿中城东51街，距离洛克菲勒中心不远。我们相约在昨天晚上，先去看看他们的新房子，然后两家人一起去观摩这棵大名鼎鼎的圣诞树。

夜色中的纽约。圣诞树所在的广场，涌进了大量游客拍照。圣诞树旁的洛克菲勒中心滑冰场，也是人满为患。

我们抵达时，正赶上一对情侣出场，他们在滑冰场上翩翩起舞，虽然滑得不专业，看起来却是那么和谐浪漫。一个华丽的旋转之后，小伙儿突然跪地，掏出钻戒，向心爱的姑娘求婚，姑娘惊愕万分，然后喜极而泣，与男友拥抱亲吻。一时间，掌声、欢呼声、口哨声、还有女孩子们的尖叫声，交织在一起。

这个成立于1936年的溜冰场并不大，却一直是纽约的常规旅游项目。作为最受欢迎的溜冰场之一，它的与众不同，就是身处最热闹的曼哈顿心脏，周边景观独特。假日期间，在美丽的圣诞树下溜冰，接受来自世界各地旅客的观摩和喝彩，是一次难忘的人生体验。

穿过一条条街区，感受着城市中心车水马龙的喧嚣，高楼林立纸醉金迷的璀璨，欣赏无与伦比的夜景，你很难不爱上纽约。

除了去洛克菲勒中心瞟一眼豪得要命的圣诞树，值得一看的还有Saks Fifth Avenue百货灯光秀。这是别开生面的3D圣诞投影灯光秀，展示时间为每晚5点至11点，灯光秀每15分钟一次，每次3到4分钟，五光十色，绚烂多彩，高科技含量十足。

纽约的圣诞季，是一段难忘而美丽的时期，诱惑的灯光，魔幻的装饰，促销的好物，让你不知不觉为膨胀的欲望买单。当然你也可以什么都不买，仅仅是看一看，站在装饰精美的橱窗前，一饱眼福的同时，亦可研判一下来年的流行趋势。步履匆匆的人们放慢了脚步，沉浸在欢乐的节日氛围中，被一种平静的幸福包裹。

重返健身房

黑五之后的Cyber Monday，是力度更大的网上购物，没想到今年最大的福利，竟然是健身卡。普通年费 $242.76，加税后，一共$258.84。不由分说，买了一张比普通年卡更实惠的白金会员卡，540美元，加税578美元。白金卡性价比更高，是因为买一年送一年，一人持卡可以同时带两个亲友健身。

24 Hour Fitness是美国知名的健身品牌。之前我们一直在距离我家一刻钟车程的健身房游泳，直到2020年3月纽约疫情蔓延，我们终止了去健身房。

因为促销，很多老会员返场。停车场车满为患，我们绕了两圈才找到一个停车位。两年零8个月未踏足健身房了。当我小心翼翼走进换衣间时，一个刚刚从洗浴室出来的韩国女人惊讶地拉高了嗓门：哇，你来了！好久不见啊。我愣了一下，立刻想起，这是一个叫永姬的韩国护士，我们以前常常在游泳池碰面。是啊，快3年没见。永姬问我这3年去了哪里？我说，疫情期间躲在家里不敢外出，期间还回中国了两次。

永姬说，她上个月也回家乡首尔探亲了。Omicron没什么可怕的，她天天乘

地铁去曼哈顿上班，去年夏天感染过病毒，今年初又再次感染，不过很快就好了。我惊讶地看着永姬，红扑扑的面孔，洋溢着笑意的眼睛，身材依然挺拔，小肚腩稍稍有些发福，倒也看不出什么异样。我问永姬，感染之后什么症状？她说，咳嗽，喉咙痛，流鼻涕，但没有发热，休息了一周就好了，然后就去上班了。

通常换好泳衣，我会先去泳池游几个来回，游累了就去泳池旁边的whirlpool泡热水。泡热水的过程很解乏，与其说我喜欢游泳，不如说我喜欢泡热水。有时候泳池里人太多，像是下饺子，我就去外面跑步机上走一会儿，再进来泡热水。

泡完热水后，最后一个项目是进行干蒸。24 Hour Fitness是那种传统的桑拿浴，也叫汗蒸房。据说汗蒸具有减肥排毒的功效，所以受到很多人喜欢。

在汗蒸房里，和一个从事病理研究的老先生闲聊。他说这两年一直坚持来这里健身，一天都没停。看到我质疑的眼神，他说，怕有什么用，怕就没有病毒了吗？老先生似乎对Omicron变异株有自己的研究心得，他自信满满地说，即便是感染了，在家隔离几天便可自愈，3年过去了，至少现在还没什么后遗症。

我没有问老先生是否感染过。我身边绝大多数朋友和邻居都已经感染过一遍，有的人身体好，完全没感觉，连感冒的症状都没有。有的人体质差，像是得了一场重感冒，而且发烧，好了仍感觉浑身乏力。

国内医学专家说，感染者康复后基本不具备传染性，对于社区是安全的。

这个消息令我心安。

我抓紧时间去CVS药店把COVID-19加强针打了，之前已经打过3针辉瑞疫苗。加强针打过一周后，天气变冷，进入流感高发季，又马不停蹄注射了流感疫苗。

社区一片祥和，生活已然恢复如常。

邻居预订了圣诞节出发的Cruise去欧洲旅行，Ben结束了宅家办公的日子开车去学校上班了，我去超市买东西已经习惯性不戴口罩了，纽约的朋友隔三差五跑去林肯艺术中心看演出，镇上的图书馆忙着准备春节联欢活动……进入12月，家家户户忙着逛街购物，忙着装饰房间，忙着制作美食，忙着迎接圣诞和新年。

打开微信朋友圈，彩色心情变黑白，江主席驾鹤西去，令人心痛怀念不已！

华裔朋友发文悼念。他说，江主席当年访美，在哈佛大学用英文演讲的风采，富有感染力。他幽默随和的个性，在器乐演奏方面的天赋，至今被人们津津乐道。江主席继承和发扬了邓公改革开放的路线，让中国变得更加繁荣。深切缅怀他的丰功伟绩和崇高风范！

我在远离故土的美东小镇，心绪起伏，怅然若失。

长夜过去，好消息纷至沓来。12月1日起，南航广州至纽约往返航班正式复航，每周四、周六执行一个往返。这样，从纽约回国变得更方便了，希望机票价格也下来吧。

雨后，天空放晴，霞光旖旎，光芒万丈。欣慰中有些许恍惚，忧思中掺杂着祈愿。

2022年12月31日

纽约跨年：多吃不胖，光芒万丈

快乐的老人

刚刚过去的圣诞节是个极寒的日子，因北极风暴炸弹气旋（bomb cyclone）袭击，纽约地区创下150年来最冷平安夜（体感气温接近零下30度），用州长霍楚的话说，就是"史诗级"的严寒和暴风雪。又逢岁末，预计将有1亿多名美国人去往国内外旅行。由于天气恶劣，一些航空、铁路、公交车班次被取消，高速公路拥挤，交通出行压力大。

赶在平安夜大降温的前一天，我们去法拉盛福康长者日间活动中心参加了一场别开生面的迎新联欢会，中心的负责人Lisa是我们的老朋友，我被邀请担任活动的节目主持人。

独唱、对唱、歌曲联唱、舞蹈、朗诵、腰鼓表演……平均年龄75岁的老人们载歌载舞，台上喜气洋洋，台下一片欢腾。

身着旗袍的上海阿姨高歌一曲惊艳全场。阿姨今年已经76岁了，今天特地从曼哈顿赶来参加表演。她说，平常没事的时候就喜欢来老人中心，这里有家的感觉，吃得好，玩得开心，还能见到许多老乡。

另一对说福州话的老夫妻告诉我，他们就住在法拉盛。老人中心承包了夫妻俩所有的快乐。这里有日间看护、象棋、围棋和卡拉OK，他们常和这里的老邻居打麻将、练书法、跳舞、做健身操，大大丰富了精神世界。

在法拉盛主持联欢会

老王夫妇从江苏老家来纽约这几年，一直感到水土不服。儿子忙工作整天不着家，孙子在外州念大学，由于语言障碍，老夫妻虽然身处繁华闹市，却倍感孤独。今年夏天，老王夫妇终于拿到了白卡。在老人中心，他们努力学英文，打太极。身心愉悦，日子好打发了，仿佛一下子年轻了许多。

在华人聚集的法拉盛，随着新生人口的增长，耆老移民的数量也在不断增加。不少老人选择去老人中心消磨时光。他们交朋友，打乒乓球，学画画，参加力所能及的体育和娱乐活动，生活变得多彩，不再感到寂寞。

作为一个提供优质服务和卓越体验的地方，福康长者日间活动中心占地面积几千尺，大厅可以容纳一百多位会员，每天都为老人们提供由专业营养师搭配的健康美味午餐，还有丰富多彩的文体活动，专车接送，服务贴心，每位老人都能在这里找到自己的兴趣所在。

据了解，纽约市成人中心（Adult center）是纽约市政府的福利机构，由纽约市白卡部门为年满65岁的低收入老人、以及需要长期护理的人员提供服务的场所。那天，我在活动现场看到一群快乐的老人，他们中年龄最大的有98岁，精神矍铄，鹤发童颜。有的老人患有慢性病，有的老人坐着轮椅，虽然身体羸弱，却面带微笑，像孩子一样，憧憬着新年的到来。

老有所依，老有所乐，我被老人们乐观的人生态度所感动。希望自己进入耄耋之年，也能像他们一样活得通透，拥有简单的快乐。

跨年的美食

2022年的最后一天，阴有小雨。气温50华氏度，大约10摄氏度，很暖和。

这是一个寻常的周末，因为夹杂着辞旧迎新的喜乐，又显得不寻常。今年和邻居们的跨年大餐，轮到我家做东。男女搭配，做饭不累。烧菜是Ben的事，做点心是我的事。除了晚餐的主食花卷外，我还准备了夜宵酒酿小圆子。

我以前做的戚风蛋糕都很成功，这次想尝试做一个古早蛋糕。

准备的食材有5颗鸡蛋、70克牛奶、80克低筋面粉、75克玉米油、80克细砂糖、几滴柠檬汁，用烫面和水浴的方法来烘烤。蛋清蛋黄分离后，分别装入无油无水的碗里。玉米油加热到70°左右，和过筛的低筋面粉，蛋黄，牛奶搅拌在一起，搅和成一碗光滑细腻的稀糊糊。打发好的蛋白霜分两次倒入之前调好的蛋黄糊中，用铲子像炒菜一样翻拌搅匀，为避免蛋糊消泡，不要过度转圈搅拌。打发蛋白霜是个技术活儿，这一步决定了蛋糕是否成功。

我想起去年黑五买的和面机还未用过呢，它是可以打发蛋白霜的。于是从地下室把和面机拿到厨房，用电动搅拌器把蛋清打发出大泡泡，细砂糖分次加入，打发至湿性发泡，体积变大两倍，最后一次加糖后，继续打发，搅拌器提起时，出现大弯勾，至中性发泡就可以了。打发前，记得在蛋清里滴入几滴柠檬汁去腥，没有柠檬汁的话，白醋也行。

准备一个烤盘，注入适量热水，把模具放在烤盘中，放进预热好的烤箱，300华氏度烘烤50分钟。烤制时担心顶部烤得太焦，我在模具上面放置了一张锡箔纸，最后五分钟把锡箔纸拿出来，让蛋糕表皮烤出焦糖色。可能是时间没掌握好，烤过了，拿出来一看，不像古早蛋糕，倒有点像虎皮蛋糕。

第一次做古早蛋糕以失败告终，上不了台面，只能自己留着当早餐吃了。

我家的跨年大餐

但是做花卷我是胸有成竹的，三年疫情，宅在家里练就了蒸包子和蒸花卷的技能。用面包机发好面后，擀成一张大饼，上面均匀地涂抹上一层猪油。这猪油是我们用猪板油自己熬制的，又香又白，是花卷的灵魂，小葱只能算点缀。

午饭后，我把战场让给Ben，接下来是他大展身手的时候了。炒、爆、熘、炸、烹、煎、焖、煨。整个下午，厨房里香气四溢，满满的节日烟火气。

华灯初上。邻居和朋友们陆续盈门，扑克麻将，美酒佳肴，我家跨年的主题就是"吃"。

在纽约跨年，最著名的地方是时代广场，那里能一睹著名的Ball Drop和烟火秀的迷幻。当高空的水晶球缓缓落下时，世界各地的游客们开始激情倒数10秒，然后烟花绽放，全场欢呼，亲吻拥抱……人们用疯狂和热烈，迎接新一年的到来。

跨年夜，时代广场有百万人聚集，需要提前进场，因为有饥寒交迫+憋尿的经历，这些年我们都没去凑那个热闹，在家里看看电视直播也蛮好。

心中有盼，眼里有光，一屋十人，杯酒诉衷肠。纯净的小日子，简单中有喜乐，平凡里有滋味。

从冬奥会到俄乌冲突，从东航MU5735空难到上海抗疫，从英女王去世到二十大召开，从韩国梨泰院踩踏事故到卡塔尔世界杯，从神舟十五载人飞船成功发射到"新十条"落地通信行程卡下线……

2022年的心情，可以用"兵荒马乱"来形容。有震惊有欢喜，有悲伤有遗憾，有失望有感动，有心酸有苦痛，随着零点钟声的敲响，它们都将沉入心海。

这特殊的三年，导致美国东北部地区人口数量锐减。从2020年4月到2022年7月，纽约州的人口减少了524,079人（含搬迁和死亡人数）。最新发布的联邦数据显示，大流行以来，已有超过10万新泽西州居民搬到外州。2022年11月15日，世界总人口突破80亿，这是人类发展史上的一个里程碑。

人海茫茫，红尘滚滚，细数生命中与自己有交集的人，其实寥寥。所以，我们更要珍惜眼前人，珍惜每一顿饭，珍惜每一个日出和日落。

阴晴不定、一言难尽的2022终于走完了！不论这一年发生过什么，生活总要继续。凛冬散尽，祈盼春归。逝去的永不回头，愿我们都能释怀。祝福大家的2023：平平安安，健健康康，多吃不胖，光芒万丈！

2023年1月20日

美国小镇的农历新年

纽约再聚

朋友雨情又从东京飞来纽约探亲了！我们去年春天见过一面。雨情祖籍大连，温雅靓丽，是撰写美食、旅行和时尚内容的旅日作家。因为媒体人的经历和对写作的热爱，我们有着许多共同的话题。那次和雨情初见的文字，收录于"大苹果花园"2022年3月：纽约的初春。

赴美后的雨情努力克服时差带来的困扰，每天笔耕不辍，撰写了"从东京到纽约"系列文章，发表于她的公众号"龙吟扶桑"。

雨情是美食高手，擅长咖啡拉花和糕点。这次相聚的话题，从蛋糕烘焙开始。雨情帮我分析了上次做古早蛋糕失败的原因，在她的指导下，我对制作蛋糕和面包产生了浓厚的兴趣。这几天在网上浏览了各种做蛋糕的视频，跃跃欲试，想用酸奶做个肉松小蛋糕。

首先准备食材：酸奶60克，低筋面粉50克，白糖40克，玉米油40克，肉松20克，鸡蛋3个，几滴白醋或者柠檬汁。把玉米油和酸奶倒入碗中搅拌混合均匀，蛋清蛋黄分离，蛋清放入一个小盆里备用，蛋黄倒入酸奶和油的碗里继续搅拌，面粉过筛倒入，接着倒入肉松，一起搅拌至没有生面疙瘩。

在蛋清里加入几滴柠檬汁，中速搅打至出现鱼眼泡，加入三分之一白糖，接着打发蛋白霜，再加入糖，再打发蛋白，直至提起来有小弯钩，蛋白霜就打发好了。把三分之一蛋白霜倒入蛋液翻拌均匀，再把蛋液倒入剩下的蛋白霜里，翻拌均匀后，倒入模具，上下震动几下，烤箱无需预热，320华氏度烤25分钟出炉。

第一次做酸奶肉松蛋糕竟然成功了，开心！绵软香甜，咸鲜酥松，入口感觉很美妙。

自信心爆棚之下，又尝试做了肉松火腿面包。

材料有高筋粉、牛奶、酵母、黄油、糖、盐、鸡蛋。除了黄油之外的食材混合搅拌在一起，揉出筋后加入黄油，揉搓至出手套膜。松弛后的面团切成几个圆面剂子，里面塞入馅料，整成长方形，放入模具发酵至两倍大，刷蛋黄液，撒芝麻，330华氏度烤25分钟。面包出炉，满屋飘香。拍照交作业给雨情，她给予我大大的赞，说我真有做糕点的天赋呢。

这次和雨情纽约再聚，我们还特别邀请了邻居玛丽夫妇作陪。玛丽来自沈阳，和雨情同是东北老乡。更巧的是，玛丽的先生和雨情的先生竟然是毕业于大连理工大学的校友。

世界很小，有缘的人总会相逢。

得知雨情过完农历年就要返回东京，好客的玛丽表示，要在家包一顿正宗的东北酸菜饺子招待老乡。故地重游，吃到了家乡菜，结识了新朋友，雨情感慨：这次纽约之行太完美啦！

雨情（左1），娜娜（左2），晓青（右1）

新春联欢

为了迎接兔年的到来，小镇举办了一场新春联欢会。活动当天，天空飘了一场薄雪。走进社区中心的大礼堂，里面人声鼎沸，欢呼声鼓掌声此起彼伏。来自本地的华裔、韩裔和越南裔等亚裔表演团体，献演了一台精彩的文艺节目，吸引了小镇近千名居民出席。

这次又看见陈黎明老师的锯琴表演，行云流水，酣畅淋漓。陈黎明是上海音乐家协会会员，锯琴专业委员会理事。他自幼随父习琴，成长为锯琴演奏家，1995年被美国音乐家协会授予特殊人才奖。我曾在新泽西天城教会举办的圣诞活动中，观赏过陈黎明老师的锯琴演奏，那是我第一次感受锯琴的奇特音色：虚幻、空灵、幽怨、极富穿透力。

锯琴起源于17世纪的意大利，后来渐渐流传开来，受到人们喜爱。但锯琴演奏需要技巧，难以拿捏，加之制作锯琴的厂商不多，使得锯琴并不普及。比较著名的是1991年上映的黑色喜剧电影《黑店狂想曲》，影片结尾男主人翁演奏锯琴的片段。耳畔响起大提琴与锯琴的撩人协奏，生动演绎了自由平静之美。

一红，一黄，当两头可爱的狮子跃入会场时，立刻被观众围个水泄不通。具有浓郁传统文化色彩和乡土气息的舞狮表演，把联欢会的气氛推向高潮。舞狮的习俗起源于三国时期，南北朝时期开始流行。民间有许多不同版本的传说，为舞狮增添了神秘的色彩。其中一个说法就是，由于害怕一只神兽，一群村民从山中下来，挤在一个自制的巨型怪兽身下，试图将神兽赶走。年复一年，小镇农历新年

舞狮表演

都会邀请舞狮表演，大家相信狮子是祥瑞之兽，舞狮能够带来好运。伴随着爆竹声声，锣鼓喧天，人们祈福新的一年风调雨顺，健康平安。

韩裔小朋友天真烂漫的表演唱、紫鹭艺术团婀娜的民族舞、华裔高中生小乐队的精湛演奏，享誉北美的乡音合唱团令人陶醉的演唱……

活动现场气氛热烈，不同族裔的演员和观众济济一堂，其中不乏对亚裔文化感兴趣的其他族裔朋友。这也是2020年以来，小镇参与人数最多、声势最浩大的新春联欢会。

据了解，兔年联欢会由当地政府和图书馆共同主办，李堡华联协同华裔、韩裔、越南裔团体为本次活动捐款捐物，一些热心居民踊跃报名做志愿者。除了歌舞器乐表演，联欢会现场还有主题为《我的中国年》的儿童绘画展示，转盘游戏、美食品尝、手工制作等活动也吸引了不少家长和孩子参与其中。

为感谢居民捧场，华联还为到场的观众赠送了书法家书写的"福"字。

乡愁年味

小镇居民的农历年，其实是从采购年货开始的。我们和朋友一起去Costco买东西，惊喜地发现有一片区域，售卖的全都是华人食品。

漂洋过海的中国节日，也让美国商家瞅准了商机。这些年，随着越来越多的华人移居海外，传统的农历新年，也在大洋彼岸红火起来。年糕、酥饼、蛋卷、腊味、拌面、凤梨酥……年味浓浓，乡愁漫漫，徜徉其中，恍惚回到遥远的家乡。海角天涯，四海八荒，只要有华人的地方，就有寄托着思念的中国年。

每逢中国农历新年，帝国大厦都会举行点灯仪式，在纽约上空点亮中国红；纽约爱乐乐团以"Lunar New Year"为主题举办新年音乐会；在曼哈顿的Chinatown以及皇后区的Flushing，可以买到琳琅满目的过年装饰，花样繁多的中华小吃满街飘香；还可以去史坦顿岛动物园参加以"十二生肖的动物"为主题的活动；而在新泽西著名的American Dream超级购物中心，从元旦一直到元宵，每个周末都有精彩的文艺表演和民俗活动。

灯笼挂起来，春联贴起来，腊肉腌起来，包子蒸起来，年糕打起来，火锅涮起来，贺岁歌唱起来，扑克麻将玩起来……日渐浓郁的年味里，藏着海外游子的思乡情。跟早期华人移民悄悄过年自得其乐不同，如今的美国华人过年，会大张旗鼓地庆祝，举办各种文艺演出、书法绘画和美食鉴赏活动，洒脱自信地展现中华传统节日文化的魅力和风采。

孙悦萌台长写的书法年历，挂在纽约老华侨家里

我把从镇江带来的摄影家协会主席、我的老台长孙悦萌亲笔书写的几幅书法挂历送给邻居们，大家如获至宝，把来自江南的祝福，挂在家中最醒目的地方。

农历新年犹如一根纽带，维系着民族情感，增强了文化理解与认同，承载着美好的祈愿，成为世界了解中国的一个窗口。

今日大寒，迎来小年夜。大扫除，拜灶神，准备除夕年夜饭。作为二十四节气里的最后一个节气，大寒是一年中最寒冷的时节，太阳黄经达300°，生机潜伏，万物蛰藏。纽约地区下了整整一天雨，华氏45度（摄氏7度左右），潮湿温润。

或狂欢、或独处、或旅行、或聚会，华人华侨留学生用自己的方式欢度新春佳节的到来。

回不去的故乡，剪不断的亲情。在那遥远的彼岸，永远有一盏灯，让人魂牵梦绕，让人彻夜难眠……它点亮了寂寞，温暖了思念。

新州闹元宵

2023年2月6日

立春时节，乍暖还寒。入夜，纽约新泽西一带的室外温度降到零下17摄氏度。

其实入冬以来，大纽约地区是妥妥的暖冬。刚刚过去的1月份，温润如春，气温大幅偏高，百年罕见。位于纽约中央公园的气象站，没有记录到一场有效的降雪，打破了百年来冬季最晚降雪的历史纪录。天气预报说，2月份纽约地区将会有较大降雪量。果然2月1日早晨就飘了一场雪，可惜是场小雪，太阳出来就融化得无影无踪。

为庆祝元宵节，朋友Mary召集我们几个家庭欢聚在一起，搞了个节日Party。

虽然吃的是火锅，家庭主妇们也不忘展示一下自己的厨艺：有东北大拉皮和酸菜炖排骨，有奶油蛋糕卷和胡桃小饼干，有三鲜水饺和鲜肉包子，还有香腌三文鱼和超大豪华果盘。

元宵节源自中国，它的由来有很多说法。佛教有在正月十五点灯供佛的习俗。而道教中，上元节视为天官大帝（尧）诞辰，正月十五为上元，七月十五为中元，十月十五为下元，分别属天、地、水这三官大帝主管。上元节乃天官华诞，故燃灯以庆。

邻居们节日欢聚

元宵节是农历新年的第一个月圆之夜，是祭月、赏月的日子，象征着春天的到来。打牌，唱歌，包饺子，吃汤圆，涮火锅，元宵节的家庭聚会好不热闹。

每逢佳节倍思亲。大家忆起儿时的元宵节，述说各自家乡放烟花、踩高跷、捏泥人、游花车、猜灯谜的元宵风俗，祈福平安年。

元宵节当天，我们还受邀参加了新泽西华人联合总会和新泽西福建同乡会共同主办的2023新春元宵晚会。

沿着高速公路，绕过Newark机场，驱车1个多小时，我们抵达新泽西州Somerset的Doubletree Hotel。在那里，一场别具匠心、美轮美奂的文艺演出正在进行。整台晚会，在快板书、黄梅戏、藏族舞蹈、男女声三重唱、集体舞、童声合唱等精彩节目中，穿插了新泽西福建同乡会韫青奖学金颁奖仪式，以及对现场来宾的抽奖环节。演员中最小的年仅6岁，年长的已至耄耋。他们声情并茂、演技精湛，在弘扬中华文化的同时，也促进中西方艺术的交流融合。

晚餐是自助餐，朋友特意介绍Kirby给我们认识。Kirby来自马来西亚，旅居新泽西多年，是一名资深义工，为"新州中国日"系列活动做了大量幕后工作。融入和付出、感恩和回馈，是Kirby一直以来坚守的信念。

这些年，Kirby以及和Kirby一样的义工们捐款捐物、无私奉献，为促进中美文化交流作出了积极的贡献。

据了解，美东地区的华人社团每年都会以丰富多彩的形式过元宵节。大家一起赏花灯、看舞龙舞狮等文艺表演，欢度佳节。闹元宵承载着华人华侨留学生对新春的祈愿，展示了中华文化的博大精深，同时也抒发了人们对美好生活的祝福与向往。

经历了三年难熬的时光，这个春天显得格外美丽。好好珍惜绿色，好好珍惜余生。即便生活不尽如人意，我们也要热情洋溢。

因为每一年，都有那么多节日。因为每一天，都有那么多值得回味的人和事。

纽约的年味儿

2023年2月9日

小时候过年的概念，就是有肉吃。当"北风那个吹，雪花那个飘"的歌曲，伴着吱吱呀呀的电波声，从家里那台维修过好几次的老式收音机里传来的时候，就快要过年了。

大年三十的晚上，最让我期待的，不是新衣服新鞋子，也不是压岁钱，而是一大碗冒着诱人香气的红烧肉。两寸见方肥瘦相间的五花肉，经过葱姜八角，油盐冰糖，黄酒老抽的烹饪后端上桌来，便是留在我童年记忆里的年夜饭了。

然而在那个买什么都得凭"票"的年代，一年中能够吃到肉的日子并不多。

读书时最渴望得到的奖赏，便是打牙祭吃上一顿红烧肉。上小学时只有语文算术两门课，考个双百是常有的事。我不稀罕学校奖励的铅笔橡皮小本子，我更期待的是父母奖励的"大馒头夹肉"。

大馒头是父母单位食堂用粮票买的圆馒头，咬起来很有嚼劲的那种。肉，则是父亲做的酱油红烧肉，带肉皮的那种。

学期结束日，也是大雪纷飞时，我高举着成绩单一路狂奔回家，哪怕在雪地上滑倒几次，也无法掩饰我即将吃肉的激动心情。父亲瞥一眼我因兴奋而涨红的脸，在一盆做好的酱肉中飞快地捞起一片，塞入我早已掰开的，冒着热气的大馒头里。狼吞虎咽吃得太快。来不及细细咀嚼，那种大快朵颐的感觉，狠狠地满足了一个孩子对生活最奢侈的欲望。

1992年，我在家乡数千人竞争前十名播音员岗位的口试和笔试中胜出。父亲大喜，烧了一小碗红烧肉，庆贺我成为广播电台的节目主持人。或许是太高兴了，他竟然忘记放盐，我低头不语吃得喷香。

2002年，我执意去上海发展。父亲烧了一大锅红烧肉，自己却不肯动筷子。沉默间父亲开口，说他已经办好离休手续，随时可以和母亲一起去上海帮我照看两岁半的儿子。

2012年，我开始在上海和纽约之间飞来飞去。白发苍苍的父亲已经是医院的常客，身体状况越来越糟糕。家里用来烧肉的铸铁锅搁置在厨房一个角落里，上面落满了灰尘……

在告别故乡的岁月里，求学，工作，恋爱，结婚，生子，各种生活变故……走遍天涯，品尝过各式各样的红烧肉。在我心里，吃肉的快感是其他食物难以替代的，然而却再也找不到儿时的味道。

我知道在齿颊之乐中，更多的是一种情感上的慰藉。这些年生活富足，过年时纵然是满桌佳肴，红烧肉仍然作为一道主菜放置在餐桌的最中心。

春去春来，花开花谢。父亲中风后半身不遂，一直躺在医院里。我也万水千山，越走越远。再也吃不到童年记忆中那碗色泽红亮、味道香浓、软烂滑润、肥而不腻的红烧肉了。于是那碗肉，便成了我心中最深的牵挂，最大的隐痛。

无法回头，也不忍触碰。

我对红烧肉的特殊心结，也延续到了儿子身上。儿子从小爱吃肉，中饭晚餐几乎无肉不欢。儿子成长的过程中，我对他学习努力的奖励，是一碗红烧肉。有时候儿子因调皮捣蛋被我教训也不记仇，吃上一顿红烧肉，就没心没肺的什么都忘了。

来美国读书后，儿子食肉的嗜好丝毫未减，红烧，爆炒，煎烤，糖醋，油焖，白灼……只要是肉，儿子都爱，以至于身材也愈发健硕，跟美国邻居家的小胖孩有一拼，每天嚷嚷着要减肥。

儿子开始怪我给他起的绰号。他嘀咕着："人家男孩小名叫宝宝，球球，圆圆，胖胖什么的，你倒好，叫我肉肉！这下好了，长了一身肉！"

我愣在那里好半天没回过神。想起儿子出生的那个电闪雷鸣风雨交加的午后，帮我接生的香港医生抱起一个粉嘟嘟的婴儿在我眼前晃动着，说恭喜啊是肥仔。可我累得连看他一眼的力气都没有，脱口叫了一声"肉肉"就昏睡过去。

负重前行的这十多年，儿子渐渐成人，我自己的生活也发生了翻天覆地的变化。有过卧薪尝胆春风得意，也有过失落愤懑坎坷无助。一路走来，大碗喝酒大块吃肉的豪情丝毫未减，曾经沧海跋涉风雨的内心愈发平静。

如今守得云开，生活渐入佳境。

终于明白，孩提时代对某种事物的敏感，厌恶，喜好或是怀念，其实是如影随形，伴随一生的。

转眼又到农历新年。纽约的天空毫无征兆地飘起了雪花，手机上显示是华氏29度。与往年相比，这个冬天的降雪似乎格外多。

感恩节，圣诞节，新年……元旦过后，美国人一年中重要的节假日就结束了。然而对于生活在这里华人来说，充满中国元素的新春佳节，刚刚拉开序幕。

走在纽约华埠的大街上，可以瞥见门窗上的剪纸窗花，大红灯笼中国结，还有商家贴出的喜庆对联。也有人家的窗台上，同时摆放着两面袖珍的旗帜：鲜艳的五星红旗和红白蓝三色的星条旗。

美国华人都有过年的情结。邀上三五好友，叫上一桌亲朋，在觥筹交错欢声笑语中一醉方休。这里过年虽然比不上神州大地丰富多彩，但在平淡沉稳的日子里，倒也红红火火地寄托了一片相思。

万家灯火，霓虹闪烁。驾车驶入华人聚集的法拉盛，走进那家熟悉的中餐馆

坐定。服务生殷勤地倒上热茶，顺手递上点菜簿，还未等我开口，热情甜美的老板娘过来打招呼："哇，是华姐啊，新年好！先上一个红烧肉？"

纽约的年味儿，是揉碎的思念，是雪花的眷恋，是喜庆和温暖，是忧伤和感叹。

那一抹或浓或淡的乡愁，跳跃在舌尖，弥漫在心间，令人忆起一段青春过往，在寂寥的长夜流泪和欢愉。

如果活得太累，那就疯一下呗

这几天心情不好，把万圣节这茬给忘了，没有提前去商店购买糖果。

天快黑时，我关闭了客厅的灯光。这是一个约定俗成的信号，说明主人没有为过节做任何准备，这样外面街道上成群结队的小朋友，在经过我家门口时，就不会过来敲门讨要糖果了。

蝙蝠、蜘蛛、仙女、巫婆、僵尸、骷髅、黑猫、南瓜……Halloween是一年365天当中，最邪魅搞怪的一天。

小朋友们戴上面具，画着彩妆，跟着大人们出门啦！他们外表美丽、惊悚或者很酷，但也帅气、呆萌和可爱。

邻居娜娜家的两个宝贝，大宝扮成消防员，小宝扮成小猴子。下午4点，两个孩子开开心心地参与到镇上Halloween的狂欢活动中了。孩子们在家长的带领下，挨家挨户地展示他们的新潮装扮，嘴里念叨着"Trick or Treat（不给糖就捣蛋）"。

朋友才文的小外孙在学校的课外兴趣班学习"空手道"，小家伙特别喜欢卡通人物ninja。这天，才文带着孩子去了万圣节服饰专卖店，终于买到一套小外孙喜欢的ninja costume。配上宝剑，小外孙摇身一变，成为勇敢无畏的小斗士。孩

万圣节孩子们各种装扮

子说，穿上这套衣服，自己就能够驱魔打怪，这个节过得别提多威武了！

不仅仅是小朋友，万圣节于成年人而言，也是一个快乐放松的日子。

吉姆和太太去参加了社区万圣节的派对。一群中老年人欢聚一堂，浓妆淡抹，歌舞表演，美食聚餐，玩得不亦乐乎。

作为西方的传统节日，万圣夜是每年的10月31日晚上。这是一个祭祀亡魂的节日，人们希望去世的亲人得到安息。此外，也有庆祝丰收、祈福平安的寓意。

有人认为万圣节是美国的节日，但其实万圣节可以追溯到好几世纪前的英国。万圣节和铁器时代凯尔特人的"萨温节"有关，代表夏季收成的结束，冬季严寒的开始。

古凯尔特人从10月31日开始，一连三天庆祝萨温节新年，历史学家认为，这就是现在人们过的万圣节最早的雏形。

万圣夜通常与灵异事物有关。西方基督徒对这个节日的看法存在争议，因为宗教上认为鬼怪与魔鬼有关，所以传统的西方人不鼓励参与。不过随着时代的变迁和世俗化的影响，如今大部分西方人已经不再强调传统色彩了。他们认为万圣夜是鬼怪世界最接近人间的时间，这与中国的中元节以及日本的百鬼夜行类似。一些地方的万圣节不再着重于营造恐怖氛围，而以搞怪、变装、娱乐表演为主。

万圣节前后，在附近超市、小杂货店购物，赫然可见青面獠牙、黑衣裹身或白发飘飘的鬼。

万圣节期间，房前屋后，社区里的"诡异氛围"十分浓郁。

我的许多邻居，提前一个月就开始在家门口摆放Halloween的装饰物。虽然不是正式假期，大人们在这一天并不放假，但为了迎接万圣节，家长和孩子们都投入了精力和时间，他们雕刻南瓜灯、化妆打扮成各种精灵鬼怪，享受鬼节带来

家门口的南瓜灯

社区万圣节装饰

的放纵和欢愉。

入夜后的纽约，著名的万圣节大游行正在格林威治村举行。穿着令人毛骨悚然的服饰，纽约居民以及来自世界各地的游客，加入到5千人的浩荡队伍中。现场的音乐声、怪叫声、嘶吼声、嬉笑声不绝于耳……

伴随着恐怖的幽灵之旅，疯狂的纽约客度过了一个难忘的万圣节之夜。

我的上海朋友发来她陪女儿在巨鹿路过万圣节的照片，刷着刷着实在没忍住，半夜里对着屏幕笑出鹅叫。

上海万圣节的内容已经火爆全网，有赞美感叹也有批评质疑。有人甚至煞有介事，坚决反对过"洋节"，把巨鹿路那一晚年轻人cosplay的狂欢，提升到"文化入侵"的高度。我觉得他们想多了。要知道，假扮的魑魅魍魉并不可怕，真正可怕的是别有用心。

其实十多年前我在上海生活的时候，一些上海人就过万圣节的。年轻的父母给孩子们穿上奇装异服，一些外国语学校的学生也搞活动欢度Halloween。那些惊喜和幽默，放肆和可爱，乐观和自信，充满了创意，至今仍留在我记忆的深处。

追求自由快乐是人的天性。上海是一座开放包容的城市，撇开政治话题，在安全工作做到位的前提下，让年轻人把这个节日"洋为中用"，批判地吸收外国文化中有益的东西，在狂欢中疯一疯，笑一笑，闹一闹，有什么不可以呢？如今的孩子比我们做孩子的时候苦多了。这个苦不是生活上的苦，而是来自精神上的苦，来自学业的压力，来自职场的竞争，来自打拼的焦虑。

讲真，国内大部分中产的孩子从幼儿园开始就在起跑线上狂奔了，为了某个终极目标，一个个的小小年纪就被培养成书呆子，培养成千篇一律只会写标准答案的孩子。难得遇上个"十恶不赦"的鬼节，难道不该让这些孩子释放一下天性，回归一下本真吗？

就像春节搞舞龙舞狮、元宵节包汤圆、端午节裹粽子、中秋节做月饼一样……数以百万计的华裔不也把中华传统节日文化弘扬到海外了嘛，老外们照单全收，津津乐道，并且参与其中，人家也没说我们是文化入侵啊。

现代社会节奏快，压力大，年轻人活得累，感到孤独，借着这个"装神弄鬼"的节日，各种cosplay，律动一下想象，发泄一下情绪，调侃一下生活，展望一下未来，不是挺好的吗。

让孩子成为孩子，让节日成为节日，快乐其实就是这么简单。

相比孩子们鬼节的疯狂，我们成年人的心里，不也住着一个童话嘛。它就像黑夜里的一束光，让我们对生活抱有幻想，对生命持续热爱。

2024年2月1日

美国的农历年
剪不断的乡愁

　　腊月里，纽约和新泽西地区飘过几次薄雪，隔三岔五来一场小雨，白天气温大体维持在35华氏度左右。

　　这个冬天，有点儿暖。

　　而即将到来的农历新年，将一份更加深厚的暖意，融入乔治·华盛顿大桥边的小镇，融入李堡社区，融入每一户寻常人家。

　　为庆祝这个中国节日，李堡高中旁边的ACME超市锣鼓喧天，舞狮表演正在热闹上演，吸引了正在购物的顾客。

　　舞狮的队伍里，有几个白人面孔，他们不仅舞狮技艺超群，而且敲锣打鼓的水平也很高。一打听，方知这几个表演者来自唐人街的方氏洪拳功夫协会，其中有几个美国学生，对中国传统文化有着浓厚的兴趣。

　　舞狮是传统的舞蹈形式，也是大多数中国功夫学校不可或缺的一门课。一头狮子通常由两名表演者组成，一个在狮头，另一个在狮尾，他们在同伴的铙钹、鼓和锣的伴奏下，协调舞步和动作，表演杂技，演绎狮王威风。

　　中国起先没有狮子。从汉朝开始，有少量真狮子从西域传入。当时的人就模仿狮子的外貌、动作作戏，到三国时期，发展成舞狮。南北朝时，舞狮表演随佛教兴起而开始盛行于民间。

舞狮表演团队精湛的演技，博得围观者的阵阵掌声。

活动现场，来自华仁协会的姑娘们还进行了茶艺表演。独特而丰富的"茶道与品鉴"，让顾客领略到中国茶文化的精妙。

春节，在中华民族文化的脉络中，有着举足轻重的地位。随着农历新年的脚步越来越近，李堡华联主办了年度春晚联欢活动，为本地居民奉献了一台精彩纷呈的歌舞戏曲表演。大红的灯笼，漂亮的中国结，精美的剪纸窗花……演出开场之前，华联义工精心布置了演出场地，彰显出浓浓的中国年味儿。

智慧机器人摘苹果表演吸引了不少家长带着孩子观摩，"我的中国龙"画展前站满了小朋友，一些早来的观众向现场的书法家请"福"字。

正在挥毫泼墨的老人名叫李博仁，今年73岁，为布置会场出了不少力。他谦虚地说，别叫我书法家，我不是书法家，我是华联的义工，练习写字才6年，退休前是工程师。

李堡华联成立于2019年，是一家注册的非盈利组织，致力于提升华裔社区形象，推广中华文化交流，与各族裔共建和谐社区，为中美两国的文化交流搭建桥梁。五年来，华联开展了多元文化节庆、组织看灯展看电影、户外亲子活动、免费课程讲座、参与警民联欢、捐助博根郡无家可归者、救灾与捐款等多项社区活动，受到赞誉和欢迎。

联欢会现场，国会议员派代表送来祝福，州议员亲自到场祝贺，李堡市长，警察局长，教育局长等当地政要悉数到场，向亚裔贺新年。不同族裔济济一堂，把春节这个中国传统节日过得喜气洋洋、热闹非凡。民乐合奏、女声独唱、儿童合唱、民族舞、诗朗诵、川剧变脸……从三岁萌童到八旬老翁，小镇居民利用业余时间反复排练的节目华丽亮相，竟然演出了专业的味道。

台上精彩纷呈，台下掌声雷动。节目中，表演诗朗诵《静夜思》的几个"老外"学生，母语都不是中文。这些中文零基础的学生，参加了华联组织的成人中文课程的学习，在何燕老师的指导下，提升了汉语的听说读写能力。而这样的中文课程，是免费的。

扇子舞《紫竹调》、歌曲串烧《回家过年》、黄梅调《谁料皇榜中状元》、歌唱家的脱口秀……随着李堡向阳花百灵鸟老年艺术团的闪亮登场，联欢晚会掀起了一个小高潮。

自编自导哑剧《卓别林》的女演员名叫李明淑，来自延边朝鲜族自治州。惟妙惟肖的模仿动作，幽默风趣的表现力，让好多观众都误以为她是个中年大叔。

Mia姥姥易回春来自杭州，今年67岁。她说，退休后她和大部分中国老人一样，帮忙带孙子辈。原以为美国生活枯燥，没想到在李堡生活这两年，学跳舞，学英文，特别是加入向阳花百灵鸟艺术团之后，交了许多有共同兴趣爱好的朋友，日子过得非常充实。这次春晚，易回春身穿旗袍，抱着外孙女表演歌曲串烧，赢得了大家喝彩。

歌曲串烧是张石山老师编导的。为了排好这个节目，他挨家挨户去演员家登门指导，一遍一遍不厌其烦地组织排练。"李堡向阳花"的群主齐凝在舞蹈老师金花回国后，主动组织大家排练新节目，采购新舞裙。正是大家的齐心协力，辛勤付出，向阳花团队的演出获得了圆满成功。

好戏在后头。演出结束，还有丰盛的新年大餐。参加联欢会的李堡居民，每家每户都奉献了家乡的美食，大家一边参与抽奖，一边享用晚餐，感受温馨的节

李堡华联主办新春联欢会

日烟火气。这种集文艺演出、科技展示、美食分享为一体的新春联欢活动，给当地民众带来了惊喜。

除了文艺表演，李堡图书馆还为家长和孩子们营造了更深层次的文化交流。华人图书馆馆员Grant说，图书馆旋转门入口处有两个大玻璃展柜空置了很久，想到春节临近，于是主动请缨摆放具有中国特色的展品，借此机会展示中华传统文化艺术。展品包括Grant和其他居民收藏的具有浓郁中国特色的摆件：景泰蓝、兵马俑、唐三彩、青花瓷、内画壶、双面绣、漆器等。起初没来得及配上文字说明，读者纷纷展开联想，把三条腿口含铜钱的金蟾误认为是鱼，把编钟当成了排铃，还有居民误认为这些东西是来自日本的展品。Grant赶紧进行了标注。他说，要让读者读懂中国，感受中华文化的源远流长。

新春之际，美国亚裔纷纷举行庆祝活动。

在著名的美国梦超级购物娱乐中心（American Dream），北京同乡会召集纽约华裔社区近30家侨团，联合举办了2024龙年新春庆典活动。中国驻纽约总领事黄屏夫妇、副总领事吴晓明、领侨处主任潘焱以及社区领袖共同出席了这场美轮美奂的盛大演出。

从1月14日起至2月25日，American Dream连续40天举办15场精心策划的迎春活动，内容涵盖全球新春摄影大赛获奖作品展、大型春晚、音乐会、戏曲专场、传统服饰走秀等。全部活动，都向公众免费开放。

如今，中国农历新年的民俗活动已经走进全球近200个国家和地区。春节，成为展示中华传统文化的舞台。

为迎接龙年新春，纽约、新泽西地区即将开幕的文化活动异彩纷呈：久负盛名的纽约爱乐乐团中国新年音乐会；林肯中心奏响新年之声《春节序曲》；曼哈顿唐人街用鞭炮迎接新

美国梦超级购物娱乐中心龙年庆典表演活动

中国风手工挂饰

年到来；法拉盛春节盛装游行、杂技、木偶戏、糖画展示；新泽西交响乐团举办庆祝中国新年的特别音乐会；陈乃霓舞蹈团新年舞蹈专场……

据统计，美国有2200万亚裔人口。其中三分之二以上的华裔、朝鲜裔、日裔和越南裔过农历新年，而过农历新年最多的族裔是华裔。早在2020年9月，加州就通过法案，将中国农历新年定为加州法定节假日。2023年2月，农历新年成为纽约市法定假日。2023年3月，新泽西州议会将农历新年定为州立假日。2023年9月，纽约州州长凯茜·霍楚尔签署法规，宣布春节为纽约州公立学校法定假日。

这些举措，不仅仅是对美国亚裔社群的认同，更重要的是，让青少年有机会学习了解本族裔或其他族裔的文化和传统。

远走他乡，是为了更好地生存。奔赴山海，是为了心中所爱。这一年的风尘仆仆，这一年的冷热酸甜……酒杯，装不下沉甸甸的思念，行李箱，无处安放溢满的乡愁。

大纽约地区的年味儿，是一场浓烈的晚会，是一顿团圆的家宴，是一张回国的机票，是静夜里两行流淌的热泪。无论漂泊多久，不管身在何方，我们的心灵深处，总被一条无形的纽带牵引着。

这条纽带很长很长……一头是游子，一头是故乡。

2024年2月24日

总有一个春天，
为你而来

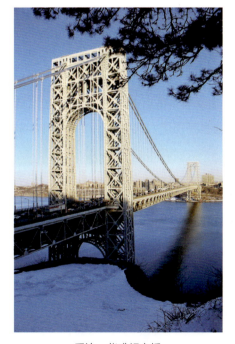

乔治·华盛顿大桥

正值龙年新春，飘了两场雪，美东小镇仍是一片隆冬的景象。

上个长周末是Presidents' Day总统日，美国联邦假日之一。

最初这个节日是为了纪念美国首任总统乔治·华盛顿的生日（1732年2月22日），由于另一位伟大的总统亚伯拉罕·林肯也是2月份出生（1809年2月12日），因此总统日用于纪念对美国有重大贡献的总统。于大多数美国民众而言，总统日最实惠的意义，就是多一天休息。

过完总统日，接下来这个周末恰逢正月十五，也是中国传统的元宵节。闹元宵结束，才算是为红红火火的农历新年划上一个圆满的句号。

那天，我们驾车正准备外出，恰好碰见隔壁邻居爱德华在门口铲雪。

他热情地与我们打招呼，并提醒我们，积雪压弯了我们两家分界线上的树，树枝摇摇欲坠，重量全压在一根网络线上，如果我家网络有任何问题，可以随时把树枝剪掉。我们侦察了一番，觉得不用剪树枝，找来一根长长的木棍用力一挑，大片积雪从树顶砸下，树枝伸展开来，网线又绷直恢复了原样。

爱德华抬头看一眼晴朗的天空，笑着说，其实太阳晒一晒，这雪就融化了，但人行道必须铲干净，万一有人滑倒，麻烦就大了。

这时，从爱德华家走出一个白人女子，礼貌地跟我们招招手。爱德华赶忙介绍说，这是他太太。看着穿着时尚棕发碧眼的女子，我对爱德华说，你太太很漂亮啊！住在这里十多年，除了跟爱德华的母亲——已经过世的埃迪老太太打过交道，我还从未见过他太太。

爱德华对我说："我太太平时忙于曼哈顿的工作，不怎么来这栋老房子，加上你也常常回中国，所以你俩碰面的机会还真不多。"

听说我们要去超市买糯米粉做汤团，爱德华聊起我给他母亲送酒酿圆子的往事，再次表示感谢，并祝我们元宵节快乐，Happy Lantern Festival。

我喜欢做酒酿，平日里只要得空，一做就是一大盆。自己家吃不了那么多，就打包起来，一盒一盒往邻居和朋友家送。一个上海邻居告诉我，她做了几次酒酿都失败了，不是长毛，就是糯米变绿色，要么就是做出来的酒酿发酸。我帮她找原因，最终确认是温度没掌控好。其实我也经历了多次失败，浪费了好多糯米，才总结出一套成功率比较高的发酵方法。

我一向对糯叽叽的食物，完全没有抵抗力。不仅仅是元宵节，我家平时也常常煮汤团吃，我们喜欢把汤团跟酒酿搭在一起煮。

豆沙馅的大汤团、手搓的实心小圆子、用南瓜泥和糯米粉揉搓的小汤团、用蒸熟的山药搅拌糯米粉做的汤圆……圆子下到煮沸的水中浮起，再加两大勺酒酿煮开，喜欢吃蛋的，可以打个荷包蛋，有桂花蜜的放一小勺。软糯甜润，浓香馥郁，一碗回味无穷的酒酿圆子端上桌，就是我家元宵节的打开方式。

元宵节亦称上元节、元夕或灯节，为农历新年的第一个月圆，象征着春天的到来。

自制酒酿南瓜汤圆

明朝钱塘瞿佑《双头牡丹灯记》："每岁元夕，于明州张灯五夜。倾城士女，皆得纵观"，说的是青年男女外出观灯，并趁机结识和相会。所以，东南亚地区也把元宵节称为中国的"情人节"。

元宵节的由来说法很多，最早可追溯至秦汉时代。秦末有"正月十五燃灯祭祀道教太乙神"之说，是农民祈求丰收的日子，也是道教的天官诞。唐宋时期，赏灯十分兴盛，猜灯谜流行于民间。到了明清之际，正月十五更加多元，吃汤圆、观灯和娱乐游行成为元宵节三大主轴。

关于糯米圆子的叫法，北方和南方各不相同。北方人叫元宵，虽然外皮也是糯米粉做的，但元宵是将馅料先做好，切成小块沾点儿水，放入装有糯米粉的容器里晃动，馅料在不停滚动中逐渐变成圆形球状。

北方元宵偏甜口，通常用芝麻、白糖、红豆沙、花生核桃碎等入馅。

南方人叫汤团，将糯米粉和成面团，包入馅料，揉成圆形，做法类似包饺子。馅料有芝麻馅、豆沙馅、蟹粉鲜肉馅等。代表作是宁波汤团：黑芝麻+猪板油+白糖的黑洋酥馅儿，咬上一口，唇齿留香。菜肉馅的汤团也是南方汤团的一大特色。我在上海吃过饱满润滑的菜肉汤团，荠菜碧绿清香、肉馅鲜得掉眉毛，米道嗲得不得了。

在上海生活那些年，好吃的汤圆店我几乎都光顾过。比如城隍庙的老字号宁波汤圆、顺昌路的盛兴点心店、南京西路的王家沙、陕西北路的美新、还去七宝老街吃过汤团……

如今的汤团花样百出，为迎合年轻人和小朋友的口味，人们在馅心里做足了文章，塞入榴莲、抹茶、香芋等等，算是新潮汤圆的吃法。其实无论元宵还是汤团，不管里面包裹着什么馅料，它都长得圆乎乎、白胖胖的，象征着和睦美满、团圆吉祥。

大纽约地区的华人超市,一年四季都有冷冻汤圆售卖。果仁、花生、黑芝麻、大黄米、黑糯米、水磨小圆子,冷冻柜里琳琅满目,价格从每袋2刀到5刀不等。对于忙碌的上班族来说,买一包现成的汤团煮熟吃吃,节日的味道就在其中了。

放烟火、赏花灯、猜灯谜、踩高跷、跑旱船、舞龙舞狮……在美国华人聚集的纽约、洛杉矶、旧金山等城市,元宵节的气氛尤为浓厚。华人社团每年都会组织丰富多彩的民俗和娱乐活动,欢庆元宵佳节,弘扬传统文化。一些老华侨去庙会许个心愿,祈求在新的一年健康圆满,生活太平。

住在曼哈顿的梁太参加了纽约唐人街举行的龙年庆新春活动。她说,现场好多人,好热闹。梁太和家人们观看了舞狮表演,传统茶道,书法民乐,品尝了中华美食,让出生在纽约的孙子感受中华文化的源远流长、博大精深。

每逢佳节倍思亲,我更想念故土的元宵节。那本泛黄的日记本里,有年轻的父母和儿时的我,一起围在小圆桌旁,打馅、和面、包汤圆的温暖记忆。

在距离纽约14000多公里的江南古城,青砖黛瓦,石板斑驳,游客穿梭,烟花弥漫。古老的建筑,璀璨的灯火,承载着人们对未来美好的期许。五颜六色的灯笼,在微风中摇曳生姿,仿佛是一场穿越千年的视觉盛宴。

过完元宵节,就要收起玩心啦。孩子们会拉着纸糊的兔子灯、莲花灯,在街道上跑来跑去,尽情享受着农历新年最后的撒欢。节日的欢愉,温暖的情愫,把江南的夜,装点得婉约迷离,顾盼生辉,分外妖娆。

纸短情长,寄语了相思,软糯汤圆,温暖了流年。

当元宵的花灯在暗夜里闪烁,当Q弹的汤团从锅中捞起,小屋暗香浮动,甜蜜溢满心房。

凛冬散尽,草木萌发,总有一个春天,为你而来。花香氤氲,月色婵娟,让我们无惧岁月的熬煎。

纵是神仙下凡,也会羡慕这人间的烟火。

惊艳旅程

温暖的时空

从上海到纽约，乡愁是一张薄薄的机票

返美之行

离开镇江之前，又跑去医院看了一下父亲，在他耳畔轻轻说：我明年再回来看你哦。父亲难得清醒，他点点头，脸上再无任何表情。

面对瘫痪在床已经10年的老父，我既心疼又难过，却束手无策。

与母亲依依惜别后，大哥帮我把行李和背包放在朋友汽车的后备箱里。沪宁高速不算拥堵，4个多小时车程，傍晚时分，我住进上海闺蜜帮我预订的皇廷花园酒店。酒店距离浦东机场只有20分钟车程，具有浓郁的江南苏式园林风格。亭台楼阁、水榭桥石、花草葱郁，令人赏心悦目。

我第二天要飞纽约。

原本打算起飞当天，让朋友把我从镇江直接送到浦东机场。但我搭乘的MU587航班是第二天中午11点半起飞，这样的话早上5点就要从镇江出发，一路顺利的话，到机场也近10点钟了，时间太紧，万一路上有什么情况，误机可就麻烦了。

况且，此行我还有一个重要的任务：带上我美国邻居黛西的老妈返美，要把老人从浦东机场一路护送到她新泽西女儿的家。老人去年在上海脑梗过两次，

行动不便，需人照顾，要坐着轮椅登机。黛西十多年前没了父亲，如今老妈又病了，大流行的缘故，回国太难，这令她牵肠挂肚，焦虑万分。黛西说：不管怎样，想方设法也要把老妈接到自己身边照顾。

可是这三年，上海到纽约的距离，已经变得遥不可及。

得知我在国内探亲，十月中旬回纽约的消息，黛西请求帮忙带上她老妈一起返美。为了让老妈飞行得舒服些，黛西想花1万美金给老妈买张商务舱，可平日里节俭惯了的老人坚决反对。

黛西说，有你在我放心，老妈坐你旁边，其实反而比她一个人躺在商务舱更安全。黛西深知带着脑梗的老妈乘机并非易事，郑重其事地写了委托书给我，承诺了一切责任。虽然重任在肩，我欣然应允。

得知我要带一个生病的老人返美，上海闺蜜有些担忧。她说：十几个小时的飞行，还要过海关，万一路上老人家出现什么状况……你怎么办呀？

在大纽约地区，我家和黛西家之间的距离，散步只要20多分钟。黛西一家都是基督徒，为人热情，待人友善。疫情之前，黛西家的大House每周都为教会的兄弟姐妹们开放，大家去她家团契，进行唱诗、祷告、读经、讲道、聚餐等活动。

口罩三年，经历了那么多悲欢离合，让我分外珍惜人世间宝贵的亲情和友谊。

同样都是脑梗，黛西老妈可以坐轮椅，身体状况比我老爸强太多了。老爸躺在医院这么多年，身体一天不如一天，特别这两年更是每况愈下。这次回国探视他，除了眼珠动，哪里都不动。我心里明白，我永远无法把老爸带到美国来了。

乡愁是一张薄薄的机票，却满载着厚重的思念。

我对上海闺蜜说：黛西是个善良的好姑娘，有如此孝心，一定要成全她啊。

登机当天，我早早起床，八点半准时来到候机厅。一边等着黛西家的亲戚把老人交接给我，一边根据黛西发给我的老人材料，把出境所需的表格填写好。

　　拿到登机牌确认座位号后，还需在手机微信小程序里搜索"海关旅客指尖服务"，申领"健康申报码"，有效期为24小时，同一个手机，可以给同行的人一起申请，获得二维码后截屏保存一下，通关时向海关人员出示。如果以上这些不知道怎样做，可以在机场工作人员的指导下完成。

　　为了让老妈顺利来美，黛西事先做足了功课，打了无数次东航的客服热线，买了医疗保险，申请了轮椅服务。值机和过海关可以走特殊通道，全程有工作人员帮忙推轮椅，直到机舱口。我们享受了特殊服务，可以先行登机。连抱带扶，把黛西的老妈安放到座位上，我的汗水已经湿透了内衣。

　　这趟航班乘客还是比较满的，我的周围几乎没什么空座位。旁边一个来自福建的大叔，经历和我相似。他带着一个4岁的小男孩登机，孩子却是别人家的。

　　这个小男孩，是大叔的女儿的闺蜜的孩子，出生在纽约，几个月大的时候被送回福建老家，给外公外婆带。这三年，孩子的父母没法回国接孩子返美。今年夏天，大叔刚好回国探亲，秋天返美时，被女儿央求，帮忙把闺蜜的孩子带回美国。小男孩乖巧懂事，一路上不吵不闹，看看动画片，吃吃东西，睡睡觉。

　　大叔调侃他在浦东机场，被海关询问了好长时间，材料审查了又审查，差点误了登机。他哭笑不得地说：你帮邻居带老人返美就没那么多盘查，我带小孩子就那么多麻烦，难道我长了一张拐卖幼童的脸吗？大叔一番诉苦，惹得我们哈哈大笑。

　　飞机穿行在万米高空，看一眼屏幕，行程已经过半，距离美国的家，又近了一些。虽然穿了成人纸尿裤，飞行期间，爱干净的黛西老妈仍坚持去一趟厕所。十几个小时的旅程，老人吃得很少，睡得挺安稳。

　　上帝保佑，一路平安，我们顺利抵达纽约肯尼迪机场。

　　等旅客全部走完，我把老人扶出舱，美丽的空姐帮我把随身行李拿到机舱门口。过海关时，因为推着轮椅，我们走了快速通道。窗口是一位非常Nice的女官员。对着镜头拍照后，就是一些例行问话：

　　从哪儿来？在中国住了多久？在美国的住址？有没有带种子、蔬菜、肉类等违禁品？然后，女官员问我和黛西的妈妈是什么关系？黛西家的住址？黛西的妈妈将在美国住多久？带没带钱，带了多少钱？

　　对答如流，顺利出关。至此，悬着的心落了地，我松了一口气。在行李转盘等行李的时候，我发微信给已经来机场接我们的黛西：我们出海关了，你可以安心啦！

黛西激动地说：一定是主耶稣听见了我的祷告，派天使把妈妈送到了我身边。

母女相见，泪水涟涟，又是一幅感人的画面。看见她们母女团圆，我也湿了眼眶，在内心羡慕并祝福黛西一家。

农耕之乐

昏天黑地睡了两三天，时差还是倒不过来。夜里做着奇奇怪怪的梦，醒来却什么都记不得。

翻看朋友圈，大流行反反复复，有人唉叹，有人庆幸。上海前阵子又紧张了，一些朋友的孩子又开始在家上网课了，一些饭店又关门了。

美国已经躺平，出门连口罩都不用戴。有些人已经感染过两遍三遍，只当是感冒。小镇的居民们，一如往常，上班的上班，休假的休假，带娃的带娃，旅行的旅行……

刚刚从受限制的环境中过来，突然间的松懈，竟让我无所适从。站在大街上，没有口罩的束缚，大口地呼吸着新鲜的空气，却依然感到些许莫名的紧张。

一个朋友对我说，他第5针疫苗都打过了！即便感染了，症状也很轻，不必担心。另一个朋友说，她是无症状，已经感染过了，却一点感觉都没有。

时空交错的混乱持续了几日。昨夜大雨瓢泼，一觉醒来，迎来秋阳绚烂的周末。

美东地区的秋天，不能单单用"美"字来形容，她更是收获的季节。

走进绿意盎然的后院，看见一只硕大的丝瓜孤零零挂在有些枯黄的藤蔓上。这是留作种子的老丝瓜，它的丝瓜瓢可以用来刷锅洗碗或者洗澡搓背。

离开整整半年时间，院子里的花草和果实自在生长，丰饶喜人。大纽约地区冬季漫长，气候异常寒冷。但却丝毫不能阻止热爱土地的农夫农妇，利用小小的空间施展传统农耕文化的才情。

农夫尝试用自家院子里种的葡萄酿酒，然后把那些坛坛罐罐，储藏到地下室。地里还收获了许多辣椒，被做成剁椒，加盐，加糖和大蒜生姜，用高度白酒封口。

我在秋天吃到了香椿炒鸡蛋。那是把春天收获的香椿焯水后放凉，用保鲜膜层层包裹密封后，放入真空小袋子里，冰箱里冷冻保鲜。感觉味道和春天的差不多。

惊喜的还有墙角绿油油的韭菜，割下一茬，拌上猪肉馅，剁点儿虾仁，包一顿饺子，才能真正抚慰我漂洋过海的深情。

美东地区的大南瓜，是秋天的明信片。随着万圣节来临，许多农场还将举办摘南瓜活动，一些家庭开车来农场度周末。

家长们带着孩子采摘南瓜，制作南瓜灯，享受劳动的乐趣。还可以品尝新鲜出炉的馅饼、甜甜圈和苹果酒。

这里的秋天，一如既往的宁静。这种宁静，覆盖了内心的喧嚣。

我是个爱折腾的人。回国探亲那几个月，忙得人仰马翻，我的腰椎病又犯了。此刻，趴在床上听啾啾鸟鸣，透过窗户看小院染金，想起国内那些打了鸡血般亢奋的日子，不禁感叹：这里和彼岸，迥异的体验。

美国大农村的生活，大多数时候很平淡。

那些热血沸腾的冲动，穿越时空的忧思，魂牵梦萦的乡愁，在四季轮换的修行中，在温暖相伴的时光里，被悄然治愈。

📅 | 2023年3月1日

从他乡到故土，
春光不负赶路人

踏上回家路

2023年回国，相比之前3年，便捷太多了！

登机前一天的早上8点半，驾车去了位于Teaneck的HolyName医院的一处服务点做核酸。Drive through做核酸很方便，开车过去，随到随做，不用排队。当天下午3点一刻收到了邮件通知，把结果打印一下，一共两页纸，包括采样时间，护照号码，医院电话等等。

把核酸报告的打印纸和护照放进背包那一刻，内心很是笃定，第二天就可以顺利登机啦。

想起去年4月回国，进行了多次核酸，首次核酸提前7天检测，然后是48小时核酸，拿到绿码起飞当天，还在JFK机场做了一次快速抗原检测，检测费用一共花了615美元。期间还需填写《自我健康状况监测表》和疫苗接种声明书。

今年回国的流程简单，核酸也便宜。我直接拨打了HolyName医院的电话预约做核酸的时间。这家医院接受所有保险，如果没有保险，只需付费25美元。感谢医院工作人员Anna，看到她发在华人群里的信息，我咨询过几次，她总是有问

必答，热情而友善。在她的帮助指导下，我顺利完成了登机前的核酸检测。

去机场花了1个半小时，然后花6美元租个手推车放行李。东航的值机柜台很忙，排着长长的队伍。托完行李过了安检之后，看见一些免税商店门可罗雀，餐厅和咖啡厅有一些零零散散的顾客。现在内卷+躺平的气息愈发浓重。看来要恢复到2020年之前的消费热度，还需时日。

其实JFK机场1号航站楼免税店的东西折扣还不错，特别是化妆品，价格比国内实惠很多。一些品牌包包虽然也打折，但个人觉得还是感恩节前后网购的价格更好些。

如今国内放开了入境管控，回国探亲的华人越来越多。我乘坐的东航MU588居然满仓，几乎没有空座位。

我的邻座坐着母女俩。女儿手捧一本《战争与和平》，一路上读得津津有味。交谈后得知，小姑娘从小学习音乐，酷爱大提琴，各科成绩全A，虽然只有16岁，已经在纽约茱莉亚音乐学院念大一了。因为大流行，好几年没回国了，这次趁着春假，母女俩回苏州老家探亲。

有趣的是，我又碰见了去年10月中旬从上海去纽约MU587航班的空姐王晓泽和余祺。美丽的空姐笑着说：天哪，这一来一回都让咱们碰上了，这也太有缘了吧！

经过14个小时的漫长飞行，安抵上海。起飞前在微信小程序"海关旅客指尖服务"里填写《中华人民共和国出/入境健康申明卡》，并截屏保存，通关时扫码即可。拿好行李，已经是晚上8点半，推着行李车走到出站口，看到接机的人群熙熙攘攘，那一双双期盼找寻的眼睛热烈地从我们身上扫过，时光仿佛重回2019年，哈哈，终于不用隔离了！可以直接回家了！我的心中涌出一阵阵感动。

口罩3年，航班熔断，一票难求，集中隔离，望洋兴叹……海外华人华侨留学生的回家之路走得异常艰辛。好在那些无奈和心酸，终成过往，只在回眸的瞬间，一声轻叹。

可是机票仍然很贵。这三年中美之间来回奔波的花费，妥妥可以在纽约买辆不错的汽车。虽然费时费力费钱，但是每年不辞辛苦飞回家乡，能够陪伴一下年迈多病的父母，能够与亲朋好友们相聚，一切都值得。

生命中有些东西，岂是金钱可以计算衡量的？

进入3月，好消息接踵而至：自3月1日起，多国回中国取消核酸检测，航司不再查验。海关申报接受抗原检测结果。这些国家包括新西兰、泰国、马来西亚、斯里兰卡、匈牙利、南非等。

相信不久的将来，不管是出国还是回国，一切都将恢复到原先的开放状态，真正实现出行自由。

有一种想念

距离故土越近，越能感受到那种独特的熟悉又亲切的"烟火气"。

飞机落地浦东后，上海闺蜜把我接到酒店住了一晚。依然是去年10月离开上海赴美前夜住过的那家苏式园林风格的皇廷花园酒店。亭台楼阁，奇石清泉，花团锦簇，杨柳吐绿。山水花鸟的情趣，寓唐诗宋词的意境，一步一景，诗情画意。

初春的早晨仍带着凛冽的寒意，却见枝头那一朵朵傲然怒放的红梅，在风中起舞，温馨淡雅，暗香浮动。

只需一个电话，我与安安、迅儿、玉香的欢笑，便融入浦东的夜色中。

半年未见，如隔三秋。

经历了特殊而艰难的三年，安安更加坚定了要过自己喜欢的小资生活的决心；迅儿更清瘦也更努力了，女子本弱，为母则刚，单亲妈妈的责任和担当让她一刻也不敢懈怠；比我们年长十来岁的玉香姐退休后的日子过得潇洒快活，最近更换了新护照，打算再去加拿大探亲旅游。

四个女人一台戏，生活中亦师亦友，情感上互通互补。生命美丽，绚烂如花，却也短暂脆弱。人海茫茫，浮沉聚散，被岁月打磨过的友谊，更懂得珍惜。

当纽约的天空飘起鹅毛大雪的时候，我回到了烟雨江南，回到了古城镇江。

此刻，油菜花已经开出漫山遍野的金黄。

站在春天里，和寒冷告别。时差混乱中，和旧梦告别。

春天于我而言，是住院的老父亲努力回想着我是谁，那令人心疼和心酸的一幕；是母亲见到我时，难以置信的一脸惊喜；是家门口那一碗魂牵梦绕，令人垂涎欲滴的锅盖面；是一眼看千年的西津渡古街上，青石板铺就的小路；是和母亲一起和面，有一句没一句地闲聊，用鲜嫩的春韭做香气诱人的韭菜盒子……

我在凌晨3点的小城醒来，再也睡不着。好不容易盼到天亮，遛弯去了菜场。一日三餐，市井烟火，这是一座城市最鲜活的地方。

白鱼12元一斤，活虾28元一斤，番茄4元一斤，蒜苔8元一斤……纽约的叶子回到故乡变身二丫，一边大口嚼着刚出锅的酥脆油条，一边慢悠悠闲逛，猛然发现一块路牌，上面用网红的语气写着：我在镇江很想你。

愣神5秒，哑然失笑。

背井离乡，漂游在外，看尽世间繁华。鲜衣怒马，仗剑天涯，此心安处是家。

这一刻，我终于明白，是怎样的烟火和春光，是怎样的诗意和情怀，眷顾和抚慰了这一路的颠沛流离……

📅 ｜ 2024年1月13日

从纽约到迪拜，
令人迷醉的中东风情

　　我在北美听说过一个故事，说是一个老太太，把自己退休后的生活安置在邮轮上，一路漂泊一路风景……老太太说，只要尚能走动，花销够用，邮轮生活就是天堂。

　　且不论故事的真实性，但乘坐邮轮旅行，确实是一种轻松随意的度假方式。通常乘坐邮轮，都是几个月甚至半年前就计划好的行程，早早预订，不仅可以拿到优惠的价格，还可以挑选自己中意的楼层和船舱房间。

　　前些日子，我们搭乘美联航从纽约直飞迪拜。当晚，入住已经预订好的迪拜城市酒店，就在City Center Mall旁边。打折后139美元一晚的酒店，干净舒适，早餐还有免费的手工咖啡。与我们一同抵达的，还有另外两家邻居。2024年跨年之旅，我们三家人决定一起飞到迪拜乘坐邮轮，看一看"头顶一块布"的土豪国长啥样。

　　在邮轮出发之前，我们安排了两天迪拜自由行。

　　第一个游览项目，是网上买好的90分钟快艇游。我们一共6人，出行需要一部7人座的汽车。如果叫普通出租车去港口，我们需要两部车。酒店前台帮我们叫了一部7人座出租车，司机名叫Noor，来自印度，说一口流利的英文。为了节

乘坐邮轮去中东旅行

省时间、提高效率，在与Noor进行了简短的交流之后，我们决定把打车+步行的城市游，改成私人定制包车服务。

来迪拜之前我们是做了攻略的。除了想打卡的地方，Noor还为我们补充了他认为外国游客应该去看一看的地方，并制定了合理的路线。

迪拜的通用货币是阿联酋迪拉姆。1美元可以兑换3.6阿联酋迪拉姆。Noor报价800迪拉姆的City Tour（5小时），我们立即表示同意。

从酒店到游艇码头，从游艇码头回酒店，从一个景点到另一个景点，最后再从酒店去邮轮……包车游览相比每每到一个景点打出租车或者叫Uber稍微贵一些，但是胜在时间宽松，行程随意，心情愉快。

后面几天的旅行，邮轮停靠的地方，我们都用了类似的私人定制。事实证明，包车出行真是省力又高效！

有人说，到迪拜旅行，不去打卡帆船酒店，等于没来过迪拜。快艇在海面上乘风破浪，起起伏伏。我们第一次近距离观赏到富丽堂皇、雅致迷人的帆船酒店

身后是著名的帆船酒店

4.5亿打造的迪拜画框

（Burj Al Arab），以及迪拜海湾辉煌的现代建筑。

作为迪拜最豪华的酒店之一，帆船酒店始建于1994年，高321米，共56层，矗立于离沙滩岸边280公尺远的波斯湾内的人工岛上，仅由一条弯曲的道路连接陆地。这座七星级的酒店外型酷似阿拉伯帆船，于1999年12月开业，酒店顶部设有一个由建筑的边缘伸出的悬臂梁结构的停机坪。这也是世界上最贵的酒店之一。普通房间住一晚要1500美元。如果是皇室套房，一晚的价格是20万人民币。

在迪拜，我们打卡了许多著名的地标建筑。比如花费4.5亿美元建造的迪拜画框（The Dubai Frame），通体是炫目的金色，框架的四周刻有花纹，坐落于迪拜Zabeel公园内。该画框被称为"地球上最大的相框"，也是迪拜著名的天际线。它由两座150米高的垂直塔楼组成，由透明玻璃桥连接，里面有三个展览区，向游客展示迪拜的过去、现在和未来。远远望去，仿佛苍穹之下，一张巨型悬浮的城市照片。

Noor驾车载着我们，缓缓驶入迪拜繁华的街区。一个巨大的圆环进入视野，它就是被《国家地理》杂志评为全球最美博物馆之一的迪拜未来博物馆。

从外观看，这座富有想象力的建筑是一个椭圆形的空心环，线条流畅，光滑圆润，颇具现代气质。博物馆由建筑师Shaun Killa设计，耗时8年，耗资1.36亿美元，代表着迪拜的未来愿景。

全球最美博物馆之一的迪拜未来博物馆

哈利法塔（Burj Khalifa）落成之前被称为迪拜塔。塔高828米，自2009年封顶以来，一直是世界第一高塔，取代了此前保持这一地位的台北101塔。整座建筑于2004年动工，2010年正式完工启用。这座集酒店、住宅、写字楼于一体的世界第一高楼，造价不菲，花费15亿美元！

哈利法塔创下最多楼层（169层）、最高游泳池（76楼）、最高清真寺（158楼）等多项世界纪录。游客乘坐电梯，时速可达36km，上至全球最高的观景台，天气好时，可远眺80公里以外的美景。

DUBAI MALL就在哈利法塔旁边，是世界上最大的购物、娱乐和休闲的shopping mall。

女人大多喜欢逛Mall。我在纽约逛过许许多多形形色色的Mall，然而当我走进全世界最大的购物中心DUBAI MALL时，还是被震撼到了！

商业大Mall的中庭，一向是设计师绞尽脑汁精心布局的地方。在一片倾泻而下的水流中，高台俯冲的跳水运动员雕塑，栩栩如生，动感十足，吸引着人们的眼球。商场内还有中东最大的室内水族馆。享受购物乐趣的同时，这里也是遛娃闲逛、朋友约见、家庭聚会的地方。

DUBAI MALL是欧美国家的购物中心无比媲美的。由于迪拜和中国香港一样，属于免税地区，所以商品价格便宜，令人怦然心动。各种名表、名包、服装鞋帽、化妆品、新款手机电器等等，应有尽有。

这个巨无霸占地500万平方英尺，相当于50个足球场的面积，入驻超过1200家零售商店，数百个餐饮摊位，有超过70家名牌商店，集中了全球的奢侈品牌。想要逛完整个Mall，至少需要一整天时间！可是我们只有吃杯咖啡的时间，来去匆匆，走马观花，浮光掠影，意犹未尽。

Noor还带我们去逛了迪拜的历史街区，探索传统文化的卓越艺术。

老城区有黄金交易市场的珠光宝气，还有香料和药材集市，阿拉伯味道

迪拜也是购物天堂

的神秘芬芳，飘散在空气中，令人迷醉。闲逛到古董市场时，眼睛更是不够用，迪拜的特色手工艺品、布料丝绸、咖啡壶、阿拉伯箱子、各种小物件琳琅满目。备受尊崇的艺术画廊，展示了富有阿拉伯特色的文艺空间。

建成一座国际化的大都市，纽约用了200多年，伦敦用了300多年。可是，从一文不名的沙漠小城变身闻名于世的豪华都城，迪拜，只用了50年！

作为来自全球200多个国家和地区人们的家园，迪拜的大都市地位毋庸置疑，她的国际化与纽约有一拼。

行走在"世界中

迪拜人的下午茶

心"迪拜，从复古的旧城到时尚的新区，我感到恍惚。短短几十年间，是怎样一种奇特的力量，将这片似乎与人类文明绝缘的沙漠之地，建成现代化、富庶的魔幻之城？靠石油起家，大力开发港口货运、进出口贸易、金融科技、旅游和房地产……这里不是海市蜃楼，而是真真切切富得流油。

从发展商业到吸引国际人流，它的开放理念和国际化进程，敢为天下先的勇气，使得这座城市在纸醉金迷、新潮摩登的外表下，透着一股神秘的智慧之光。迪拜，为世界提供了一个国际化发展的极致样板。

Noor告诉我们，他来迪拜4年了，一直开出租车挣钱，老婆孩子都还在印度老家。虽然辛苦，但是Noor感觉很充实。他说，在这里只要肯努力，工作机会多，挣钱也比在印度多。

迪拜两日游结束了。我们多给了Noor100迪拉姆小费，Noor惊喜不已，连声道谢。他让我们记下他的车牌，如果下次再来迪拜，希望还能为我们服务。

Noor希望我们下次再来迪拜旅游

其实在迪拜，和Noor一样打拼生活的外乡人有很多。这些打工者多数来自印度、巴基斯坦、阿富汗、孟加拉国和非洲。他们的工资待遇和生活福利无法与当地居民相比，但是"遍地黄金"的迪拜还是吸引了大批劳工，成为这片高温热土上的建设者。

黄昏时分，我们登上了邮轮。晚上8点，邮轮将驶离迪拜港口。

此刻，海鸟欢叫着，盘旋于海面，翅膀掠过晚霞艳丽如锦缎般折射的光影。一团耀眼的火球在云雾缭绕间，缓缓沉入大海。

我们也将开启欢乐的海上之旅，领略灿烂辉煌的阿拉伯文化经典。

📅 | 2024年1月18日

阿布扎比，一半海水
一半沙漠的异域烟火

从富丽堂皇的迪拜，沿着波斯湾美丽的海岸线，我们乘坐的诺唯真之晨号邮轮（Norwegian Dawn），缓缓驶入阿布扎比港口。这里，是阿拉伯联合酋长国的首都。

晨曦初露，红日薄发，霞光漫天，美轮美奂。在船舱的阳台上，一睹海上日出的壮丽景象。那是挣脱了黑夜的纠缠，冲破层层云雾之后的奇观。

"阿布扎比"阿拉伯语的意思是"有羚羊的地方"。20世纪70年代之前，阿布扎比还是一片荒漠，房屋是用土块砌成的。骆驼是当地人的传统交通工具，所以他们自称是骑在骆驼背上的民族。如今，这里是一座沙漠上的花园城市。

去过阿布扎比的纽约朋友告诉我们，这里真的很适合冬季出游：每年11月到次年3月，纽约天寒地冻大雪纷飞的时候，阿布扎比却晴空万里，微风和煦，平均气温只有26度左右，体感非常舒服。我们在纽约时就网购了阿布扎比当地的旅游Tour，想乘坐越野吉普车，体验一下沙漠冲浪的快感。

分享一下这些年多次乘坐邮轮积累的经验：尽量不要在邮轮的服务台购买各种Tour，因为价钱贵，通常是网购的两倍或三倍。如果没在网上预订，下船后自己找当地出租车谈价钱，也比邮轮上买的旅游票便宜许多。

旅游公司派车来港口接我们。我们买的沙漠套餐，每人64美元，包含了沙丘越野冲浪、骑骆驼、滑沙、汉娜花彩绘和晚餐在内的所有项目。虽然无需额外支出，我们还是按照惯例，给接送我们的司机一些小费。

从繁华市区驶入漫漫黄沙之地，我们随即被请入越野车。经验丰富的司机提醒我们，一定要系好安全带。狂拽的四轮驱动越野车忽快忽慢行进在沙峰与沙谷之间，掀起一阵沙浪，爬到高处，车子猛然打住，一个急转，顺势俯冲而下……一片惊呼声中，越野车在陡峭的沙丘边缘攀升、俯冲，然后再旋转一圈，带我们冲上另一个高坡。在沙漠里冲浪翻转，玩的就是一个心跳！

金黄色的沙丘，连绵起伏，一望无际。五彩缤纷的滑板伫立在木头支架上，等待着挑战它的主人。在一群男女老幼、高矮胖瘦的游客当中，总有几个胆大心细之人，背着滑板爬上高高的山丘，然后脚踏滑板，从沙丘顶部向下俯冲。滑沙的快意，非比寻常，哪怕一连翻几个大跟头，从高处滚下来，也能收获大家鼓励的掌声。

沙漠里扬沙的男子

来到阿布扎比的沙漠地带，一定要尝试一下骑骆驼。这和大草原上骑马的感觉完全不同。在绵延的沙丘上，骑上温顺的骆驼，悠哉悠哉转一圈，享受沙漠的寂静，那是一种逃离喧嚣都市的放松和洒脱。

除了骑骆驼，游客还可以参与到其他丰富多彩的文化体验当中：穿当地的传统服饰拍照，品尝阿拉伯水烟，尝试汉娜花彩绘，在手背上描刻阿拉伯民族色彩的图案等。

汉娜花手绘是一种女性美体、美容的民间艺术，流行于阿拉伯地区。当地人把烘干杀菌后研磨而成的纯天然植物粉末，用于纹身、彩绘以及头发和指甲的染色。

观摩手绘时，我被一种古老而美丽的编织布艺吸引了。当地人说，它叫"萨杜"，是阿联酋农村和牧区妇女的编织技艺。

在古代，贝都因妇女将绵羊、山羊和骆驼毛清洗后，用一种木制纺锤纺成毛线，经过染色、编织等工序，制成有几何图形的织物，传统色彩有米、红、黑、白、棕。"萨杜"是绚烂多彩的阿联酋民间艺术。这种织物被广泛应用于家具以及骆驼、马匹等牲畜的装饰上。

沙漠黄昏

黄昏时分的沙漠，绝对惊艳。夕阳醉了！天际被云霞染成绯红，广袤的沙丘上，是一簇簇屏住呼吸的旅人。他们站着坐着躺着，他们拥抱着亲吻着赞叹着，他们痴痴地看着那一轮苍凉而绝美的落日，在极尽绚烂之后，消失于大漠的尽头。

夜幕降临，篝火燃起。空气中烤肉的香味儿令人饥肠辘辘，垂涎欲滴。欢快的音乐声响起，人们围坐在阿拉伯特色的矮桌边，喝啤酒吃烧烤。这个营地名叫"沙漠玫瑰"。大家一边享受晚餐，一边欣赏如同玫瑰绽放一般，狂野豪放、激情四溢的肚皮舞。

肚皮舞起源于中东地区，是一种带有阿拉伯风情的舞蹈，以性感神秘著称。舞者多为女性，随着节奏摆动臀部和腰腹部，舞姿优美，婀娜多变，彰显深层的民族文化内涵。我们沉浸于阿布扎比沙漠独具魅惑的夜色里……

谢赫扎耶德大清真寺

与迪拜的"土豪"形象不同，阿布扎比的富贵，显得内敛而沉稳。在阿布扎比，我们被许多"高大上"的建筑所震撼：

首先是令人啧啧称奇的谢赫扎耶德大清真寺。这个清真寺是以已故的老国王扎耶德命名的，他死后就葬在寺旁。参观清真寺不要门票，但需要提前预约。入寺参观，有严格的着装要求。女士不能穿着暴露，不能穿吊带、背心和短裙，要自备纱巾包裹头发，才被允许入寺。在纽约时，我就准备了好几条可以包裹头发的大围巾，还有长及脚面的裙装。

身穿蓝色卫衣的是我们的导游囧汉

参观清真寺要尊重当地宗教文化

造价580万美金的波斯地毯

在清真寺拍照也是有讲究的。不能喧哗、不能搂搂抱抱、不能比V（剪刀手）、不能动作轻佻、不能摆出戏谑、跳跃等姿势。现场有许多安保人员，一旦发现违规行为，立即上前制止，严重者将被驱逐。到了清真寺门口，刚好看见几个游客因服装不合格不予入内。导游说，我们买的一日游套票里，提供免费的长袍。为了不惹麻烦、顺利通关，拿过导游递来的黑色长袍，我从头到脚，把自己裹了个严严实实。

作为伊斯兰建筑的辉煌之作，谢赫扎耶德大清真寺建筑群洁白无瑕，高贵典雅，显得格外庄严肃穆。

建材是来自全世界的顶配：包括马其顿普利雷波的斯拉夫白大理石，意大利南蒂罗尔拉斯的拉萨白石，印度的马克拉纳石材，中国纯洁晶莹的汉白玉大理石等。清真寺墙壁上风格各异的玻璃图案很是吸睛，从意大利进口而来的莫萨克玻璃闪亮发光，沙漠之花蜘蛛兰造型漂亮，很有伊斯兰教风格。

还有造型精美的马赛克装饰。主要祷告大厅的96支列柱，使用珠母贝镶嵌的大理石，工艺极其罕见。作为阿联酋最大的清真寺，目光所及，皆为伊斯兰建筑的精华！这里有来自德国慕尼黑的七个镀金黄铜水晶吊灯，缀满了数千颗施华洛世奇水晶，价值千万美金，寺内数以万计的宝石镶嵌叹为观止。还有全世界最大的手工编织地毯。这块造价580万美元的波斯地毯，面积5627平方米，重35吨。由1200名伊朗女工，耗费38吨从伊朗和新西兰进口的羊毛，夜以继日，历时一年半编织而成。整张地毯华美无比，没有任何拼接。

淡雅的白色，奢豪的金色，可同时容纳多达40,000名信徒在场地内漫步，谢赫扎耶德大清真寺，在我心中，是惊鸿一瞥的盛世美颜！

离开清真寺后，我们去了阿布扎比总统府，这里是阿布扎比奢华的文化地标。一座巨大的、原始的白色宫殿展现在眼前。这座梦幻般的建筑拥有一个宏伟的中央庭院，装饰着漂亮花纹的圆顶，金碧辉煌的内部装饰展示了阿拉伯文化和遗产。

该建筑也是国家宫殿图书馆的所在地，藏有跨越几个世纪的大量文学作品，记录了这个国家的创新和艺术，人们可以探索大量的文物和手稿，了解阿拉伯世界对包括科学、艺术、人文在内的各种知识领域的贡献。

我们还去参观了阿提哈德塔（Etihad Towers），这是阿布扎比五座摩天大楼的统称。2015年，阿提哈德塔因在电影《速度与激情7》中出镜，成为著名的网红打卡地。乘电梯到顶楼。在观景台上远眺，可以从不同角度欣赏这座城池一览无余的美景以及迷人的天际线，一览阿布扎比的未来宏图。

在这个富得流油的地方，有许多不可思议的建筑奇迹。沿着哈里阿拉伯大街驱车前行，透过车窗，看到一栋堪与比萨斜塔相媲美的现代建筑。这就是被世界吉尼斯纪录列为"世界上最倾斜的人造塔"的首都之门。

首都之门是一座由弯曲的钢架和闪光玻璃组成的斜面建筑，高达160米，耸立在阿布扎比的天际线之间，向西倾斜18度，倾斜度几乎是意大利比萨斜塔的5倍。

阿布扎比还有一个奢靡的地方，就是被认为"简直是为国王而建的"酒店。这座彰显皇家气派的"八星级"酋长国宫殿酒店（Emirates Palace Hotel），斥资30亿美元修建，是迄今为止，世界上最昂贵和奢华的酒店。酒店位于阿布扎比海滩，是一座古典式的阿拉伯皇宫式建筑，完美结合了传统阿拉伯皇家典范与西方贵族奢华风格。如果在这里喝下午茶，礼宾部一定会对你的着装提要求。穿牛仔裤、运动服或运动鞋的客人，不被允许进入茶室。

沙漠里疯一回

　　阿联酋虽然有许多炫酷的建筑，但由于沙漠的特殊气候，高温少雨，大部分现代建筑都会采用有色玻璃，能源消耗严重。

　　Al Bahar是阿布扎比投资委员会ADIC新总部大楼。这组长得像巨型菠萝的建筑物由两栋25层办公大楼组成，总高145米。设计师从中东传统纹样木格栅找到灵感，希望能将木格栅与遮阳功能相结合，根据太阳的运行轨迹的不断变化，给室内带来更好的采光。最终，建筑物的立面采用动态参数化遮阳系统，同时兼顾采光功能，降低了能耗。坐在行驶的汽车里，我用手机拍下这两个环保节能的"大菠萝"，可惜匆匆而过，没时间进去细品。

　　在阿布扎比，还有宛若"一千零一夜"童话般的安纳塔拉盖斯阿尔萨拉沙漠度假酒店；阿拉伯世界首家国际性综合博物馆阿布扎比卢浮宫；全球唯一的法拉利主题公园；绿化和美化程度均位居全球前列的海滨大道……

　　在年降水量不足100毫米的沙漠里，建造了一座海洋王国，阿布扎比的精彩和浪漫，超乎我们的想象。一半是海水，一半是沙漠，就是这个阿联酋首都的真实写照。

阿布扎比总人口约300万，其中80％人口持有外国国籍。它是世界上外派员工生活费用最昂贵的城市之一，在阿联酋仅次于迪拜。在我印象里，迪拜已经够土豪了，但比起有钱程度，迪拜却远远逊色于阿布扎比。阿布扎比原油储量占阿联酋原油储量的90％以上，是真正的石油国家。这么说吧，阿布扎比的石油储量是迪拜的15倍，人均收入是迪拜的4倍！

我们在阿布扎比的司机兼导游名叫囧汉。囧汉来自巴基斯坦，是阿布扎比万千新移民中的一员。在旅游公司工作多年，他把老婆和孩子都接到这里生活。阿布扎比丰富的旅游资源，支撑着囧汉追逐梦想，他渴望早日实现阶层跨越。

海水湛蓝，人影绰绰。两天的阿布扎比游结束了，邮轮即将离开港口。囧汉挥手与我们道别，他大声说：一路平安，我的朋友，大船带你们驶向更美的地方！

是啊，世界那么大，总想去看看。山川湖海，诗与远方，一地鸡毛捆绑不住一颗向往自由的心。

出发，本身就是一件有意义的事儿。

📅 | 2024年1月24日

波斯湾，
此生必去的传奇岛国

浪漫海岛

这片海滩很美

离开阿布扎比后，邮轮在海上漂了一夜。

第二天早上，邮轮停靠在阿联酋的萨巴尼亚斯岛码头。下船后，远远看见一排排木制躺椅，还有一朵朵蘑菇云似的遮阳伞。

萨巴尼亚斯岛有一片非常休闲的海滩，以其令人惊叹的自然美景而闻名。这里，是只属于阿拉伯的世外桃源，也是阿联酋最大的天然岛屿。岛上自由栖息着长颈鹿、火烈鸟、大羚羊、海豚和海龟等珍稀动物，是该地区最大的野生动物保护区，专门保护阿拉伯半岛和非洲等地濒临灭绝的物种。

可以说，萨巴尼亚斯岛是动物的诺亚方舟。

这里不仅风光旖旎，还有一系列活动和设施满足游客的各种口味，被誉为海岛度假天堂。

岛上有许多专门为游客设计的小径，可以在动植物专家引导下穿越鸟类栖息地观察野生火烈鸟；乘皮划艇探索红树林；骑自行车欣赏小岛风情；也可以租用吉普车环岛游。水上运动爱好者可以在水上运动中心享受划船、摩托艇等活动。

一些游客带着孩子一起玩沙、捡贝壳；一些游客在海边游泳感受海水的清凉滑爽；更多的游客则忙着从不同角度取景拍照。酷似阿拉丁神灯的金属造型亭里，是各国美女的打卡地。留作纪念，也祈求好运降临。

阿拉丁是中古阿拉伯的一则故事，也称为阿拉丁与神灯，意为"信仰的尊贵"。

在沙滩上闲逛，我看到用贝壳摆放的"2024"，下面还有一个心形图案。旁边一个中年大叔兴奋地说：今天是2023年的最后一天了！大叔告诉我们，摆放贝壳的是一对来自纽约的老夫妻，他们刚刚在迪拜庆贺了金婚纪念日。好浪漫哦。

这片保护区由已故阿联酋总统，被尊称为"国父"的谢赫扎耶德于1977年建立。

充足的日光浴床、小木屋、餐厅、酒吧和现场文娱表演，更是吸引游客驻足。

大家都想把阿联酋迪拉姆用掉，纷纷在岛上的小店购买旅游纪念品。因为下一站去巴林，需要兑换巴林货币第纳尔，阿联酋迪拉姆就无法派上用场了。琳琅满目的纪念品晃花了我的眼。货架上一排排五彩缤纷的沙瓶吸引了我的目光。

现场制作沙瓶画

沙瓶画是阿拉伯地区特有的手工艺品，根据客人的喜好，店家可以当场表演制作。

一手拿漏斗，一手拿瓶子，将彩色细沙装进漏斗后，边摇瓶子边转漏斗，随着一层一层彩沙铺就，瓶里出现好看的纹路。沙漠、骆驼、花卉、人物，各种色彩交替覆盖，沙子灌满瓶口，用胶泥封死，瓶内的画面定型，至此，一个沙瓶画就完成了。在漏斗转动、瓶子晃动、沙子堆积之间，一幅斑斓的沙漠奇观展现在眼前，似乎在述说一段古远的历史，更是抒发对生活的热爱。

沙瓶画是环保艺术，凝聚着创作者的奇思妙想，成本不高，售价却也不便宜。一个大男孩在母亲的陪同下，开开心心买下一个现场制作的沙瓶画。

远离钢筋水泥和都市喧嚣，感谢萨巴尼亚斯岛带给我们的祥和安宁。

海上跨年

从海滩回到邮轮，跨年夜的晚餐，我们穿戴整齐去餐厅。辞旧迎新之际，邮轮上所有的餐厅都精心准备了丰盛的大餐。我们来到法式餐厅，这里有煎得半熟的羊排，有柠檬鸭，还有焗生蚝。

我喜欢餐前法式面包，表皮焦脆，内里松软，有些嚼劲儿，掰开面包抹点黄油，味道赞了。餐后的甜品，有水果、冰激凌和各式蛋糕。点了一份焦糖布丁，好吃！

乘坐邮轮不仅仅是看风景，也是一场味蕾的奇妙之旅。邮轮上有各种免费主餐厅，也有特色收费餐厅，还有各类酒吧咖啡厅，提供不同的用餐体验，游客们可以每天换着花样吃。自助式的中西美食餐厅，是我们早餐最常去的地方。哪怕不是就餐时间，也能随时吃到汉堡包，还有现炸的薯条和披萨。

亚洲餐厅的主厨是印度人，春卷炸得很酥脆，乌冬面却做出了咖喱口感。意式餐厅总是选取最上乘的食材，为宾客精心烹制异域风味美食。法式餐厅除了经典法式菜，还特别提供地中海菜肴。有一款黑森林蛋糕甜点，是我吃过的黑森林里面最绝绝子的一款。地道的日式铁板烧餐厅是收费的，游客们可以一边观摩大厨烤制铁板牛排，一边品鉴海鲜和鸡肉。

　　总之登上邮轮就是各种吃吃吃，大家凭自己的喜好选择用餐。不增肥几磅，那是对不起邮轮美食的。

　　除了自助餐厅，邮轮上还有一个24小时开放的地方，那就是赌场。饭吃饱了，觉睡足了，海风吹够了，去赌场一试身手的游客不在少数。只是，输多赢少，绝大多数游客输光了筹码，悻悻离场。都说小赌怡情，见好就收。去赌场绝对不能贪婪，可惜这一点大多数人都做不到。否则赌场怎么赚钱呢？

　　和我们一起出游的伙伴娜娜和玛丽做到了！她俩只玩过一次，用20美元换了筹码，在翻滚式的老虎机彩屏上玩半个小时就输光了，然后就跑到甲板上吹牛去了。

　　我曾在巴哈马的邮轮上遇见过一对韩国夫妇。女的打扮艳丽，喜欢赌博，她说每天带一百美元进场，输了就刷信用卡去酒吧喝上一杯。我常常看见她跟其他国家的游客一起跳舞，舞姿很是奔放。她老公是开长途货运的司机，人长得高高大大，看上去挺老实。有一次我们两家刚好拼桌在一起吃饭，韩国男人对我们说，出来就是花钱买开心的，她喜欢玩，就随她了。

　　赌博总是充满诱惑。你以为你在玩游戏，其实是游戏在玩你。筹码吃进去，再也吐不出来。当然也有被幸运之神眷顾，豪赌几场，赢了很多钱的人。仿佛中了彩票，从此走上人生巅峰……不过这种情况通常出现在电影和小说里。所以想要保持健康好心情，一定要远离赌博。

　　白天吃喝玩乐拍照片，晚上去看各种秀。邮轮上的演出厅几乎每天都有好看的歌舞表演，音乐剧，脱口秀，灯光效果特别震撼。不过论演出水准和精彩程度，诺唯真邮轮比不上我们曾经乘坐过的嘉年华邮轮。

　　不看表演的时候，我们的娱乐活动就是掼蛋。惊讶地发现，在邮轮上玩掼蛋的华人居然挺多，有马里兰州来的，俄亥俄州来的，还有多伦多来的。

　　在邮轮这样一座"移动的豪华酒店"里，能够见到形形色色的人。肤色、口音、地域、收入……差异巨大的人们混杂在一艘大船上，却能和平共处，相安无事。私下里，大家有各自的生活圈子和活动范围，井水不犯河水。已经是第六次乘坐邮轮旅行了，我们喜欢这种不用频繁打包行李就能畅游世界的度假方式。

　　这是我们第一次在海上跨年。晚上11点半，邮轮顶层的露天游泳池边，举办了一场盛大的迎新Party。邮轮舷灯将活动现场照得亮如白昼，各国游客穿着艳丽的服饰现身甲板，大家接过服务生托盘里的鸡尾酒，举杯相互祝福着新年。

坐在我们对面的一家人来自伦敦，此行是儿子陪着老爸老妈乘坐邮轮的跨年之旅。英国游客绅士地笑着，和我们干杯。令我们惊讶的是年近八旬的老先生。他用中文礼貌地对我们说：新年快乐！我去过中国，我喜欢中国。

在全场倒数迎接新年的那一刻，音乐声、尖叫声、欢笑声、还有酒杯碰撞的脆响混杂在一起，欢乐的氛围被拉满。带着感动、兴奋、还有疲倦，我回到船舱，一头扎到床上，沉沉睡去。2024年的第一天，美美的一觉。

遇见巴林

元旦，邮轮在海上行驶了整整一天。次日清晨，我们抵达巴林首都麦纳麦。

巴林位于阿拉伯海湾，邻近波斯湾西岸，是阿拉伯世界唯一的岛国，人口100多万，拥有优质的珍珠资源。麦纳麦濒临波斯湾，面积30平方公里，人口15万，却是巴林最大的城市。它的经济基础是石油提炼、建造独桅帆船、捕鱼和采珍珠。

港口为下船的游客们举行了隆重的欢迎仪式，令大家心生感动。巴林游，依然选择私人定制路线的包车服务。在一群出租车司机里面，我们一眼相中了身穿黄色T恤的穆哈穆德。和他商定了私人定制一日游的Tour，一共250美元。

巴林的流通货币是巴林第纳尔，1巴林第纳尔（BHD）=2.65美元（USD），巴林

麦纳麦港口热烈欢迎游客

第纳尔好值钱啊，排在全球最贵货币的第二名，仅次于科威特第纳尔（KWD）。

跟着帅哥，我们开启了巴林游的旅程。

穆哈穆德是巴林本土人，虽然开出租车，家境却比较优渥。他告诉我们，他住在一个200多平方带花园的独栋别墅里，有四个孩子，三个漂亮女儿，最小的萌宝是儿子，美丽的太太不去外面工作，全职在家带孩子。穆哈穆德喜欢摄影，每天接送客人，去过很多地方，一旦看见好风景就随手拍下来。他从手机里翻出为几个孩子拍的特写，哇，三个女孩都皮肤雪白、长睫毛、大眼睛、长得像瓷娃娃一般。他还拍了一些巴林的风景，还真的惊艳到我们。

汽车穿梭在麦纳麦居民区的街道上，我们看见许多飘扬的巴林国旗。巴林国旗中间有五个三角形，象征着伊斯兰教的"五功"。五功是指信仰伊斯兰所需遵守的五项基本功课。伊斯兰教要求穆斯林"念清真言、礼拜、斋戒、纳天课、朝觐"。由此可知宗教在巴林的重要地位。

西临沙特阿拉伯，北临伊朗，东南侧临近卡塔尔北岛，巴林素有"海湾明珠"之称，唯一与陆地相连的，就是通往沙特的跨海大桥。这座跨海公路大桥叫做"法赫德国王大桥"，又名巴林道堤桥，位于巴林湾。

由于巴林是中东比较开放的国家，所以每到周末，沙特人就拖家带口开着车到巴林玩儿，有时只为看一场电影，会一个朋友，或者吃一顿饭，这座桥其实更多造福沙特人。

沙特阿拉伯是巴林的老大哥，巴林在政治、经济、文化、外交等方面都紧紧追随老大哥；巴林与卡塔尔渊源深厚，却因领土纷争成为世仇；而卡塔尔与沙特之间也有不可调和的矛盾；沙特则与伊朗长期存在对立关系。

18世纪中期英国势力进入波斯湾后，波斯湾南岸的9个阿拉伯部落被纳入英国的势力范围。20世纪中期英国势力撤走，迪拜、阿布扎比等7个部落成立了一个叫"阿联酋"的新国家，巴林和卡塔尔却最终选择了独立建国。

虽然大部分国民都信奉伊斯兰教，穆斯林国家之间却相爱相杀，恩怨情仇，分分合合，关系错综复杂。数百年间，一些国家围绕波斯湾的利益之争，导致海湾冲突频繁，危机不断。这个故事很长……

作为中东面积最小的国家，巴林也是靠石油起家的，后来重点发展金融和旅游业，产值已经超越了石油。

小国有小国的生存法则。

穆哈穆德告诉我们，在大街上看到的外国人，除了本地人和游客之外，还有一部分是美国海军。麦纳麦有非常多的美国餐馆，当地人甚至将一条充满美国餐馆的街道命名为"美国胡同"。

巴林的物价并不便宜，却是一个汽油比水还便宜的国家。汽油价格是每公升0.2巴林第纳尔，折合成美元就是53美分/公升。而且这里道路宽阔，路况很好，很少出现拥堵情况。穆哈穆德说，你们来巴林旅游可以自己租车，1天才35美元，取车还车的过程也非常便捷。

穆哈穆德推荐我们去参观巴林最著名的大清真寺，也叫阿法塔赫清真寺。

阿法塔赫清真寺建造于1987年，占地6,500平方米，可同时容纳7,000多名礼拜者。

清真寺欢迎不是穆斯林的游客参观，但是对着装有严格要求。入寺之前，所有人要脱掉鞋子，女性要换上清真寺提供的长袍，用纱巾包裹住头发。入口的长条桌上，摆放着翻译成多个国家语言的宣传册，游客可以随意挑选并免费拿走包括《古兰经》在内的书籍。

法国的水晶吊灯、爱尔兰的手工地毯、唯美的拱形窗户镶嵌着铁艺雕花，散发着东南亚柚木香的书橱里，整齐地摆放着厚重的经书。阿法塔赫清真寺建成时拥有

参观巴林阿法塔赫清真寺

世界上最大的玻璃纤维穹顶，因背靠棕榈树和海洋，非常唯美。虽不能与阿布扎比华美无比的谢赫扎耶德大清真寺相提并论，这里也算得上低调的奢华。

我们随后去了巴林国家博物馆。

博物馆位于巴林风景秀丽的海边，占地27,800平方米，由两座建筑物组成，是巴林最大、最古老的博物馆之一。馆内陈列了一系列由石器时代至现代的历史收藏品，都是巴林考古遗址中发现的文物，藏品涵盖巴林王国6000多年的历史。走进庭院，可以看见许多抽象的雕塑作品，这些雕塑造型简洁，很有现代感。

一定要去打卡的，还有巴林著名的古代遗址。它叫巴林堡，曾经古老的港口和迪尔蒙（Dilmun）首府。在葡萄牙殖民地时期称为葡萄牙堡。这一地区被认为拥有5000多年历史，是研究巴林地区青铜器时期的重要遗址。

巴林堡1954年开始考古发掘，是典型的台形人工土墩遗址。土墩高12米，包括7层堆建而成的居住地。该遗址约25%已经被挖掘，揭示了不同类型的建筑：住宅、公共、商业、宗教和军事，它们证明了这个贸易港口几个世纪以来的重要性。这项考古发掘可以追溯到公元前3世纪的迪尔蒙文明史。2005年，联合国教科文组织将巴林堡列为世界遗产。

从巴林堡远眺麦纳麦城，感受古老文明与现代时尚，体验宁静致远的奢华。

在巴林堡，一块牌匾记录了早在13世纪中叶，这里与中国的贸易往来。当地人每年出口椰枣到中国，船只返回时，满载来自中国和印度的陶器、香料、钱币等等。这座古老的堡垒旁还有一栋白色的建筑，是收费参观的博物馆。博物馆里有个咖啡厅，可以看到海滩的景致，卡布奇诺的味道很是香浓。

离开巴林堡，穆哈穆德驱车带我们去逛麦纳麦集市。

路上，我们看见一栋栋大厦拔地而起，还有一些正在施工中的建筑。据说巴林为了拥有更多的土地资源，于是想到了填海造田，通过添加沙子和混凝土来扩大国家面积。这听起来有些疯狂。但如今的巴林，城市建设日新月异，身为巴林人的穆哈穆德觉得这个办法确实奏效。

在这些摩天大楼当中，有两处著名的地标。巴林世界贸易中心高240米，由南非建筑师肖恩·奇拉设计，是一座50层的双塔综合体，也是世界上第一座将风力涡轮机纳入设计的摩天大楼。双塔直插云霄，成为巴林一道美丽的天际线。

穆哈穆德说，它目前是巴林第二高的建筑，仅次于巴林金融港双塔。在贸易中心俯瞰首都，可将巴林湾和城市美景尽收眼底。

巴林金融港是麦纳麦北岸的滨水商业开发项目，两座主港塔于2007年正式开业，耗资150亿美元，面积38万平方米。乘坐快艇，在水上游览，可以一睹世贸双塔和金融港双塔的别样风情。

穆哈穆德载着我们，很快来到巴林门。这是一座历史建筑，位于麦纳麦中央商务区的海关广场，标志着麦纳麦集市的主要入口。巴林门1949年开放，是一个巨大的拱门。它的正面是巴林的国徽，背面则是一个圆形的钟。

穿过巴林门，走进集市闲逛，我们很快就被五光十色的店铺吸引了。

编织精美的地毯、阿拉伯风情的服饰、闪闪发亮的手工艺品、琳琅满目的熏香和药材、甚至是阿拉丁风格的青铜灯……物品之丰富，超乎想象。我们几个女的看着金色的橱窗发呆，店家热情地出来打招呼：进来看看嘛，随便挑！喜欢就带走。

当地的金铺

进店后，店主拿出一根做工精美的大项链。我问，那么重的链子戴在脖子上会不会酸痛？

店家笑着说：怎么会呢，这么漂亮的金子戴在身上，开心都来不及，赶紧喊老公掏钱买啊，我这儿价格便宜，有人一买就是几条。我们回过头朝门口看，估计被店主的豪横吓到，几个男人跑得连影子都不见了。

古色古香的老集市，给我们留下了深刻印象。这小小的岛国，有高楼大厦，有波斯湾迷人的海岸线，有宏大壮观的清真寺，有古朴宁静的历史老街……

穆哈穆德说，这里还有F1世界一级方程式锦标赛的赛车跑道。巴林国际赛车场是建造在沙漠中的奇迹，整个赛道由德国专家赫尔曼·蒂尔克设计，耗资1.5

亿美元。当赛车呼啸而过，上演速度与激情时，你很难想象这里有85%以上的国民都是穿着长袍、信奉伊斯兰教、具有传统思想的老百姓。

抵达巴林之前，我甚至都没听说过这个弹丸小国，到此一游的期望值并不高。

当神秘的面纱被一点点揭开，才蓦然发觉，历史悠久，风光旖旎，经济发达的巴林，是一颗闪耀于波斯湾的璀璨明珠。

巴林旅行途中，我们遗失了皮夹子，正当我们焦急万分时，穆哈穆德帮我们找到了！船卡，驾照，现金，一样不少。后来我们返回港口时又把《古兰经》遗忘在车里，穆哈穆德已经开车回家了，又掉头把书给我们送回来。对于游客来说，一个地方的风景美不美固然重要，但淳朴的民风，友善的百姓，更能打动人心。

波斯湾之旅的曼妙体验，是过去和未来的相遇，是古老与现代的碰撞，是宛如初见的美好，是恬淡安暖的惊艳。

大海，沙滩，邮轮，阳光，沙漠，红树林，还有友善的人们，出行遇见的所有心动和美好，都被记录于心。

午后的阳光惬意地洒在脸上，二十几度的气温，这里的冬季温和宜人。穆哈穆德说，如果是夏天来这里旅游，就得忍受闷热干燥的沙漠气候。

驱车向南，还有一处景点，那里有一棵生长于沙漠里的树。它被誉为巴林的生命之树。方圆几英里内没有水源，寸草不生。如此恶劣的条件下，这棵树却孤独存活了400多年，成为当地传奇。

其实它是非洲常见的牧豆树，能很好适应干燥的环境。树的根茎很长，能扎到地下数百米深度，因而能触及地下水，羽毛状的叶子也能很好地留住水分。有人更愿意相信这是《圣经》里伊甸园的所在地，认为这棵树是被神佑护的。

邮轮将于晚上8点离开巴林港，我们需要赶在下午5点半之前回到邮轮，没时间去看那棵传奇的树，只能留点遗憾了。

其实也不遗憾。因为那棵生命之树，已经长在我们心里。

📅 | 2024年1月28日

多哈之旅，
沙漠玫瑰绽放的欢喜

邮轮最后一站，抵达卡塔尔首都多哈。结清费用，我们带上全部行李下船啦。

多哈港的邮轮码头高端大气，沙色的两层建筑有1154个拱门，建筑师Hassell Studio把它设计成传统的阿拉伯风格。大楼内部，是两个独立的航站楼，由一个巨大的水族馆相连接，这使得航站楼自动扶梯两侧呈现出鱼儿游水的动感画面。游客通过一条直接穿过水箱的走道下降到海关，出示护照，快速通关，色彩缤纷的当地海洋生物群就呈现在眼前。耳畔，响起温婉动听的英文：Welcome to Qatar（卡塔尔欢迎您）。

打车去预定好的多哈明珠希尔顿酒店（Hilton Doha The Pearl）。这家五星级的度假酒店位于多哈最美的珍珠岛，打折后每晚180美元。

我们抵达酒店的时间是早晨，check-in的时间是下午两点，看到我们一行人拖着那么多行李，大堂经理说，这个时间段很多房间还没退房和清扫，如果你们不介意，现在办入住也行，但房间不在一个楼层，朝向也没得挑选。

我们欣然同意。在前台拿房间就像开盲盒，我们运气好，分到一间高层海景房，站在阳台上，可以一览珍珠岛周边秀美的景色。房间里有个小厨房，还有冰箱和微波炉，卫生间旁配备了全套洗衣烘干设施。用咖啡机煮了两杯拿铁下肚，立马感到神清气爽。

说到卡塔尔，我的脑海里首先闪现的是"半岛电视台"，其总部位于卡塔尔首都多哈。

他们的新闻有着独特的视角，在节目中开创性地引入了电话采访、电视论战等，尤其是对9·11事件的连续报道，引起了全世界的广泛关注。半岛电视台共有25个记者站，播出范围遍及全球，是世界上影响力最大的阿拉伯媒体。

我对卡塔尔的另外一个印象，是与世界杯足球赛联系在一起的。当年世界杯开踢前，中国给卡塔尔送去珍贵的礼物：大熊猫"京京"和"四海"，并约定15年后接回。

卡塔尔为这俩宝贝量身定制了占地120,000平方米的土豪熊猫馆：配有卧室、操场、保育室、治疗室、食物调制间、竹子保鲜室、安全监控室等，可谓VVIP级豪宅，耗资1.8亿卡塔尔里亚尔（约合3.6亿人民币）。

为了更好地与国宝沟通，卡塔尔的熊猫饲养员甚至学着说四川话。由于伙食和住宿条件太好，两只熊猫都长胖了6斤多。

国宝熊猫，成为中卡友谊的新象征。

卡塔尔世界杯，是自2002年韩日世界杯以来，第二次在亚洲举办的世界杯足球赛。为了那场体育盛事，这个面积11,437平方公里，人口不足300万的小国，豪掷2200亿美元，修建了全新的地铁、公路、足球场馆、酒店等设施。世界杯的举办，也让全世界的球迷和游客见识了卡塔尔雄厚的经济实力。

事实上，卡塔尔是个大财主，高楼耸立，土豪云集。这个富含石油天然气的王国，人均GDP高达68,000美元。可以说，这里的原住民一出生就含着金汤勺。头顶一块布，人家是真富。

在房间稍微休整了一下，我们来到酒店大堂，预订了一辆黑色豪华大奔驰，作为我们在多哈私人定制旅游商务车，酒店要价900里亚尔。

里亚尔（QAR）是卡塔尔的流通货币，1美元兑换3.6里亚尔。

酒店经理极力推荐给我们一个名叫詹姆斯的司机兼导游。经理说，This guy is awesome（这家伙非常棒）。

詹姆斯确实棒棒哒。这是一个来自东非肯尼亚的小伙儿，笑起来，黑亮的脸颊上两个大大的酒窝很是讨喜。

詹姆斯问我们想去哪里玩？我们指着酒店大堂里一张旅游地图说，想看看多哈最美的地方。詹姆斯做出OK手势，他说要带我们畅游地图里从1到11标注的所有景点。

我们首先游览了珍珠岛。坐落于西湾的珍珠岛是一座迷人的人工岛屿，建造在四百万平方米的填海土地上。这里有停靠游艇的地中海风情码头，众多高端酒店，各式迷人的咖啡馆和餐厅，以及奢侈品店，还有适宜步行的广场和景观花园，人们在这里过着奢华的社区生活。

多哈作为全世界著名的航线中转站，本身就是一个传奇城市。

它拥有充满未来感的天际线、卡塔尔国家图书馆、卡塔尔国家会议中心、四季酒店、圣火之塔阿尔法塔……

极富盛名的卡塔尔国家博物馆被誉为沙漠中的玫瑰花，由沙漠表面下的盐水层中发现的结晶砂等矿物质组成。

获普里兹克奖的世界建筑大师让·努维尔设计了这个建筑。它风格抽象，独具卡塔尔海洋与沙漠碰撞的色彩。不同跨度和弯度的大型圆盘层层铺就，交错更迭，宛若一片一片的花瓣，又像少女的唇微微张开着，娇美中带着些许狂野。

博物馆占地52,000平方米，以卡塔尔的文化、遗产和未来作为主题，由"起源"、"卡塔尔的生活"、"卡塔尔的现代史"三部分组成。

博物馆布置了不同的展览空间，利用文化这一纽带，让游客在丰富的体验中，领略卡塔尔如何从百万年前的半岛，演变为现代时尚的国家，展示了卡塔尔的政治发展、石油发掘、与外部世界的多边关系等等。

展示物品中，包括考古文物、建筑元素、旅行物品、服装珠宝、装饰艺术、历史文献等，还有记录贝都因民族志的资料。

伊斯兰艺术博物馆地处多哈绝美的天际线之间，坐拥阿拉伯海的壮丽景观，由华裔美国人、著名建筑大师贝聿铭设计。

贝聿铭曾设计过法国卢浮宫的玻璃金字塔，伊斯兰艺术博物馆是他92岁高龄的封山之作。

伊斯兰艺术博物馆的外观呈现巨大的几何图案，既保留了古老的伊斯兰建筑特色，也蕴含独特的现代设计风格。

贝聿铭设计的伊斯兰艺术博物馆

它的内部采用现代融合格调，收藏了自1980年代后期以来的作品，包括手稿、纺织品和陶瓷等，是世界上保存最多最完整伊斯兰文物收藏的博物馆之一。贝聿铭经过数年对伊斯兰文化的深入研读和实地考察，为卡塔尔交出了满意的答卷。堪称华裔建筑20世纪风云人物，贝聿铭享年102岁，是最后一个现代主义大师。

多哈的许多建筑都令人称奇。

位于卢塞尔（Lusail）的滨海双子塔共32层，艳丽多姿，非常出彩。塔的最大亮点，是由五颜六色的方块随意堆叠而成，因而这两座建筑也被称为"乐高塔"。

另一个印象深刻的是多哈塔，也称Burj Doha，高238米，地面上有46层，地下有3层。来自法国的浪漫主义建筑大师Jean Nouvel说，大厦的形状，暗示着"坚挺并充满力量的阳刚之气"。

多哈的建筑

在西湾风景区看见多哈塔的同时，就能注意到不远处的龙卷风塔（Tornado Tower），这座充满美感的优雅建筑，因其看似龙卷风的独特外形而得名。

该建筑另一个有趣的特征，是纵横交错的钢格子，显然是受到传统伊斯兰几何图案的启发。龙卷风塔有52层楼，大部分空间用于写字楼，每层都有视野宽阔的360度全景。

我们还去参观了螺旋状的法纳尔 (Fanar) 建筑，也是多哈的知名地标之一，位于瓦其夫集市的滨海大道区域。

法纳尔曾经是卡塔尔最大的清真寺，常常举办一些宗教活动和社交活动。游客可以在这里的文化中心品尝到传统的卡塔尔咖啡，了解卡塔尔人的生活方式。

多哈Msheireb Downtown是一个发展中地区，有现代建筑、清真寺、以及坐落在优雅的阿拉伯风格宅邸内的历史博物馆群。这里的建筑风格虽然现代，却从卡塔尔的传统楼宇中汲取灵感，运用质朴的空间采光技术，打造低碳建筑，实现绿色环保。

举办过世界杯的卡塔尔，酒店华美，各具特色。

耸立在多哈卢塞尔区天际线的卡塔拉塔(Katara Towers)，是多哈莱佛士酒店的所在地。这个长得像两只牛角一样的超豪华五星级酒店，是全球20个可以享用该品牌美食佳肴、体验舒筋养生疗法、探索异国文化魅力、庆祝盛大节日的热门目的地之一。

卡塔拉厅 (Katara Hall) 堪称"阿拉伯高雅幻想曲"，设有21米的拱形天花板和室外露台，广阔海景尽收眼底。

坐落于两座塔楼内的瑰丽酒店也很吸睛，它的设计灵感源自卡塔尔周边海域的珊瑚礁。除了精致客房和豪华套房外，这里的美食更是吸引了八方来客。酒店拥有八家创新餐厅，包括小酒馆、大堂酒吧、咖啡厅、熟食店、雪茄房、娱乐酒廊等。瑰丽酒店还将推出276套住宅公寓，打造卡塔尔顶级的私人奢华生活，满足全球公民需求。

多哈还有仿佛穿越到泰姬陵的澈笛度假酒店。这是个具有传奇历史的酒店，拥有辉煌的莫卧儿王朝风格庭院，优雅的柱廊，可以俯瞰阿拉伯海，从周到的个性化服务到丰富的国际美食，都为宾客带来无与伦比的享受。

酒店附近有许多景点，卡塔尔文化村和卡塔拉清真寺都在步行可达的范围内。

卡塔尔文化村坐落于风景秀丽的多哈珍珠港金色沙滩岸边，与迪拜隔海相望。文化村占地面积99公顷，由卡塔尔老国王哈马德在位时投资建造。看到巨大的礼品盒地标，便进入到以法国豪华商场老佛爷百货为首的21商业街。

商业街采用穆拉诺玻璃装饰，配备了强力冷气系统，环境舒适。在这条街上，走进任意一家咖啡厅品尝咖啡和点心，都不会令你失望。

我们走近一个红色的球形建筑物。詹姆斯说，这个建筑叫Al Gannas，就是猎人文化协会。在卡塔尔，放鹰狩猎是一门历史悠久的技艺，流传自贝都因部落时代，猛禽经过重重训练，为人们猎取候鸟为食。猎人文化协会成立于2008年，帮助阿拉伯猎人参加地区和国际比赛。

文化村一步一景，是摄影爱好者的天堂。

集阿拉伯文化与西方表演艺术产业为一体，这里有很多穆斯林传统元素，清一色的地中海风格建筑，带来视觉上的盛宴。这片颇具阿拉伯风情的艺术圣地，是当地人引以为豪的文化遗产。

这里有坐拥壮丽海景的罗马式圆形剧场，占地

卡塔尔文化村的儿童博物馆

收集鸽子粪便的鸽子塔

3,275平方米，可容纳5000名观众。设计师完美平衡了古典剧院概念和伊斯兰建筑风格，在这个古希腊风格的圆形剧场内，融入了许多穆斯林传统线条感。拱形的入口，更彰显了伊斯兰教的影响力。

卡塔拉清真寺 (Katara Mosque)，由土耳其首位公认专门研究清真寺的女性建筑师泽伊内普·法迪罗格鲁设计。建筑外立面集彩色玻璃马赛克、精美的伊斯兰陶瓷和华丽大理石于一身，土耳其风格的瓷砖和珐琅装饰非常醒目耀眼。蓝色、紫色和金色，烘托出神秘的氛围，与周围的建筑形成鲜明对比。

卡塔拉清真寺旁边，赫然伫立的土黄色建筑物吸引了我们的眼球。圆柱形的外观上满是气孔，像是"刺猬塔"，塔身长满了刺。詹姆斯告诉我们，这是鸽子塔，上面有洞眼和栖木，是专供鸽子栖息的大型巢穴。当地人在塔的底部收集鸽子的粪便，再拿去给植物施肥。

文化村里，还有一个小规模的金顶清真寺 (Gold Mosque)。这个金色的清真寺看起来很豪。它面朝圆形剧场，通体铺设金色马赛克瓷砖，在阳光下闪着炫目的光。

离开文化村，途经恢弘大气的白色建筑群，坐落在修剪整齐的绿色草坪中。

詹姆斯说，这是卡塔尔的府邸，由废弃的奥斯曼堡垒改建而成，用于视事理政。现任国王谢赫塔米姆·本·哈马德·阿勒萨尼不住这儿，他和王妃住在多哈金碧辉煌的新王宫。

在全球众多王室中，卡塔尔王室可谓是最有钱、最土豪的王室之一。可是要论王室的传奇人物，却不是国王，而是贫民出身的王妃谢赫·莫扎，当今的卡塔尔王太后。

谢赫·莫扎生于1959年，毕业于卡塔尔大学，是老国王哈马德的第二任妻子。

她曾是罪臣之女，却阴差阳错嫁给了仇人的儿子。婚后，莫扎王妃卧薪尝胆，帮助丈夫发动政变，还出谋划策改变了国家的命运，后来成为卡塔尔财富神话的幕后操盘手。

莫扎拥有非凡的商业头脑。她从小生意着手，收集廉价珍珠加工售卖，最终以一颗黑珍珠翻盘，从8000英镑卖到100万英镑，获得人生第一桶金，成为全球最会赚钱的王妃。

莫扎的人生，是从"侧妃"到太后的狠角色，情节曲折、惊心动魄。她的逆

多哈港独桅帆船

袭之路比"甄嬛"跌宕起伏，日子过得比"如懿"精彩得意。

而80后卡塔尔公主玛雅莎，传承了母亲莫扎的智慧和美丽，她学习刻苦，18岁时就熟练掌握法语、英语和母语阿拉伯语。公主极具艺术眼光、收藏策略和全球视野，发誓要把卡塔尔打造成艺术王国，用石油换金钱，金钱换艺术，艺术换未来。除了过人的天资和商业头脑，公主的成功更多是靠后天的勤奋和努力。

詹姆斯一边开车，一边讲述王室故事，大家听得津津有味，感叹王妃的传奇人生。

我在缓慢行驶的车里，随手拍几张外景。那个用五颜六色的箱子堆建而成的公园，叫集装箱公园 (Box Park)。距离集装箱公园不远，还有一处旗帜广场 (Flag Plaza)，也是多哈的热门景点。在彩旗飘飘的广场，每个游客都在忙着寻找自己国家的国旗。

作为多哈最美的滨海大道，一条长7公里的美丽长廊，是我们游览的重头戏。

在这里，我们可以从绝佳的视角眺望摩天大楼，欣赏这座现代化城市的天际线。波光粼粼的海水，鹅卵石铺就的步道，觅食的飞鸟，古朴雅致的街区，风景如画的公园，热闹的鱼市……

多哈港经过改造已经焕然一新，成为一个生机勃勃的旅游点。不远处，我们乘坐的诺唯真邮轮就停靠于此。

沿着海湾散步，可以看见多艘独桅帆船停泊在海岸。詹姆斯建议我们体验一下独桅帆船。独桅帆船是当地特色的旅游项目，票价是每位35卡塔尔里亚尔。

独桅帆船（dhow）一词，源自斯瓦西里语，是形容拥有一根或多根桅杆且横梁上固定着一个三角形船帆的木船。古希腊文献中提到的独桅帆船最早可以追溯到公元前600年。这种船基本上是由柚木木板拼接制成，在东非海岸非常普遍。最初用于捕鱼和采珠，现在仍用于运输货物，独桅帆船的使用寿命可达120年。

为了吸引游客，如今的独桅帆船上也配备了各种现代设施。热情好客的船老大用咖啡和红茶招待我们。

从豪华的邮轮到古老的帆船，不禁让人联想到卡塔尔曾经辉煌的航海历史。

船老大一家

船老大有一群活泼可爱的孩子，他们围坐在妈妈身边。其中穿白色运动衣的大儿子好奇地问我：你们来自哪里？

当听说我们是从美国来卡塔尔旅游的华人，孩子的妈妈激动地说，她侄子就在中国的一个城市读书，学的是航海专业。听她的发音，我开始以为她说的那个中国城市是"大理"，后来在她大儿子的纠正下，才弄明白她说的是"大连"。

伴随着节奏感强烈、带有海洋色彩的民谣音乐，看似腼腆的小儿子跟着爸爸跳起当地传统的舞蹈。多姿多彩、独具魅力的卡塔尔民间舞蹈，博得游客们的热烈掌声。

詹姆斯做导游真是驾轻就熟，他不仅口才好，还很有幽默感。一路下来，我们很快混熟了。我喊詹姆斯小伙子，他却顽皮地让我猜他的年龄。我从25岁一直猜到35岁，他把头摇得像拨浪鼓。

之后他揭晓谜底："我1982年出生的，今年42岁啦！不是小伙儿，是大叔哦！"

聊天中，詹姆斯毫不掩饰对中国的喜爱。他说，中国人为肯尼亚提供了很多帮助，中国是一个伟大的国家！

Google了一下，中国与肯尼亚的交往可以追溯到唐朝，肯尼亚曾出土唐朝的文物，唐朝书籍中也有提及肯尼亚。近代，两国一直保持着文化和经贸上的往来，中国在援建基础设施、粮食救助等方面，多次对肯尼亚施以援手。

对于接待我们这几个华人游客，詹姆斯表示很开心。他说，邮轮把你们送到卡塔尔，遇见我这个来自肯尼亚的导游，这难道不是我们的缘分嘛！

他提出要与我们合一张影，发给他在肯尼亚家乡的妈妈。

天色渐晚，我们走到滨海大道的米纳区（Mina District）。

多彩的房子，安静的小巷，热闹的餐厅，精美的购物小店……无一不在述说这里悠闲的生活。米纳区的酒店窗户是木制百叶窗，有复古的格调。透过每一扇窗，都能欣赏到西湾海景和邮轮码头的风光。

我再也挪不动脚，也移不开眼睛，被面前鳞次栉比的彩绘建筑迷得神魂颠倒。

阿拉伯国家大都

告别导游詹姆斯（左3）完美结束中东游

多哈滨海大道米纳区五彩缤纷的房子

地处高温沙漠地带，宽松飘逸的阿拉伯长袍不仅能迅速散热，还能有效地抵御沙尘。我们在多哈看到的成年人着装，几乎就是黑白世界。

卡塔尔妇女外出时总是穿一身黑袍，显得很神秘。她们用面纱遮住脸庞，仅露出一双深邃动人的眼睛。据说，这样打扮是出于对真主的尊重与对伊斯兰教的信仰。卡塔尔的成年男子则身穿白袍，这种男袍通称为坎度拉（kandora）。但是这种白色长袍也不尽相同。阿拉伯国家男子款白袍有不下十几种，比如沙特款、苏丹款、科威特款、卡塔尔款等。

在米纳区，我们看见许多嬉戏玩耍的孩子，他们穿着时尚，活泼漂亮。现场的踩高跷表演和艺人杂耍也很有看点。

多哈黄昏的海滨，美如油画，表面静谧深邃，却在我的心底卷起浪花。

你来或者不来，这朵沙漠玫瑰都在那里，粲然绽放，光彩夺目。那是一种令视觉神经层层递进的快意，一种游历之后沉湎于心的欢喜。

悠久的伊斯兰文化，深厚的历史底蕴，丰富的旅游资源，积淀了卡塔尔的国际视野，让这个半岛小国展现出兼容并蓄、和谐共生的气场。

中东之行，从游客到服务生，从司机导游到当地百姓……一路上遇到的人都很Nice，特别是对华人面孔的游客非常友好。独有的阿拉伯风情，更令我们沉醉其中。

纵然依依不舍，还是到了告别时刻。詹姆斯邀请我们去肯尼亚旅游，他说他哥哥也是做旅游的，在老家可以接待我们。我们加了WhatsApp，相约肯尼亚再见。

旅行，就是跑到实地，去体验书本里描绘的世界。遇到过的人，发生过的事，如同片片繁花，在记忆里盛开和凋零。

游历的过程，是放下，是释怀，是在某个瞬间，窥见这个多变世界的永恒。

人生就是一场义无反顾的奔赴。我们总在山重水复的困惑迷茫之后，迎来柳暗花明。

那些苦苦追寻的答案，都在路上。

| 2024年5月25日

去皖南安个家，
失眠焦虑都没了

Ben回国探亲的时间只有二十几天，分别打卡了上海、南京和镇江，然后按照在纽约时就计划好的行程，我们去了一趟安徽。

在合肥小住了几日。探望了我70岁的舅舅，慰问了Ben80岁的姑姑，吃了安徽著名的臭鳜鱼和庐州烤鸭，喝了合肥老字号的老鸭汤，尝了泥鳅挂面和桂花酥糖……

舅舅家住在省立医院附近，楼下就是包公园，酒足饭饱，沿着包河散散步，顺道游览了不收门票的包公祠。

包公祠又称包孝肃公祠，为纪念宋龙图阁直学士、礼部侍郎、开封府尹包文拯而建。明弘治元年，庐州知府宋鉴在此修建了包公书院，后易名为包公祠。传说这里是少年包拯读书的地方，晚清重臣李鸿章花费2800两白银建造了包公祠大殿。新中国成立后，这里又多次进行了修缮。

包公祠不仅是对包公文治武功的颂扬，也是中国古代法律文化、公平正义的象征。

文化景点逛了，徽菜美食尝了，风土人情体验了，Ben却流连忘返，乐不思蜀。他说他有个老同学就住在黄山市休宁县齐云山脚下，过着"采菊东篱下"的快活日子，不如从合肥乘高铁到黄山北站，去看看老同学。

Ben的老同学叫刘建，是他在南京一中读高中时的同窗好友，刚刚退休，之前是北京一家国企的老总。听闻我们来安徽，刘建和太太云朵兴高采烈地开了40分钟车来高铁站接上我们，直奔齐云山脚下的家。

刘建和云朵的家是联排别墅，恰如小区的名字"云山诗意"，徽派建筑的小房子隐身于青山绿水、世外桃源之中。绿意盎然的庭院里，几盆白色的栀子花悠然自得地开着，浓郁的幽香飘满了小院，一黄一白两条大狗慵懒地躺在树荫下，远远嗅出陌生人走近的气味，立刻警告性地发出"汪汪汪"的吠叫。

打卡休宁

云朵是土生土长的北京大姐，性格直爽，热情好客。她说，在北京生活了大半辈子，从这栋高楼到那栋高楼，住在小区里几十年都认识不了几个邻居。自从来了休宁县城，日子变得放松随性起来，再也不用担心风沙和雾霾，开车顺畅再也不会堵在高架上，每天早晨在鸟叫声中醒来，呼吸着清新的空气，观赏着迷人的风景，吃着农民从地里新鲜采摘的蔬菜，心情别提多好啦！

那天中午，云朵去地里割了一茬韭菜，说要包饺子给我们吃。饺子出锅后，她热情地招呼隔壁邻居，送过去一大碗饺子。

午后时光，小区的一个画家邻居郑先生送来黄山毛峰和他近期画的几幅花鸟山水，大家一边品茶一边欣赏画作。聊得高兴，临别时，郑先生也送了一幅画给我们。

闲聊中我们得知，这个低密度的社区里住着许多名人，有科学家、银行家、企业家、艺术家、画家、作家、央视名嘴、影视明星等等，90%以上的住户来自黄山市以外的地方，成为"新齐云山人"。邻里之间的互动非常多，插花、茶艺、书法、绘画、唱歌、还有各式各样的聚餐Party……住在这里5年，云朵结识了一群来自天南海北的朋友，能叫出一大串邻居的名字，困扰她多年的顽疾失眠症和焦虑症不治而愈。

参观社区也挺有意思的。本来要去图书馆看看，只需步行一刻钟的距离，可是一路上遇见的都是好客的邻居，这边喝喝茶，那边吹吹牛，一打岔，天色暗淡下来，赶紧起身，去图书馆看上一眼。

这个免费向公众开放的乡村公益图书馆叫云山书院，是刘建和其他业主集资百万元建造的。他们还发起"齐云乡村守望者计划"，通过云山书院论坛开展招商引资，共同谋划齐云山镇旅游转型、文化产业、风景民宿、农特产品开发等项目，先后招引了9个项目，投资额达14.6亿元。

"山不在高，有仙则名，水不在深，有龙则灵"。黄昏时分，礼炮轰鸣，烟花绽放，一座形态优美的古桥映入眼帘。

登封桥

这是去齐云山的必经之路，登封桥坐落在休宁县齐云山北麓岩前镇的横江之上，缓步上桥，清风徐来，满目苍翠。

登封桥有500年历史，由徽州知府古之贤建造，当地百姓将这座桥命名为"登封桥"，寓意为步步登高、平步青云。

古桥横跨于碧波荡漾的横江之上，白墙灰瓦的建筑，映衬着远山的呼唤，龙舟闪耀了古镇的夜色，历史的厚重感镶嵌于风光迤逦的大自然中。

在安徽，齐云山的名气不及黄山，但游览之后，才感觉这里被严重低估了。

齐云山

齐云山与龙虎山、武当山、青城山，并称为中国四大道教名山。齐云山有奇峰36座，怪岩44处，幽洞18个，飞泉洞27条，池潭14方，亭台16座，碑铭石刻537处，石坊3个，石桥5座，庵堂祠庙33处。独特的丹霞地貌，源远流长的道家文化，常年云雾缭绕的奇异风光，虽低调，却非常值得一游。

粉墙黛瓦，层楼叠院，古树参天，山水之间是炊烟袅袅的古村落，春天的油菜花、夏天的果园、秋天的红叶、冬天的云海，齐云山仙境，尽显幽古雅韵。

作为"中国状元县"的休宁人，是有资本傲骄的。700年间，这里先后走出了19位文武状元。"梦真桥"旁有一棵榉树，树龄1300多年，因19位状元都曾朝拜过这棵树，所以称它为"状元树"。

跳起来用手摸一摸南宋理学大师朱熹题写的"寿"字岩，与周易卦数相合；在一天门的石刻"天开神秀"和象鼻岩前留影，感受摩崖石刻的风雅；打卡气势恢宏的望仙楼，这里有乾隆皇帝下江南时，为齐云山题写的楹联："天下无双胜境，江南第一名山"；观赏碧莲池中畅游的锦鲤；二天门拜财神殿；三天门游月华天街；登顶悬空而建的楼上楼俯瞰山下美

月华天街

景；游览玉虚宫，穿过方腊寨的神秘长廊后，乘缆车下山，去齐云小镇体验传统的非遗手工艺。

印象深刻的要属齐云山山腰上的月华天街，被誉为中国道教第一村。走在蜿蜒的山间小路上，两侧店铺林立，道士和家人以及当地居民其乐融融生活在这里，完美诠释了"修行在尘世，尘世即修行"的理念。这纷繁的人世间，不过是供人修行的道场罢了。

我有一疑问：道士可以结婚吗？一位仙风道骨的老者说，这要取决于他们所属的教派。

道教分"全真派"和"正一派"两大派系。全真派的道士为出家道士，

真武殿

他们住在道观里，被要求严守戒律，断绝红尘念想，不婚不娶，男性称为道士，女性称为道姑。正一派的道士大部分为不出家的道士，允许喝酒吃肉，有的住在道观里，有的则是散居的道士，可以结婚娶妻生子。此外，道教认为婚姻是阴阳平衡的体现，如果没有婚姻关系，会导致"阴阳不交，乃绝灭无世类也"。

徽州人喜欢自己腌制腊肉火腿，悬挂在家门口晾晒。我们在游览齐云山途中，看见好几处悬挂的火腿。当地百姓说，这可是好东西，以前过

徽州特色腊肉火腿

潜口民宅

年才有得吃，如今生活富足了，不是年节也常常用火腿肉配菜吃。这让人垂涎欲滴的人间烟火气，是齐云山不可错过的一道风景线。

观皇宫去北京，看民宅到潜口。潜口民宅又名紫霞山庄，拥有包括民居、祠堂、牌坊、戏台、古亭、古桥、古井、古圇等在内的各式古建筑，集历史、艺术和科学价值于一体，是徽州明代民居的缩影。

那几天，刘建和云朵还陪我们去游览了碧山书局，猪栏酒吧，呈坎八卦村等。那些藏在田野间的古建筑，让这些小众的景点，别具一番风情。

碧山书局由一座拥有200年历史的祠堂"启泰堂"改建而成，最大限度地保存了白墙黑瓦的原始风貌。顺着狭窄的木制楼梯上到二楼，视线开阔，可以看见徽派格调的碧山村貌。

猪栏酒吧客栈名气很大，上过纽约时报，是一对热爱皖南乡村风景的上海夫妇开的。去猪栏酒吧老油厂店吃饭一定要提前预约，否则就没得吃。这也反映了店家的佛系心态：一切随缘。

碧山书局

猪栏酒吧

我们赶到那里的时候，正碰上一家电影厂的摄制组在拍戏，随处可见富有年代感的宣传标语、榨油用的石磨、老式收音机……它们承载着岁月的沧桑，很多老物件都被用作道具，进入电影的镜头。

据说猪栏酒吧客栈的寓意是"像猪一样生活，像猪一样懒散"。我觉得这个寓意很好，人生如果能像猪生一样撒欢，那该有多么幸福无忧。

呈坎古名龙溪，始建于东汉三国时期，距今已有1800多年历史，被朱熹誉为"呈坎双贤里，江南第一村"。

整个村落依山傍水，按照易经八卦风水选址布局，形成三街九十九巷，宛如迷宫一般。呈坎拥有国家级重点保护文物二十一处，被誉为"国宝之乡"，是我国当今保存最好的古村落之一。

安徽行的最后一天，我们去了距今有千年历史的歙县西溪南古村落。潺潺流水，绿野仙踪，一幅凝固的水墨丹青在眼前徐徐展开。

呈坎八卦村

西溪南

　　远处,一曲徽州民歌悠悠响起。文艺范儿的中年大妈体态妖娆,摆好了姿势拍照;美丽的少妇赤足站在溪水中,轻轻撩起乌黑的长发;身着汉服的当地少女明眸皓齿,秀骨丰肌,仿佛从古代穿越而来。

　　皖南的初夏,就是这么迷人,就是这么浪漫!

　　让我们惊艳的还有当地美食:毛豆腐、石耳羹、鸭酥烧饼、竹笋蒸肉、糖醋鹅颈、桃花鳜鱼、清蒸白鱼、黄山方腊鱼……

　　白天游山水,晚上打掼蛋,休宁那几日,我们真正体会到了云朵所言的"心随风起,无拘无束"。幸福可以如此简单!

　　安徽有许多美丽的村落,我曾去过西递和宏村,也是美得目瞪口呆,可惜那里商业气息越来越浓厚了。然而休宁却不同,朴素的田园风光,灵动的湖光山色,还有徽州古老乡村的魅力,特别是淳朴的民风,友好的睦邻,吸引人们走遍万水千山,却最终选择留在这里,开启一种全新的生活方式。

　　当一个人的欲望降低了之后,生活的压力就会变小,情绪就会变好。如果改变不了糟糕的现状,不如换一个环境,换一种心境。

　　安徽的美,是放下执念后,拥抱生活的平安喜乐;是内心释怀后,珍惜拥有的心灵栖息。

皖南仿古村落

香港，香港

妙滟说："反正你还有些时日才返美，不如，我们去趟香港吧！"

我想都没想就答应了。我们这代人的青春，看的是香港影视，听的是港台歌曲，对香港有着一种特殊的情结。

妙滟是我的闺蜜，金融公司高管。年轻时在深圳工作，她就常常利用周末和假期从罗湖口岸过关去香港疯狂购物、遍尝美食，对香港比较熟悉。这两年妙滟所在公司的总部搬去了香港，她更是频频奔走于内地和香港之间。如今沪港高铁动卧列车也开通了，躺着去香港让出行变得更加舒服和便捷。她建议我们从镇江站乘高铁去深圳北站，再从深圳北换乘高铁到西九龙。

于是，在一年中最热的大暑节气，我们启程赴港。经过9个小时车程，抵达广深港高速铁路的终点站西九龙站。

坐在出租车上，看夜色中霓虹闪烁的香港，我不禁感慨，上一次来香港，还是2018年的夏天，不知不觉已经过去了6年。

赴港之前，网上预订了铜锣湾的南洋酒店，每晚700元。

我对香港酒店的印象就是"袖珍"，房间小，床更小。南洋酒店的外墙还在装修中，但一点也不影响内部使用，入住后惊讶地发现床很大，被褥柔软。酒店冷气开得很足，夜里睡觉居然感觉冷。

当清晨的第一缕阳光照进房间，拉开窗帘，窗外就像一幅画。

香港岛本就寸土寸金，铜锣湾算得上全世界租金最贵的地段。20世纪60年代，日本百货公司大丸在铜锣湾记利佐治街开业，第一条海底隧道也兴建，港岛出口就在铜锣湾，令铜锣湾成为港岛主要购物中心。20世纪80年代中全盛时期，铜锣湾共有4间日资百货公司，分别为大丸、松坂屋、三越及崇光。进入20世纪90年代，日资百货公司不是结业便是易手，取而代之的是更大更新的购物商场。其中香港电车在铜锣湾的原车厂重建成时代广场，位于波斯富街的戏院利舞台则于1992年拆卸，改建成利舞台广场。

记得以前来香港，随处可见外币兑换的"两替店"。不同的兑换点，港币兑人民币的汇率不同，有时候两家相隔不远的两替店，汇率也不尽相同。我总要进行一番比较之后，再用人民币兑换港币。那些两替店门面很小，生意却很好。这次来港，两替店却鲜见。

如今一部手机就能搞定支付，微信零钱，支付宝都可以在香港店铺完成付款，按照当天的汇率结算，实在是方便得很。

便捷的还有穿梭于街头的香港有轨电车，推出全新电子支付系统，为公众提供缴付车资选择，不用像以前那样，需要买一张八达通才能乘坐地铁和公交。在香港乘坐出租车，也可以提前在网上预约，用支付宝结账。

香港是荟萃了世界美食的国际厨房，铜锣湾的餐饮业在香港更是可圈可点。抵港后的第一顿晚餐，我们去了一家网红饭店。门口的明星照片墙彰显了这家饭店受欢迎程度。

入夜后的铜锣湾，是吃货们的天堂。晚饭后，散步回酒店的路上，看见路边有家糖水店，摸摸饱胀的肚皮，仿佛意犹未尽，我们又一头扎进去。

妙滟非常喜欢香港的糖水店，她说，来香港一定要吃一碗地道的糖水，满足一下味蕾，至于减肥嘛，以后再说。

这家糖水店装修朴素，店内没有桌椅，只在店铺外放置了长条凳，食客可以一边吃糖水一边欣赏铜锣湾街景。招牌有莲子西米露、芒果布丁、草莓凉粉、石磨芝麻糊等，每一款糖水都很诱人，价格在35港币至58港币之间。

我们要了一碗杨枝甘露椰子冻，一碗芋圆烧仙草。入口很哇噻，香浓润滑，软糯弹牙，主打一个好吃。

我发现香港糖水的食材大多以新鲜水果、谷米、鲜奶油和冰糖制成，货真价实，各种食材配比恰到好处，没有过分甜，丝滑又解腻，口味拿捏到位。

香港美食包罗万象，既有传统的粤菜经典，又吸取了世界各地的精华。那几日，我们品尝了传统粤菜，吃了港式早茶，原汁原味的煲汤、传统的点心和创新的小吃都惊艳到我。香港烧腊很有特色，香气扑鼻，令人垂涎。特别是深井烧鹅，用

秘制酱料腌制，果木炭火烤制，皮脆肉嫩，蘸料带有特殊的香气，是舌尖上绝对不能错过的美味。

在中环，我还吃到了心心念念的腊肠，我管它叫酒糟香肠，颜色比普通香肠深，有浓郁的酒香味，细细咀嚼，唇齿留香，回味无穷。我心满意足地对妙滟说，就为这一口，我也要来香港啊。

香港好吃的东西太多，虾饺、肠粉、菠萝包、叉烧包、豉汁蒸凤爪、牛肉面、双皮奶和特色丝袜奶茶……每一道点心和饮品，都让我们大快朵颐、流连忘返。灯火通明的店铺，海鲜飘香的饭馆，漫步街头，发现水果摊和书报摊的生意都不错。

我看过一项调查，说是近七成香港人有阅读纸质书的习惯。港人每周阅读时间中位数为3小时，每月阅读书本数量中位数为两本。一半以上的受访者表示自己会掏钱买书阅读，其中28.9%的香港人全年买书开支为100至300港币。在香港最受欢迎的书籍是文学小说、保健养生、人文历史和时事要闻。

香港的文化市场也很繁荣，有各种类型的展览和演出，不仅吸引本地市民，也吸引了不少内地游客前来观摩。我们还去参观了铜锣湾和湾仔之间的跑马地赛马场，每年9月到第二年6月是赛马季节。这块地方原来是一个沼泽地，后经填海而建，自1846年起开始举行赛事。

香港是购物天堂，名牌精品店和大型百货公司数不胜数。以前每次来港，我都去崇光百货逛逛，买几件新潮时尚的衣裙。妙滟建议这次去海港城购物，顺便看一看维多利亚海港的黄昏。

我们是在中环码头搭乘的天星小轮，体验一下每天吸引超逾7万人次旅客往返于香港岛和九龙半岛之间的交通工具。

天星小轮拥有百年以上悠久历史，与香港电车、太平山山顶缆车齐名。它穿梭于维多利亚港，承载着香港本地一段质优价廉的观光旅程，也是访港旅客游览维多利亚港的首选行程。

20世纪70年代以来，随着香港交通业的发展，地铁，海底隧道巴士相继出现，天星小轮仍凭其更加低廉的收费，无须受塞车影响以及可以观赏维港海景的优势，成为香港市民难以舍弃的交通工具，每年创造可观的盈利。

海港城南至尖沙咀天星码头，北至中港城，是香港最大面积的购物中心，也是深受游客追捧的观光景点之一。

作为时尚潮流的风向标，海港城有多达数百家衣饰皮具专门店，名牌手袋及时尚男女服装店，汇聚了Hermes、Dior、Louis Vuitton、Chanel、Gucci、Burberry等多个国际一线奢侈品牌。

在海港城闲逛，感觉游客比较少，偌大的商业综合体，除了饭店和小吃铺人

头攒动，服装店和奢侈品店里的顾客都不多。

妙滟在海港城她常去的那家店铺，买了一条深绿色的旗袍裙，穿上嘎嘎好看。我喜欢香港的药妆，挑选了一些，准备带回美国。

那天还顺道打卡了花团锦簇的"1881"。它的前身是尖沙咀旧水警总部，位于尖沙咀广东道2号，外貌古典大气，因建于1881年而得名。

买完衣服，走到海运大厦入口大堂，刚好打卡8米长的"死侍DEADPOOL"。

这个巨大的模型出自美国动作喜剧电影《死侍与金刚狼》。该片由肖恩·利维执导，瑞安·雷诺兹、休·杰克曼主演，2024年7月26日同时在中国和北美上映。影片讲述了韦德·威尔逊决定不再以死侍身份生活下去，但是在朋友、家人和整个世界都处于危险之中时，他决定重新出山，与金刚狼携手作战的故事。

尖沙咀拥有迷人的海滨风光和丰富的历史文化。著名的维多利亚港游人如织，星光大道熠熠生辉，弥敦道两旁的购物中心和隐匿其中的特色商铺，以及地道的港式小吃都令人流连忘返，是香江最璀璨的明珠。

黄昏时分，漫步维港，海风轻拂，浪花飞舞，水天一色，云朵如梦，碧蓝的夏天在眼底缓缓流动，诉说着她的神秘和美丽。

维多利亚港是位于香港岛和九龙半岛之间的海港，也是亚洲最大的海港，更是摄影爱好者的天堂，无论从哪个角度拍摄，都是一幅绝美的画。香港因其而拥有"东方之珠"、"世界三大天然良港"以及"世界三大夜景"之美誉。

比多姿多彩的海滨风光更吸引我的，是香港故宫博物馆和M+博物馆的展览，这也是此次赴港的重头戏。

香港故宫文化博物馆位于九龙油尖旺区，旁边就是西九龙高铁站，步行到博物馆10分钟而已。

其实故宫博物馆和M+博物馆紧挨着，相距不过两百米，但是我们却不能选择在同一天观展，因为M+博物馆周一休息，故宫博物馆周二闭馆。当天恰好是周一，就去看故宫了。

蓝天白云下的香港故宫博物馆实在是太美啦！它的设计灵感来自中国传统建筑、中国艺术、香港城市景观三大元素。博物馆地上4层，地下2层，总建筑面积3万平方米，共设9个展厅，1至7为专题展览，8至9为特别展览。博物馆的2楼和4楼都有观景平

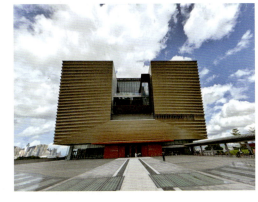

台，一定要去大露台留个影哦。这里可以眺望港岛天际线及大屿山的景观。

紫禁万象·建筑、典藏与文化传承展览、清代帝后肖像展览、故宫博物院藏晋唐宋元书画展览……这里汇聚了来自故宫博物院的900多件国之瑰宝，镇国之宝就有160多件，把中国文化的悠久深邃、大气磅礴展现得淋漓尽致。

其中2号展厅的"紫禁一日"清代宫廷生活展尤为吸人眼球。各式各样的奇珍异宝、华美服饰和瓷器让我们直观地感受到皇帝后妃的生活日常，了解紫禁城内从清晨到夜晚的生活点滴。

紫禁城是明清两代君主与后妃的主要居所，展览透过三百多件故宫珍藏的精美文物，展示了清朝十位君主与二十多位皇后在此过着养尊处优、充实有序的生活。

一定不能错过的藏品有和珅献给乾隆皇帝的120枚印章，乾隆模样唐卡图，后妃画像等等。

3号展厅的"凝土为器：故宫博物院珍藏陶瓷"，展出的169件故宫博物院借出的珍贵陶瓷中，66件属国家一级文物。展览分为故宫藏品中的名品、新石器时期至元代陶瓷精品，以及明、清御窑瓷器三部分。

现场除了香港学生组团观展外，还有许多是来自内地放暑假的孩子及家长。游客们驻足在3D紫禁城前，沉醉在跨越了千年历史长河的意境中。

明代陶瓷珍品，明代人物书画品，以及香港故宫文化博物馆首批受赠藏品展也为观众营造了极佳的观赏氛围。

值得一看的还有展厅内的互动艺术装置。"桥中洞景"通过借景、框景等手法营造步移景异的游园趣味，致敬建筑元素的同时更让游客品味其几何之美。

8号展厅是"圆明园--清代皇家园居文化"特展。逾190件珍贵文物再现了拥有"万园之园"美誉的皇家园林--圆明园昔日的辉煌，以新颖的策展手法，讲述清代宫廷历史、生活和艺术的故事。圆明园记录了中国辉煌的历史和沧桑变迁，展览极具文化及历史意义。主办方期望香港本地市民特别是香港年轻一代，加深对我国历史和民族文化的认识，感悟家国情怀，加强国民身份认同。

2024年适逢中法建交60周年，香港故宫文化博物馆推出了"法国百年时尚展"。

近400件18世纪末至20世纪初精美绝伦的法国服装、珠宝与配饰等珍贵典藏呈献给观众。这也是巴黎装饰艺术博物馆首次在亚洲全面展出法国历史服饰收藏，部分展品甚至从未在巴黎或法国以外展出过。展览透过法国时尚历史中的小故事，讲述服饰对身体形态的塑造，以及多种文化的交融对法国时尚演变的影响。

展品中有一件男士红色外套格外耀目。在十八世纪的法国，制作这样的男士室内外套往往采用饰有花卉图案的精美布料，在当时，中国丝绸或中国风尚的布

料深受欢迎。

与香港故宫文化博物馆风格迥异，当代视觉文化博物馆M+个性十足、特立独行。

作为亚洲首家全球当代视觉文化博物馆，M+博物馆的主要藏品涵盖设计、建筑、流动影像、视觉艺术等范畴，其中有不少香港元素。

此刻，M+正在举行特展"贝聿铭：人生如建筑"。展览通过6大主题的400件展品，回顾贝聿铭的传奇人生，探索贝聿铭的建筑哲学。展品中一些来自机构和私人收藏的绘图手稿、建筑模型、相片、录像和档案记录，都是第一次亮相。

贝聿铭曾说：最美的建筑，应该是建筑在时间之上的，时间会给出一切答案。贝聿铭是享誉世界的建筑大师。巴黎卢浮宫扩建工程、香港中国银行大厦、北京香山饭店、苏州博物馆新馆等美轮美奂的建筑都出自他手。今年一月份，我曾在卡塔尔多哈参观过他设计的伊斯兰艺术博物馆。

在M+，你可以欣赏到不同主题不同流派艺术家的展览，艺术氛围拉满，视觉非常震撼。展馆内还有许多互动装置和令人脑洞大开的艺术展示，即使带娃看展，孩子也不会感到无聊。

中环是香港的政治和商业中心，是很多银行、跨国金融机构和外国领事馆的所在地。殖民时期的建筑与现代高科技大厦的混合体，是中环的建筑特色之一。这里写字楼林立，酒楼栉比，还有大型超市和摊贩市场，东西文化兼容并蓄，被称为购物者的天堂，旅游者的乐园。

我们在中环Citywalk，感受新潮与古老的碰撞，古董店，家居店，画廊，咖啡馆，酒吧……可惜时间有限，很多地方来不及体验。

香港是国际金融中心，既然来到中环，不妨抽空参观一下金融管理局，免费的。管理局总部位于中环国际金融中心二期的55层。总部内设有金管局资讯中心，包括展览馆和图书馆两个部分。

展览馆主要展出曾在当地流通的硬币及纸币，墙身有幅巨型历史长廊，介绍当地货币及银行发展史。图书馆则收藏了货币、银行与金融事务的详细资料，以及与全球各地中央银行有关的资料。

不能错过的还有金管局高层的美景，这里视野开阔，可以透过窗户欣赏香港中环全貌。

离开香港前一天，我们乘巴士去了太平山顶。

太平山顶观景台是俯瞰全港的绝佳点，可以把维多利亚港、香港岛、九龙半岛等美景尽收眼底。

夕阳西下，光影交错，晚霞梦幻，瑰丽如画，太平山顶落日的余晖洒满静谧的维港，有一种无法言喻的美。

香港于我而言，是一份难以割舍的情愫，是志明和春娇走过的街巷，是红磡体育馆天王演唱会的票根，是金庸笔下侠骨柔情的江湖传奇，是陈百强何超琼结局的意难平，是记忆中那一碗旺角的牛腩粉，是在湾仔的大雨里裹紧我的那件风衣，是任性和欢喜，是失望和心痛，是逝去的年轻，是回不去的曾经……

山重水复，颠沛流年。那些铭心刻骨的爱恨因果，早已湮没于江南的梅雨季，消散于时光的年轮里。

我来到你的城市，走过你来时的路，在这个熟悉又陌生的角落，泪光轻盈，暗自发笑。我没有怨念，也不想再见，挥挥手，发发呆，只留下满心的祝愿。

夜幕降临，我和妙滟乘缆车下山，车上的乘客纷纷掏出手机拍摄维港夜色。忽然想起一句网红语是这样说的：你可以永远相信香港的夜景。

吃了美食，吹了海风，看了展览，逛了老街，重游了故地，欣赏了灿若星河的景致，领略了先锋艺术和时尚潮流，这趟旅程，丰盈而美好。

多年以后，再来香港的感受很特别。今天的香港，平和又率性，优雅又灵动。快节奏的生活彰显进取和高效，港风港味中蕴含开放和包容。筑梦未来，自强不息，狮子山下的香港精神，让这颗东方之珠更加璀璨夺目。

从繁华都市到蔚蓝海岸，放空自己，只需来一趟香港。

天堂地狱

真实的美国

我在纽约，邂逅最美的秋天

长岛生蚝节

纽约长岛（Long Island）位于曼哈顿东侧，那里有海滩、小镇、庄园、农场、酒庄、城堡等，是一个美丽且宜居的地方。不少华裔喜欢住长岛，因为那里学区好。当然，学区好的地方，房价就不便宜。

长岛是美国人口最多的岛屿，2017年时，总人口就超过七百万。长岛有个滨海小镇，名叫Oyster Bay，因盛产生蚝而远近闻名。那里的生蚝肉质肥美，蚝汁鲜甜，受到食客追捧。

Oyster Bay几乎每年都会举行规模宏大的生蚝节，吸引20多万人涌入小镇一饱口福。我们上一次来这里，还是2018年10月。

上周末，阳光清透柔和，我们和朋友两家人驱车1小时，抵达Oyster Bay小镇。停车是免费的。很多游客拖家带口，远道而来，迫不及待地进入喧嚣的集市中心，在这场以生蚝为主角的饕餮盛宴中，满足味蕾和食欲。

活动现场，各种海鲜食品琳琅满目。生蚝15美元一盒，龙虾卷25美元一份，还有鲜贝、大虾、汉堡套餐，各种烤肉和面包，价格还算实惠。我们品尝了新鲜生蚝和油炸生蚝。嗯，鲜得眉毛都要掉了。

据了解，用生蚝来命名海湾的Oyster Bay（也叫牡蛎湾），现在是长岛传统养殖生蚝的唯一来源，占纽约州所有生蚝收获量的90%。

一年一度的生蚝节，内容丰富多彩。

观看乐队演出，吃生蚝大赛，现场品尝各种海鲜美味，逛各式各样的工艺品集市，在海滩放风筝，观鸟，拍照，入夜后还能欣赏到烟火。

吸引我们的，不只是生蚝，还有Oyster Bay的美丽风光。

距离生蚝节活动现场不远的地方，有一处是小镇的铁路博物馆。这是一个很有特色的博物馆，有一些古董火车头和年代久远的老式车厢。

博物馆的使命是提高游客对铁路在美国历史文化遗产中的认知和欣赏，并提高公众对铁路技术和对长岛生活影响的了解。

工作人员笑着说，You are lucky！平时要收门票的，但今天是免费的。

Oyster Bay有很多迷人的景点，你可以悠闲地静坐海滩，漫步古色古香的街区，也可以驾车去参观历史悠久的房子，包括被称为"夏日白宫"的萨加莫尔山。

这里有第26任美国总统西奥多·罗斯福（老罗斯福）总统的故居。1885年，西奥多·罗斯福在那里居住，1919年在那里去世。

出生于纽约的西奥多·罗斯福，从小就体弱多病，患有哮喘。12岁那年，他随父母从曼哈顿搬家来到Oyster Bay，立刻喜欢上这里的自然环境。游泳、划船、爬山等户外运动锻炼了他的体魄，也塑造了他勇于革新、刚强无畏的性格。

成年后的西奥多·罗斯福刻意过着牛仔般的艰苦生活，也使得他成为美国历任总统中，最具牛仔形象的总统之一。

西奥多·罗斯福毕业于哈佛，担任过海军副参谋长，然后就任纽约州长，最终问鼎总统宝座。

老罗斯福不单单是总统，也是诺贝尔和平奖获得者，还是战争英雄、作家和探险家，在美国历史上有着杰出的政治地位。

在著名的拉什莫尔山国家纪念公园的总统雕像群中，老罗斯福与华盛顿、杰斐逊和林肯并肩而立，被认为是美国最伟大的总统，代表了美利坚前150年的民主进程。

森林茂密，小径清幽，海天一色，恬静空旷。如今Oyster Bay附近的海景房，价格都在百万以上。近年来，一些中国富豪来此置业。

西点军校

位于哈德逊河谷的西点军校，算得上是全美最漂亮的校园之一，也是极富传奇色彩的学校。9·11之前，游览西点军校是一件很随意的事情，不仅免费，而且无需提供证件。

如今去西点，仍然是免费的，但是参观者需要进行严格的登记、申请和审查，出示美国国内驾照或者外国人护照，办理通行证，才能入内。

西点军校博物馆成立于1854年，被誉为"历史的门户"，是美国最古老的军事博物馆。馆内收藏了大量美国陆军从二次世界大战、朝鲜战争、越南战争、墨西哥战争中缴获的战利品。有德军、日军、越军的装备和军服，日军对盟军投降的协议，山下奉文签字的日本投降书。有美国陆军最老的军旗，有在萨拉托加战役中缴获的英军武器。

此外，还有西点名人的遗物，有格普特、巴顿和艾森豪威尔的军服，有西点

军校之父塞耶校长的配剑，巴顿的手枪等。

经过一个多世纪的发展，博物馆已拥有各个不同历史时期的4.5万件历史文物和近8000件武器。

西点军校距离纽约市大约80公里，依山傍水，绿草如茵，风景秀丽，视野十分开阔，居高临下的地势让学校随时保持战备状态，充满了军事的意味。

哈德逊河由北向南奔流而下，气势锐不可当，河水在西点大弧度转向，让来犯敌船必须减速且陷入高地的控制之中，颇有"一夫当关万夫莫开"之势。

独立战争中的大陆军司令乔治·华盛顿将军曾在此设立军事要塞，成功阻击英军。

华盛顿认为西点是美国最具价值的一块阵地，是"打开美国的一把钥匙"。

建于1802年的西点军校，培养和造就了众多军事人才和政治家，出了两位美国总统：第18任总统尤利西斯·格兰特和第34任总统德怀特·艾森豪威尔。

还有赫赫有名的李将军、潘兴、巴顿、麦克阿瑟、布莱德利、史迪威，他们

都是西点军校的毕业生。因此，西点军校也被称为"将军的摇篮"。

西点的校训是：Duty，Honor，Country（责任，荣誉，国家）。

午后时光，我们看到正在进行体能训练的学生大汗淋漓地负重行进。队伍里身材瘦小、气喘吁吁的女生格外引人注目。

西点训练之严酷名不虚传。新生入学后，首先要接受六星期的基础训练，也就是把普通人变成军人的体能训练，被戏称为"野兽营"。

西点军校的学生中，美籍白人占比最高，达到75%。美籍亚裔占7%。学员中有大约15%的女性。不过西点传统上只招收男生，从1976年才开始招收女生。

西点学制四年，课程分为文科、理科、工程、军事科学和体育等。9·11后，增设了反恐、网络、冲突解决、国际法、核工程等专业课。学生毕业后的军衔是陆军少尉，毕业生必须在军队中至少服役5年和退伍后至少3年的后备役。

2006年5月，华裔女生刘洁以全校第一名的优异成绩毕业，获得美国总统布什亲自颁发毕业证书，成为西点军校有史以来首位华裔女状元。

在这金色的10月，占地面积1.6万英亩的校园，红叶飘飞，层林尽染，一条大河穿越其中，山橙水碧，清风寒月，夕阳钢炮，古堡斜径，成为纽约州秋天观赏红叶的著名旅游景点。

此刻的西点，五彩斑斓，渗透着阳刚之气，灵秀威仪，充溢着静谧祥和。

她是奔驰的火车，是涌动的浮云，是起伏的哈德逊河；她是宁静的教堂，是金黄透亮的叶，是千娇百媚的山峦，是忠于使命坚韧不拔的铁血军魂。

纽约的秋天

从长岛到西点军校，从大熊山到蒙哥马利州立公园，深秋的景观令人流连忘返。

对于居住在大纽约地区的人们来说，纽约上州的红叶，是不能错过的秋天。

从纽约市区到大熊山州立公园，仅仅1个小时的车程。沿途秋色饱满，风景如画。

因为山坡平缓，这里每到周末和假日就热闹非凡，纽约客喜欢带着孩子来这里野餐，举行家庭聚会。也有年轻情侣，选择这里作为婚纱照的外景摄影基地。

走到山顶，可以俯瞰哈德逊河两岸的美景，树叶由绿变橙再变红，满地金黄，巍峨的熊山大桥横跨哈德逊河两岸。

在大熊山州立公园，可以划船、徒步、烧烤、骑自行车……

这里距离华人喜爱的购物中心Woodbury只有十几分钟的车程，很多游客看完红叶去逛Mall，观景购物两不误。

大熊山附近的蒙哥马利堡（Fort Montgomery）环境优美，也是秋季赏玩红叶的好去处。

建于1776年的蒙哥马利堡，是美国独立战争期间大陆军在纽约高地哈德逊河西岸建造的防御工事，被宣布为国家历史地标，是哈德逊河谷国家遗产区的一部分。

这个历史景点保存完好，拥有一个小小的，但很有趣的博物馆，让游客对美国历史以及哈德逊河有一些新的认识和了解。

万山红遍，秋意正浓。漫步在落叶缤纷的桥上，河边，小径，随意捡起几枚枫叶，秋天，便握在手心里了。

纽约州也叫帝国州（Empire State），它的首府常常被一些人误认为是纽约市。其实纽约州的首府是面积56平方公里，人口仅10万左右的小城Albany。

而隶属于纽约州的纽约市，是美国第一大城市，纽约都会区的核心，是对全球的经济、商业、金融、媒体、政治、教育和娱乐具有极大影响力的国际大都会。

　　纽约州四季分明，以风景绝美著称。春树、夏花、秋枫、冬雪，犹如惊鸿一瞥，别有一番韵味。知名的景点还有尼亚加拉大瀑布、伊利湖、安大略湖、五指湖、阿迪朗达克国家森林公园、尚普兰湖等。

　　于美国而言，纽约是一个神奇的所在。这里有金钱的味道，权力的味道，香水的味道，汗滴的味道，如今还不可思议地掺杂了大麻的味道……但是在大自然纯净的气息中，其他一切味道都弱爆了。

　　唐诗宋词里的秋天，总带着寂寞、凄婉和悲凉。而这里的秋天，却有三分仙境，七分浪漫。亦真亦幻的美景，鬼斧神工的姿态，触动心弦，令人迷醉。寄情山水，轻揽风月入怀，阡陌莺歌，忘却俗世烦忧。你来，或者不来，纽约四季的风情一直都在。就像命里的缘分，不早不晚，不急不缓。遇见，就是惊喜，错过，亦是注定。

　　我在纽约，邂逅最美的秋天。

2022年10月28日

纽约，欲望都市的寻梦人

中央公园毕士达广场

我在哥大学英文时结识的好友萍儿把她的新家安置在纽约Columbus Circle附近。

一街之隔就是林肯中心，旁边是百老汇大道，一转弯就能溜进中央公园。周边吃饭购物，特别是看展览看演出看游行都极其方便。

之前她一直租住在71街。她说既然决定买房，一定要寻个有艺术氛围的地方。萍儿是个资深文艺青年，热爱时尚，思想前卫，日子过得小资又浪漫，有很强的艺术鉴赏力。

萍儿喜欢所有的中西方节日。每年的Halloween，她总把自己打扮成女鬼走上街头，和化妆成妖怪的美国邻居一起庆贺。每逢农历中国新年，她贴春联，扎彩灯，包水饺，穿一袭红色旗袍，袅袅婷婷在社区传播中华传统文化。

做了多年纽约客的萍儿说一口地道的纽约英语，给美国人当过中文老师，在曼哈顿做过志愿者。她先生是美国公司派驻香港的律师。早些年夫妻俩纽约、香港、北京三地奔波，女儿读书后她选择定居纽约。

萍儿说，没有哪个城市是完美的。但是在纽约，你可以忘乎所以地做你自己！没人会笑话你那些不切实际的想法和看似荒唐的举止。

西语裔朋友拉瑞住在Queens一栋两家庭的House里。女儿拿到护士执照，打拼数年后入了美国籍，帮拉瑞申请了移民。拉瑞起先很努力地学英文，后来我惊讶地发现她的中文竟然比英文好。

一次，拉瑞请我帮忙写一封中文信给她的中国房东，投诉楼上一对带孩子的韩国小夫妻太吵闹。我写好信交给她，她竟指出了信里的一个错别字。我写的那封信石沉大海，不过事情最终得到了解决。拉瑞告诉我，她后来直接敲门与楼上夫妻理论，虽然她说的英语，韩国夫妻也没弄懂啥意思。

我劝拉瑞换个地方租房子算了，她没同意。不愿搬家的理由让我挺意外的：她说她喜欢Queens美味的中餐，特别是家附近的鱼香肉丝和兰州拉面。

拉瑞曾供职于一家美食杂志社，拍摄撰写了许多色香味俱全的中国菜肴故事，受到读者青睐。她学过一阵子汉语，去中餐馆点餐，会说简单的中文，最溜的一句是：嗨老板，请给我一个拉面！

纽约是寻梦者的乐园。不同肤色不同种族的人们生活在这里，一千个人就有一千个"爱"或"不爱"的理由。

无论你什么背景，不可否认的是，来到纽约，就是欲望都市梦开始的地方。

2016年夏天，在《纽约时报》工作了40年的著名时尚摄影师，被称作"街拍始祖"的比尔·坎宁（Bill Cunningham）因中风去世，享年87岁。

老人衣着朴素，其貌不扬，却非等闲之辈。他平日里喜欢穿一件蓝色工作服，骑着自行车在纽约街头闲逛，看见有趣或者亮眼的人和事，瞬间就拍下。

比尔·坎宁1929年出生于波士顿。19岁从哈佛退学，来到纽约后创立了自己的品牌，专门设计帽子。曾为知名媒体WWD撰写专栏。他于70年代末入职《纽约时报》，成为专职时尚摄影师。他嗅觉十分敏锐，注重细节，对时尚的看法独

蓝衣老头是《纽约时报》摄影师比尔·坎宁

树一帜，总是能够引领潮流。

他是时装秀场第一排的常客，纽约演艺圈的明星都熟悉这个端着相机的老家伙。他拍过的名人不计其数，但最喜欢拍的，是普通路人的穿搭。

在比尔的心中，人不分高低贵贱，时尚也无阶层。每一个普通人，都能够展示自己的个性和风采。他认为，如果生活中没有时尚，就好像人类没有开启文明一样。

事实上，我们不能仅仅用"时尚摄影师"来定义这个看似毫不起眼的小老头儿。在长达40年的时间里，他行走于社会名流之间，掌握的人脉关系是很多人梦寐以求的。然而他却一生未婚，生活清贫，蜗居在20平方连独立卫生间都没有的出租屋里。比尔去世的那一晚，巴黎用他标志性的深蓝色点亮了埃菲尔铁塔以示纪念。

比尔·坎宁用他独特的视角艺术，记录了美国的文化时尚和人生百态。他低调内敛也不修边幅，他孜孜以求却淡泊名利，本身就是一个传奇。

另一个有趣的小老头是著名导演伍迪·艾伦，他是美国电影界喜欢在纽约取景的三大导演之一。射手座的他，出生于纽约布鲁克林一个贫困的犹太家庭，镜头下的纽约别有一番风情。

《子弹横飞百老汇》，《安妮·霍尔》，《纽约的一个雨天》……伍迪·艾伦独具风格的电影艺术、喜剧色彩以及他对纽约的特殊眷恋，深深吸引了我。

伍迪·艾伦曾说："纽约真的是一个伟大的城市。我不在意别人怎么认为。"我特别喜欢伍迪·艾伦定义下的纽约：跟他所住的城市一样，既强悍又浪漫。在他黑框圆眼镜后，是一双如丛林野猫般充满了欲望魅力的双眼。

在电影《汉娜姐妹》、《蓝色茉莉》、《咖啡公社》等影片中反复出现的中央公园、皇后区大桥以及纽约各种剧院、书店、餐馆、酒店等等，多是伍迪·艾伦自己经常光顾的地方。影迷们从他的电影中获取恋爱的灵感，《国家地理》为他制作了纽约专辑，旅游公司甚至常年组织运营伍迪·艾伦电影的城市景点游览。

伦敦绅士而文艺，巴黎温情而小资，悉尼休闲而旖旎，迪拜土豪而梦幻，香港拥挤而奢华，上海摩登而优雅，东京匆忙而灵动，曼谷妖娆而享乐，罗马凝重而热烈，埃及神秘而绚烂，多伦多宜居而寒冷……

伍迪·艾伦标志性的黑框圆眼镜

只有纽约！区别于我去过的所有城市。她时尚、包容又混乱！她堕落、挣扎又惊艳！其实这座城市被吐槽的地方绝对不少，但是她的气场，能够hold住你的勇气与不安，你的梦想与狂妄，你的苦闷与放纵。

这里有一百多年历史的陈旧地铁，充满艺术气息的格林威治村，寸土寸金的曼哈顿，美丽的中央公园如同一块勃勃生机的绿洲，镶嵌在沸腾的闹市中心。

在这里，古老与现代，喧嚣与沉寂，快乐与悲伤，富豪与贫民……彼此依靠相互交融又和谐共存。

这里有热闹的时代广场和繁华的五大道，有刺耳器声的救护车和消防车，有让人尖叫的博物馆和艺术展，有好吃到爆的西餐厅和小食摊，有霓虹闪烁的影院和醉生梦死的酒吧。这座城市适合所有的单身和伴侣，适合所有的疯子和傻子，适合所有的痴情种和追梦人。

纽约的夜笼罩在一栋栋耸立的高楼里，透着神秘、魅惑和高冷。这里有被欲望袭击的欢愉，亦有直插云霄的寂寞。

繁华都市中的饮食男女，无论说什么母语，来到纽约就是纽约人。市井沉浮，冷暖自知。这里的自由和包容，让你有信心不断尝试，变成更好的自己。

日子虽然琐碎，却如同咖啡浓香中略带的苦味，使人沉迷而欲罢不能。纽约的昼是满园秋色中的一抹嫣红，是斑驳树影下的离愁别绪。让理想与现实握手言和的，是一屋两人三餐四季。内心的波澜起伏被浇灌成后院的果实，满脑子的异想天开被镶嵌成客厅的素描。在这里，文科女的孤独敏感外加神经兮兮，被理工男温柔以待。

大纽约地区的缤纷四季，有着独特的味道。每一个怀揣梦想来纽约打拼的人，有着最深的感悟。文学艺术电影戏剧摄影绘画，还有柴米油盐酱醋茶……鲜活中带一点颓废，淡泊中带一点野心。每一种喜好和追求里，都蕴藏着你的审美情趣和人生态度。

我在纽约，遇见过最美的秋天。我看见用生命舞蹈的秋叶，极尽绚烂后归于尘土，再以全新的姿态轮回.

村上春树说：每个人都有属于自己的一片森林，也许我们从来不曾去过，但它一直在那里，总会在那里。迷失的人迷失了，相逢的人会再相逢……

铺开一组秋色，写下一纸缠绵。回忆一段过往，饮尽一曲思念。

相聚曼哈顿，赴一场秋天的约会

秋意浓浓的早晨。我们从纽约郊外驱车进入曼哈顿，赴一场秋天约会。

想在寸土寸金的曼哈顿街边找到一个合适的停车位，更多的时候要凭运气。星期天特殊，纽约市星期天停车都不要钱，但是车位极其难寻。这里很多街道都是"No standing"禁停留。我们在65街附近绕了一圈又一圈，终于在69街找到一个Meter Parking。

这条路上有Meter（咪表），往里投币就行了，刷信用卡也行，两小时8美元。这个地段这个价格不算贵，但一定记住，要在两小时之内过来继续投币，延续时间，不然被警察发现，一定会被贴罚单。

Ben从汽车左侧后视镜里，看见街道对面停的一大排车中，有一辆车正缓缓离开，于是立刻发动汽车开到街对面，稳稳地停在那个开走的汽车位置上，与前后车之间的距离，仅仅10多公分。这一排停车位是无需缴费的。规矩是先到先得，走一辆才能填补一辆。所以如果不是碰巧，我们这种刚刚进城的访客几乎不可能把车停在这里。

边上站着的一位白人大妈打趣地说：你们运气真好，赶紧去买个Lotto吧，哈哈。

我要见的是Christina。我们有个金秋之约，她和她先生邀请我和Ben11月初去他们家做客，顺便欣赏一下中央公园的秋色。

多年之前，我和Christina相识于哥大英文班，第一眼，我就被她身上流淌的文艺气质所吸引。Christina赴美多年，说一口流利的英语口语，她很热心，喜欢帮助别人，还有她在纽约做志愿者的经历，让我羡慕和佩服，我们很快成为无话不谈的好朋友。

那些年，我们常常一起练习英语对话、分享电影、展览、美食和各自的生活感受。疫情之后，大家都宅家，加之我回国探亲，我们已经很久没有相聚了。

在Christina家，我第一次见到她的先生Jack。Jack是毕业于北大的高材生，这么多年一直飞来飞去，往返于纽约、香港和内地之间，是个工作超级忙碌的大律师。Christina指着卧室里一堆没来及整理的床褥和衣物，略带嗔怪地说：这些都是从无锡老家搬过来的。孩子已经长大成人，我们也不再年轻，现在好了，先生已经调回到美国总部，结束奔波的日子，陪我在纽约生活，我们再也不想分开啦！

在Christina家喝完红茶，他们夫妇盛情邀请我们去楼下吃个Brunch。这是坐落于林肯艺术中心街对面的一家饭店，名叫"The Smith"（史密斯餐厅）。Christina预订了一个靠窗的座位。她说，我们可以一边吃点心，一边喝咖啡，一边闲聊天，一边观看窗外的景致。

The Smith在曼哈顿小有名气，在纽约7389家餐馆中排在第418名。餐厅里面光线比较昏暗，餐桌椅大多是木制的，餐桌上放置着绿色和白色玻璃瓶，分别装着气泡水和纯净水，很有美式风情。

这家的Brunch非常经典，有惊艳的French Toast，花式沙拉、流心鸡蛋、焦脆的薯条、鲜嫩的大虾，还有鲑鱼、培根、三明治、牛排等。

在美国吃过不同种类的汉堡包，没想到The smith hamburger超级好吃，这是她家的特色汉堡包，牛肉煎得恰到好处，香酥多汁，奶酪和酱汁都很棒。

史密斯餐厅和中央公园（Central Park）仅仅隔着一个街区。金秋时节，踩着窸窸窣窣的落叶，我们走进公园的中心。

Sheep Meadow是中央公园最适合情侣幽会和家庭野餐的地点，也是最广阔的草原，Christina和Jack每天的散步健身运动，就是从这里开始的。

中央公园是美国访问量最大的城市公园，也是全球访问量最大的旅游景点之一，2016年的统计就有4200万游客到访。

公园最早于1857年对外开放，当时的面积为778英亩。南北战争时向北扩建，后于1873年完工，现面积843英亩，长约4公里、宽约0.8公里。从1970年起，成为各种规模活动的举办点，包括政治集会、示威活动、庆祝活动及大型音乐会等。

作为纽约市中心的绿色心肺，公园周边高楼耸立，也是众多电影的外景拍摄基地。

Christina前不久被录用为一部电影的群众演员，影片中，她将穿着中式旗袍，穿行于第66至72街处的文学大道（Literary Walk），漫步在霜天红叶的意境中。

Literary Walk有北美仅剩的最大规模榆树林，有包括莎士比亚和贝多芬在内的许多著名文学家艺术家的雕像。我们来到毕士达喷泉（Bethesda Fountain）旁，这里聚集了不同肤色的人们，散步、闲坐、化妆、拍照。

距离喷泉不远处，就是著名的毕士达平台，那里的拱廊由一万多片英国知名手工瓷砖品牌Minton打造的瓷砖组成，瑰丽无比，颇为壮观，是拍照打卡不可错过的景点。

枫林如火，秋波盈盈。我和Christina都喜欢Bow Bridge，这边风景独好。Bow的意思是弓，桥梁的曲线好像小提琴的弓一样优美，因此得名，是中央公园最浪漫的打卡地之一。

这座美丽的弓桥建造于1862年，位于中央公园最大的水池The Lake中心，全长60英尺。

中央公园四季风情各异，美不胜收。值得一游的还有植物茂密、鲜花盛开的莎士比亚花园；能在夜晚瞥见曼哈顿天际线的梦幻溜冰场，那是冬季必去的打卡点；供游客租借划桨船的Loeb Boathouse；模仿中古世纪，被树林围绕的Belvedere Castle；建于1860年的蓄水湖，风景如画的Reservoir，是中央公园里最大的水域；孩子们喜欢的小小动物园和旋转木马；建造于1896年，古朴低调风情万种的Gapstow Bridge……

我们再次来到草莓园。

这是世界著名的披头士乐队艺术家约翰·列侬的遗孀小野洋子为了纪念亡夫特意修缮的，起名为Strawberry Fields，源于约翰·列侬1967年写的一首名曲"永远的草莓园"：Strawberry Field Forever。

这是一个泪滴状的区域，靠近Dakota大厦，即约翰列侬生前的旧居，也是他遇袭被害的地方。

列侬被谋杀当天，拍摄了一张全裸并蜷曲着身体拥抱着他的妻子小野洋子的照片，后来成为《滚石》杂志1981年1月22日发行的那期封面。那期杂志是纪念列侬的人生和死亡的特刊，该封面被选为过去40年间最佳杂志的封面。

1980年12月8日，纽约肖像摄影师，年仅31岁的安妮·莱博维茨应邀为列侬拍摄杂志封面。她原本只计划给列侬一个人拍，但列侬却希望与妻子一起拍，于是安妮拍下了这对夫妻的永别之吻：

小野洋子身着黑色上衣，深蓝色牛仔裤，散乱着长发躺在地毯上，脱光了衣服的列侬闭着眼睛，深情地亲吻着她的脸颊。

几个小时后，列侬返回住所Dakota。在大厦门口，被一名歌

安妮·莱博维茨拍摄，图片来自网络

迷，据称患有精神病的狂热粉丝近距离枪击4次，倒地而亡。

这是列侬生前最后一张照片。伴随着令世界震惊的悲剧，这张照片亦成为摄影史上的经典。

草莓园里并没有草莓，以前列侬常常在这儿散步。如今步道上有一个用黑白马赛克拼出的巨大图形"Imagine"，这也是列侬的歌《Imagine》歌词中所提到的情景。

作为披头士乐队的灵魂人物，列侬的才华、他的单飞经历、他的和平主义，使他获得了全球范围内的知名度。截至2012年，列侬的个人专辑在美国的销量超过了1400万，是无数歌迷心中的摇滚神话。

每年的12月8日列侬遇刺日，在草莓园，总能看到地上摆满了鲜花，人们聚集于此，追思披头士，纪念列侬。

1980~2022，距离列侬离去，已经过去了整整42年。中央公园里依然回荡着披头士的歌曲，令人唏嘘心痛不已。人们从未忘记列侬。Dakota大厦门前，每天都有歌迷和游客前来拜访和缅怀。中央公园附近，还有大都会博物馆、古根海姆美术馆和自然历史博物馆，建议来纽约旅行的朋友花些时间细细品读和观赏。

由于公园内没有停车场，所以不建议自驾，推荐地铁出行。

Central Park是一件伟大的艺术作品，也是人们抒发情感的大花园。纽约作为世界第一金融中心，没有利欲熏心把这块土地用于商业开放，而是选择保留下这片大自然，创造了城市中心的奇迹，赢得世界各地人们的尊重与保护。

秋天的约会，短暂而美好。

午后的阳光懒洋洋，温柔地洒在曼岛的每一个角落。我们与Christina夫妇依依不舍地告别，并约定了第一片雪花飘落之前，他们来我们远郊乡下聚会的日子。

Christina说，恐怖袭击、瘟疫、战争、天灾、人祸、令人焦虑的中美关系……纽约30年的生活经历，让我们拥有强大的内心。

是啊。世界如此疯狂，未来深不可测。但也许，此时此刻，真的是往后若干年中，最静谧祥和的时光。

逝去的无法挽留。落寞或者辉煌，对抗或者消亡，都将被无情的光阴埋葬。

多年以后，翻看这些相片，我依然会想起曼哈顿这样一个秋天，这样一场相聚，这样一捧金黄，这样一片暖意。

纽约马拉松，跑出生命的节奏

2022年11月7日

如果按照24节气的排序，11月7日就立冬了。但是在纽约人的眼里，11月还是秋天。生活在北美的人们，通常把12月，次年的1月和2月，算作冬天。

其实，这里的冬天极其漫长。11月下旬，就有可能出现白茫茫一片的雪景，一直到第二年4月，仍然可能飘雪。气候无常，纽约人早已司空见惯了。

纽约时间11月6日星期天的凌晨2:00，美国进入冬令时。我把钟表的时针拨慢1小时，星期天的早晨，可以多睡1小时。至此，纽约与上海的时差，也从12小时变成13小时了。

11月的第一个星期天，纽约还有一件盛大的体育赛事：纽约马拉松赛。这也是2022年度大满贯赛事的收官之战。

今年的纽约马拉松赛从史丹顿岛（Staten Island）开始，到曼哈顿结束，赛道长26.2英里。有超过5万名参赛者穿越布鲁克林、皇后区、曼哈顿、布朗克斯，最后进入中央公园（在西大道67号大街处），那里是比赛的终点。在这5万名参赛选手中，有1万名选手来自国外。此外，纽马还吸引了超过200万名观众观摩，他们为各国选手加油鼓劲儿，送上掌声和祝福。

由于COVID-19流行，2020年的纽马取消了。2021年恢复，但是缩减了规模。

别以为平日里能跑跑步，身体素质好，就一定可以报名参加纽马。事实上，报名纽马的门槛挺高的。获得参赛资格本身就是一件极具挑战性的事儿：必须在前一年参加过九场排位赛，才有资格参加纽约马拉松。

参赛队员

百骏跑团部分成员

当然，你也可以通过马拉松官网抽签试试自己的运气。或者为慈善赞助商而跑，通过国际服务旅游供应商报名。

今年纽马比赛气温有些高，达到华氏70度。由于闷热，出现了一些意外情况。

朋友Ellen当时在25迈水站做俱乐部义工，亲眼目睹十多位跑者出现了抽筋状况，还有个别参赛者体力不支倒地。即便如此，很多选手还是坚持参加完比赛。这些奔跑者的背后，是一个个令人感动的故事和祈愿。

比如头顶菠萝跑步，被称为"菠萝哥"的选手，他来自以色列，是为慈善而跑；有双胞胎兄妹为患癌的母亲而跑的；还有一个女儿陪着父亲跑他第100次马拉松。

Ellen所在的百骏跑团，有不少选手参加了今年的纽马，少数没参赛的队员积极报名做了义工。队长Renny亲自组织安排了补给，为所有参赛的队友打气。

Ellen说，百骏跑团里要属张剑大哥最牛，他上个月在背靠背的柏林和伦敦两场马拉松比赛中，连续打破3小时的完赛纪录。这次纽马，张哥也没闲着，一大清早就来到比赛现场做啦啦队员。

在整个26.2英里的赛道旁，有乐队为选手们加油，有社区、学校和商店自发组织的拉拉队，有食物和水的补给。这些温馨的服务，带给参赛者莫大的鼓舞。

去纽约观看马拉松的最佳位置，可以是Queensboro Bridge的尽头，这是参赛者踏上曼哈顿的第一站。也可以去中央公园，那里有选手们冲刺的最后一站。

最终，本届比赛男子冠军毫无悬念由肯尼亚男选手Evans Chebet获得。此前他已经拿下今年的波马冠军。

至此，Evans Chebet赢得了个人本赛季的第二个大满贯赛事冠军。

女子冠军由同样来自肯尼亚的选手Sharon Lokedi获得。这多少有些出乎意料，之所以被人们称之为"爆冷"，不仅仅因为这是她的首马，还因为她的半马成绩很一般，远远低于世界顶尖水平。

应该说纽约是Sharon Lokedi的福地，首次亮相纽约马拉松，就赢得了冠军。

2022年纽约马拉松精彩落幕了，让我们为这些因爱而奔跑的选手们喝彩吧！

生命如同长跑，无论道路平坦或者泥泞，也不管天气冷暖风景美丑，当你明确了目标，找准了方向，就要勇往直前。

探讨跑步的意义，如同探讨活着的意义，看似简单，实则深奥。无论身旁有多少人陪伴，最后每个人都是孤独地跑到终点。

想明白这一点，我们就更应该跑出自己生命的节奏，坦然面对得失成败。荣辱不惊，从容不迫，聚散随缘，悲喜自渡。

2022年11月9日

赶在入冬前，去伊斯特河上浪一浪

伊斯特河其实就是东河（East River），是纽约市内的一条潮汐型海峡，北接长岛海湾，南接上纽约湾，将布鲁克林和皇后区、曼哈顿岛以及布朗克斯分开。

East River究竟有多美？没来过纽约的朋友，看看照片就能感受到。

东河海滨位于曼哈顿下城区南部，是纽约贸易和商业的发祥地，在过去的300年中，一直是纽约市的中心。这些年来，随着不断扩大和开发，纽约市开始向河西侧发展。

作为曼哈顿最重要的交通口岸和金融发祥地，东河海滨拥有布鲁克林大桥、炮台海事大楼、布鲁克林摩天大楼等著名建筑。随着纽约市作为东海岸贸易主要港口地位的上升，辉煌时期，曼哈顿下城两英里长的海滨地带有过40多个码头和17条渡轮航线。

因城市规划、地理位置等原因，东河海滨的发展受到一定程度的阻碍。之后贸易向更深水域集装箱港口发展，东河海滨渐渐被人们遗忘。1954年，罗斯福路（FDR Drive）沿东河兴建，这使得曼哈顿的汽车交通更加便捷，但这条新公路却将东河海滨与纽约市大部分地区隔离。2009年8月18日，纽约市政府将曼哈顿东河海滨项目列为刺激下城经济发展的重要举措，这一项目将使其重新焕发活力。

虽然东河海滨地带没有被充分利用，也没有与周围社区很好连接，但这片尚未开发的资产前景和潜力依然十分可观。

无论是去东河还是去哈德逊河游览，都是有时间限制的。入冬后，一些船就不能下水

了。来纽约旅行的朋友看到码头上停泊着许多私家船，于是问我，开私人游艇一定很贵吧？

其实，在纽约当船老大，买一艘普通机动船，并不是人们想象的那么遥不可及。我的邻居Marty花3万美元买了快艇之后，常常带着家人和朋友下河玩，他的船可以容纳9个人。

Marty说，二手船通常比二手车要保值。如果遇到经济拮据或突发困难，想要转手套现，卖掉船比卖掉二手车，价格要好，不会亏很多。当然船不比车，买得起还要养得起。Marty的船，每到冬季就得租个码头停泊，开春了再取回来，这个费用每年大约1000多美元。但如果买稍微小一点的船，比如20英尺之内，就可以停泊在自家车库或者家门口的driveway上。

近水楼台。赶在入冬前，我们几个邻居和朋友又一次乘坐Marty的船出游。Marty船长带着我们先从乔治·华盛顿大桥边的码头进入哈德逊河，然后北上行驶到东河，再沿着东河往南行驶，抵达东河与哈德逊河的交汇口。

一路游览，可以看见布鲁克林大桥、曼哈顿大桥和威廉斯堡大桥三桥叠加的景象。通常船行驶到曼哈顿外海的自由女神像时，Marty船长就带着我们返航了。

来回3小时的曼哈顿环岛游，这是不可多得的、体验速度与激情的水上观光之旅。与在纽约码头乘坐大游艇赏景不同的是，私家快艇的路线随心所欲，出行时间自由，看见美景想停就停，想拍就拍，这是一种松散、慢节奏的游览经历。

曼哈顿是个岛，它的面积仅仅57.91平方千米，是纽约市五个行政区中面积最小的。从北至南，曼岛分为上城、中城和下城。曼哈顿东河海滨就位于曼哈顿下城区南部东河沿岸。

天空蔚蓝，水波荡漾。泛舟河上，每每看见"I WANT TO THANK YOU"那行字，就不免心生感动。这是一座遭受过恐怖袭击和严重灾难的城市；这是一座自强不息扛过艰难的城市；这是一座懂得感恩给人温暖的城市。

谢谢带着我们乘风破浪的Marty船长！我们在伊斯特河和哈德逊河上，认识了更新更美的纽约。

纽约感恩节物价飙升

感恩节前后，通常是购物的好时机。很多商家搞促销活动，赚得盆满钵满。当然因为价格好，消费者也是各种血拼，出手豪放，拿着信用卡刷刷刷买买买。

周六一清早，Amazon的快递车就把我在网上买的一双鞋送到家门口了。Skechers牌子，平时售价65美元，感恩节折扣下来30美元（仅限于7码半）。穿上舒适的新鞋，驾车外出购物啦。

提一下Skechers，这是我在美国冬天最喜欢穿的鞋子品牌，是一款休闲的运动鞋。这家公司于1992年在美国创立，意大利手工制作，工艺精良，皮革质量上乘，式样虽不那么新潮时尚，却蛮有品味，不会过时，也不易被淘汰。关键是，这双鞋脚感极其舒服。不仅保暖，带有坡度的鞋跟还兼具增高的效果。

回国探亲时，看到国内商场也有卖。三四百元人民币一双，和美国售价差不多。但个人感觉，质量是美国的更好些。

开车出门，第一件事就是加油。如今的油价是3.77美元一加仑。周边的加油站挺多，有Delta、Exxon、Costco、Sunoco、Mobil、Lukoil、BP等。我们选择了Shell（壳牌）。Shell的油并不便宜，但它跟Mobil和Exxon被认为是品质最好的汽油前3名。

因为常常去Costco购物，买完东西就顺便在Costco把油加了。每次加满油，都习惯性把里程数置零。经过比较发现，Shell的油比Costco的油，每加仑行驶的里程数，可以多跑一至两个Mile，所以我一直觉得去Shell加油，性价比最高。

我曾写过一篇《美国物价，在涨！》的文章。记得2020年4月的油价是1.9美元，2021年8月的油价是3.13美元，如今2022年11月的油价是3.77美元，这三年，美国汽油的价格水涨船高、节节攀升。

今天购物的第一站是HOME DEPOT。

成立于1978年的Home Depot是仅次于沃尔玛的第二大零售商，也是全球最大的家具建材零售商。它有两千多家实体店，销售各类建筑材料、家居用品和草坪园艺等产品。

一进门，就看见红红绿绿的圣诞节装饰和小礼物。哪怕你没有装修房子的计划，只要去逛逛，就能发现一些价廉物美的小东西，比如一把好用的刷子，一块实用的置物架。在Home Depot，每天都会有超级划算的特价商品出售。

对于动手能力强的人来说，这里就是百宝箱，没有买不到，只有想不到。我们买了一副门帘。家里那个旧门帘已经用了两年了，门把手的地方已经破损折断，想着感恩节换个新的。因为是固定尺寸的门，所以很容易就找到了匹配的门帘。最终买下一款29.98美元的白色门帘，打完税32美元。

这家Home Depot的隔壁就有一家99大华超市。疫情以后，很多食材都网购，我们已经很久没来99大华了。因为顺路，就进去买了些调味品，还有面粉、豆制品和一些蔬菜。

我发现很多东西都涨价了！比如镇江的金梅牌香醋，价格已经涨到4.79美元一瓶。家里还有一些3.9美元买的囤货，但是每每看到家乡醋，忍不住还要买两瓶。

看到7.99美元一袋的中筋面粉，着实吃了一惊。因为经常买中筋粉做花卷、蒸包子，年初的零售价还是3.99美元，这才过了大半年，价格就翻倍了。

我常常在家做酒酿，对糯米的品质比较讲究，通常颗粒饱满又大又圆的糯米，做出来的酒酿最是香甜味浓，出酒量也大。比较了白梅、最上、泰国长糯米和韩国糯米后，感觉最好的糯米当属日本的松竹梅，大华有卖，10磅装售价20.99美元。

豆制品价格与以往相比出入不大，大田豆腐的口感最好。买了两盒豆腐（一盒1.99刀），两包五香豆干（每包2.39刀），一把中国芹菜（3.45刀）。芹菜可以炒豆干，也可以炒香肠，这是我喜欢的江南家常菜。

大华的特价商品不多，我们买到1.69美元1袋的颗粒状冰糖，算是捡漏了。

猪肉羊肉牛肉、还有鸡鸭鱼虾蟹，看到标价，每样都在涨价。拿了一盒15刀的小排骨，这个煲汤不错。冰箱里还有两节莲藕，可以切成藕块和排骨一起炖到锅里。

食材买得差不多了，汽车后备箱的空间被填满了大半。下一站我们去了梅西百货。

一进Mall，先喝杯抹茶拿铁暖暖胃，5.28美元的价格似乎维持了原价。戴着口罩的金发小哥，动作麻利地做好一杯咖啡，大声喊着我的名字。

手捧一杯冒着热气和甜味、色泽温润的绿色抹茶，疲惫和寒冷瞬间被治愈。

虽是周末，Mall里却因空旷显得冷清。走进梅西百货商场，里面张灯结彩，商品琳琅满目，节日气氛倒是浓郁。只是，客流量小，不像以往过节前那样熙熙攘攘。

二楼的服装柜台，很多都有折扣。服装打折力度最高可达70%-80%。我看中一个丝绒马甲，295美元。一件紫色印花衬衫，标价150美元。但因为是新品上架，是没有任何折扣的。

一直喜欢Ralph Lauren的长裙，还有Calvin Klein的运动系服装、Michael Kors的包包、Tommy Hilfiger的衬衫。事实上，一些高品质的美国本土品牌，价格并没有高高在上，它传递的多元文化理念，受到不同阶层消费者的追捧和喜爱。

如果喜欢大品牌，却不想花费太多，也可以去美国的折扣店TJ Maxx，那里常常可以淘到断码的、价格更实惠的宝贝。

最终，我用梅西寄来的Coupon，花160美元买了一件休闲上装和两件全棉打底衫。这两年宅家时间多，在梅西网站买了很多化妆品和日用杂品，早已成为白金卡会员，消费满一定金额都有相应的返点。

从梅西百货回家，天色已晚。忽然想起忘记买牛奶了。于是回家路上拐个小弯，去了一家美国人超市 Fairway Market。

Fairway成立于1933年，是食品杂货连锁店，以食材新鲜，物品齐全著称，是纽约地区品质最好的食品零售商之一。因为离家近，我们经常会走路来这里买全脂牛奶。5.19美元1桶（1加仑），疫情之前，这样一桶牛奶是3.59美元。

买牛奶时，顺手牵羊。店里刚到一批新鲜的羊腩，售价令人惊喜：每磅才4.29刀，一大盒15.55刀。在物价飞涨的今天，这个价格实在是太友好了。

Fairway售卖各种面包、饼干、小点心。最有特色的是咖啡豆，12.99美元一磅，可以根据自己的口味选择咖啡豆的香型，还可以现场研磨。

这里还售卖各种葡萄酒，价格8美元起。朋友推荐我们买一种伏特加酒，每瓶15美元（1.75升），饮用或作为料酒烧菜都很好。不过这种酒一般超市没有卖的，要去新泽西北部一家Costco专卖店买。

回到家，天已经黑透了。进门就接到母亲的电话。她说看了新闻，纽约州暴风雪，急切地想知道我们这里的情况。其实最近纽约市区天气晴好，感恩节期间，天气非常温暖。

我告诉母亲，被暴雪袭击的是纽约州第二大城市Buffalo（水牛城），周六降雪量超过了16英寸，比2014年最大降雪量7.6英寸翻了一倍多。Buffalo郊区的Orchard Park降雪量更是达到77英寸，受灾最严重的社区，交通已经瘫痪。

周六外出购物，一共花费300美元。

当天晚餐主菜是枝竹羊腩煲，蒸了条鲈鱼，芹菜炒个香肠，烧个麻婆豆腐，用自家地里种的辣椒煸个香干，喝杯青梅酒，餐后吃点儿邻居送的蜂蜜烤坚果。这便是美国中产家庭一顿寻常的晚餐。

为了准备感恩节大餐，周日我们又去了一趟Costco。果然是超级大卖场！跟着拥挤的人流进去，看一下电视机的价格。

前两天刚刚在Amazon买了一台55寸4K电视机，感恩节促销，打折后299美元。家里那台看了10多年的Samsung电视因电源板坏掉，只能被淘汰了。

Costco的LG电视55寸369美元，65寸469美元，70寸569美元。设计纤薄，加上高品质的画质，吸引了不少买家。

要不要把Amazon的电视机退掉，换成LG的大屏幕？这个念头一闪而过。还是算了吧。相比频繁地购买新款手机，家用电视机只要不坏，通常不用更换。

如今获得资讯的渠道很广，互联网已经彻底改变了我们的生活。新买的电视机色彩靓丽，大小与电视机柜也很匹配，电子产品更新换代太快，我们很难跟上节奏。

好东西无穷尽，而欲望无止尽。天外有天，人外有人，比来比去，反而焦虑。

在Costco买了一大盒鸡蛋，7.59美元。你可别小看这一打鸡蛋，由于美国爆

Costco是多数美国家庭喜欢的大卖场

发了有史以来最严重的禽流感，对鸡蛋行业造成了巨大冲击。9月到10月，鸡蛋价格上涨了10%以上，较去年同期上涨了43%。

虽然周六买过牛奶了，再买一桶又何妨，Costco的全脂牛奶是方桶包装，奶味醇厚，4.37美元。

我们对烤鸡已经不感兴趣，以前只要去Costco就会买一只，吃够了。当然，爱买不买，烤鸡的价格也涨了。

推着购物车，经过堆得满满的火鸡冷柜，没有为此停留。我家感恩节从不烹饪火鸡。赴美10多年，我仍然无法接受火鸡柴柴的味道。于是，别人在Costco冷柜里挑选火鸡，我在Costco冷柜里翻找鸭子。如今一只冰冻鸭20美元，而去年只要16美元。

呵呵，做一只正宗的南京盐水鸭，摆放在感恩节的餐桌上，让中西文化碰撞交流，满足味蕾，释放乡愁，珍惜当下，感恩生活，我们奋斗打拼的一切，便有了意义。

周日去Costco，一共花费200美元。

美国通货膨胀已经持续了很长一段时间，食品的价格一涨再涨。核心消费品价格的涨势更是超出预期，特别是住房和医疗，成为高物价的主要推手。

物价全面上涨之后，我家每个月花在吃吃喝喝上的费用大约在800~1200美元。而在疫情之前，这个费用是500~800美元。当然，外出就餐不算在内。

衣食住行，吃喝拉撒。疫情之后的美国，高通胀已经极大影响到老百姓的餐桌，假日购物压力山大。加之商业疲软，房租上涨，薪资却没涨，普通家庭不得不降低生活标准，取消外出旅行，避繁就简。

最新民调，40%的新泽西居民表示，自己的财务状况，比一年前更糟糕。

和纽约的广东朋友聚餐

感恩节包子

今年感恩节，我们没有计划去曼哈顿看梅西百货大游行，只想用心做一些美食，与纽约、新泽西地区的年轻朋友聚一聚。

邀请了几个在纽约读书和工作的孩子来我家过节。他们中有的是我江苏老同学的孩子，有的是我上海老朋友的孩子。

感恩节后第二天就是著名的黑色星期五，记得刚来美国那几年，吃过感恩节晚饭，就和朋友冲到商场疯狂购物。疫情这三年，宅惯了，已经没有黑五抢购的冲动。

黑五这个长周末，只想约几个邻居，打打牌，唱唱歌，或者看看充盈着中国元素、唯独没有中国队参加的卡塔尔世界杯。

中式感恩节大餐，必须有点心。我准备发面，做一些鲜肉包，豆沙包和葱油花卷。买买买，吃吃吃，聚聚聚……一年一度的Thanksgiving Day，就这样热烈直白。

仪式感拉满的同时，也深深感慨：日子，不管穷过还是富过，认真过就好。无论放纵、躺平、还是死磕到底，活着就好。哪怕世界薄情，我们也要满腔热情。

秋去冬来，兔走乌飞。天地初寒，小雪无雪。见字如面，昼夜安暖。此刻的嗅觉，被浓郁的麦香、酒酿的酸甜裹挟着。

飘散在空气里的，还有遥遥的问候，浅浅的欢喜。

三年恍若梦，我们终将走出大流行

小镇的薄雪

前些日子，纽约地区下了入冬后的第一场薄雪。我睡了个懒觉，醒来时，阳光已经洒满了窗台，外面银色的世界，正快速消融着。我有些懊恼，但还是穿上厚厚的羽绒棉袄，去家门口溜达一圈。

雪后的小镇，万籁俱寂。嘎吱嘎吱踩在雪地上，心情放松而愉悦。迎面碰见一个跑步的大叔，他一边喘着粗气，一边挥挥手跟我打招呼：Morning!

家门口的大公园是个天然氧吧，春黄夏绿，秋红冬白，植物茂盛，场地空旷。这里是健身爱好者的乐园，运动者从未停止过他们的脚步。

我认识的美国华裔朋友里，大部分持有多次往返的十年期签证，简称"十年签证"。以前回国就是买张机票的事儿，因为某种原因，中方决定自2020年3月28日0时起，暂时停止外国人持有效来华签证和居留许可入境，包括10年签证。也就是说，目前持美国护照的华裔想回中国，还需另行申办签证。持有效中国永久居留证件的外国人除外。

朋友沈太递交的签证申请获批了！于是买好了农历新年前回广州的机票，

虽然要在迪拜转机，中间等候的时间长达9个小时，但能够回国还是让她兴奋不已。她说，这三年，积压了太多的思念和牵挂，要探望生病的老人，要翻修空置了好几年的房子，要回国处理很多杂七杂八的事情。

从纽约回广州中途转机一次，沈太买的经济舱机票是一千四百美元，这个价格比半年前便宜了不少。但相比三年前，纽约直飞上海才几百美元，还是贵的。

12月15日，美国驻华大使馆发布最新消息，暂停所有常规签证。这意味着，近期想要入境美国难度加大了。但随着政策的放松，回国之路将变得越来越容易。

查询了一下，目前入境上海，北京或者广州，依然是5+3隔离政策。最近网上有不少推测，说是1月9日之后，回国将取消酒店集中隔离，然而至今没有等到官宣。

不管怎样，回国的大门越来越敞开，一切都在慢慢向好。

冬日的美景

飘雪的日子，同一时空，坐标纽约的人们，也在享受雪景带来的欢愉。

Lee在夜幕降临后跑去中央公园看雪。而在Marshal眼里，被雪花包裹的时代广场才是最美的。Arteaga选择走进纽约最古老的汽水店喝一杯，那里仍沿用老式麦芽汁苏打水等原料制作饮料，是一个怀旧气息浓郁的街边小店。

要知道纽约客的心情，从来不受气候影响。一块披萨、一杯可乐、一句问候，就能让他们开心得像个孩子。

转眼年底，大流行的阴霾渐渐散去。人们盘算着假期，规划着路线，去古堡小镇，去森林海岛，踏上旅程，去结交朋友，去享受生活，把因疫情错过的风景找回来。

Vanessa用年假带老妈游览了纽约。她的镜头里，充满惊喜和感叹，满屏都是"I LOVE NY"。去布鲁克林大桥打卡时，不忘展示一下自己青春靓丽的侧影。天气预报说大纽约地区将迎来新一轮风暴，新泽西西北部和哈德逊河谷会有3至8英寸降雪。的确，上周四和周五我们这里迎来了雨夹雪的降温过程，但周六周日天空就放晴了。

Daisy和两个女儿去感受纽约的圣诞氛围，他们去了六大道的无线音乐城。作为世界著名艺术殿堂之一，RADIO CITY MUSIC HALL每年圣诞节期间都会上演传统的圣诞秀Christmas Spectacular，母女三人激动万分地欣赏了美妙的歌舞秀。

Heidi被花花绿绿的圣诞装饰和浓郁的商业气氛吸引，Joanne则陶醉于曼哈顿标志性建筑的伟大传奇中。

从五大道到百老汇剧院，从帝国大厦到自由女神像，从中央火车站到高线公园……旅行者们兴致勃勃，一脚踏进圣诞季的纽约，深陷美食和美景之中，根本不想抽身。

在曼哈顿唐人街的喜运来大酒店，我们和兰芳夫妇终于相见了。作为笔友，我和兰芳相识于公众号。而相聚却迟到了3年。虽然是第一次相见，我们却丝毫没有陌生感。大家一边吃早茶一边闲聊，相谈甚欢。

这家早茶店是兰芳推荐的，味道果然惊艳！特别是流沙包，表皮酥糯，麦香芬芳，奶黄鲜咸，一口爆浆，是迄今为止，我在纽约吃过的最好吃的流沙包。

兰芳夫妇来自广东省江门市，广普听起来亲切有趣。他们培养的一对儿女都很优秀，在纽约读完大学，先后参加了工作。儿子前不久迎娶了新娘，女儿也有了相好的对象。我以为在纽约打拼多年的兰芳，终于可以松一口气了。可兰芳却说，纽约是个花花世界，我们作为第一代移民，为了给孩子们打好经济基础，只有努力付出，不能有一点点懈怠。

这家饭店因为味道好，食客出奇的多，很多大圆桌都是不认识的客人拼桌，大家坐在一起各吃各的。我们四人与一对来自佛州的老夫妻拼桌。一直到我们离开，喜运来的门口仍然聚集了一堆人在等着叫号，很像上海的网红饭店。

我们常去皇后区的法拉盛，却很少来曼哈顿的唐人街。这里也称曼哈顿华埠或中国城（Chinatown, Manhattan），始建于19世纪中叶，来自中国的广东、福建和香港沿海的居民最早在此从事商业活动，开餐馆，开商店和礼品店。1980年代后，此地区已经超过旧金山唐人街，成为西半球最大的唐人街。

返回的路上，逛了几家华埠小店，买了几只景泰蓝小碗。果然，价格比法拉盛便宜三成。老板不断叫卖着：一口价啦，喜欢就拿去！然后用报纸小心翼翼地帮我们把小碗包起来，苦着脸说，这个小店月租金8千刀，几乎没什么赚的。同样大小的店铺，在法拉盛月租要1万刀，但那里客流量大，赚得到钱。

这次来曼哈顿唐人街有个惊讶的发现，就是这里比疫情之前整洁、卫生、好看了许多。

小镇的春天，
是一朵朵花开

爱心的助力

2月6日凌晨，靠近叙利亚边境的土耳其东南部发生7.8级强烈地震，造成重大伤亡。地震沿着断层线断裂了大约100公里，对断层附近的建筑物造成严重破坏。救援人员继续从土耳其和叙利亚的废墟中救出更多幸存者，据不完全统计，地震造成的死亡人数已经超过了4万人。

震后，土耳其和叙利亚的无家可归者挤在拥挤的帐篷里，缺衣少食。有些居民从被毁坏的房屋中抢

救冰箱、洗衣机和其他生活物品。因为没有足够的帐篷提供，避难者们睡在泥地里，几家人共用一个帐篷。

正值寒冬。由于水管、天然气管道和交通道路在地震中遭到损毁，在土耳其的重灾区马拉蒂亚省，一些被安置在临时帐篷中的人们不得不面临饥饿和寒冷。而叙利亚震后降雪，也加剧了受灾民众的苦难。

地震牵动着全世界人民的心，也让遥远的北美小镇行动起来。李堡居民希望尽绵薄之力，为土耳其人民提供亟需的物资。棉衣、毛毯、睡袋、帐篷……上周末，镇上的居民在李堡华人群和李堡华联等团体的组织下，踊跃捐赠物资。义工们马不停蹄地包装、搬运物资。土耳其驻美领事表示，目前已经收到足够数量的衣物，对所有捐赠者表达了谢意。

纽约新泽西地区的土耳其居民对华人社区的爱心深表感激，救助站的土耳其工作人员，激动地用中文对运送物资的华人说"谢谢"。据了解，这批救援物资将于近日由土耳其救援专机运送至灾区，助力当地震后救援。

美国华人社区的温暖情谊，为早春二月，添加了一抹靓丽的色彩。

Valentine's Day

2月14日是Valentine's Day，情人节。

关于情人节的起源有很多不同的说法。人们普遍认为，2月14日是基督教圣徒瓦伦廷（Valentine）的纪念日，从中世纪的英格兰开始，就被赋予浪漫的色彩。

送玫瑰花，买巧克力，写情人节贺卡，去喜欢的餐馆享受烛光晚餐，这些都是美国情侣欢度情人节的传统方式。

情人节不仅流行于成人世界，也是孩子们之间传递爱心和友谊的契机。美国学校的小朋友会在这天与同学互赠表达友爱的小卡片小饰物。

走出大流行的阴霾，生活回归常态。

这个情人节，纽约地区各个商店的玫瑰花销量都很好，而且价格不菲。家附近的Walgreens，12朵红玫瑰的售价是24.99美元。Costco总是以量大便宜博得顾客欢心，49.99美元可以买50朵一大捧玫瑰花。

看着街头手捧玫瑰一脸娇羞的少女，心中猛然一惊，年轻，竟然是很久以前的事了。

午后的风很暖，吹开泛黄的心事，不禁有些黯然神伤。

那些流逝的芳华，是眼角抹不去的潮湿，历经漫长的四季，只剩下五味杂陈的回忆。

春天来了，万物萌发，草地渐渐由黄变绿，动物的世界，弥漫着荷尔蒙的气息。

挨过了隆冬，脱掉厚重的棉袄，孩子们穿着短袖走出家门运动和玩耍，人们拥抱阳光，感受大自然的春情勃发。

小镇上又有几栋旧House被推翻重建了。因为靠近曼哈顿，闹中取静，交通便捷，这里的房价在疫情之后经历了一大波涨幅，现在正处于平缓期。

还有一则利好：连接纽约和新泽西的华盛顿大桥，北面的人行道和自行车道正式开通了。北边这条走廊比南边那条走廊更宽阔更安全，大大方便了徒步去曼哈顿上下班的小镇居民。

外面晃悠一圈，快到家的时候，远远看见一只呆萌的野鹿正坐卧在草地上休憩，我蹑手蹑脚地靠近它。

野鹿淡定地看着我，并没有躲闪的意思。

野鹿在北美不算稀奇，我住的社区一年四季都有野鹿自由出没。我家后院，更是野鹿经常闲逛、觅食、约会、撒欢的地方。我想这家伙一定是吃饱喝足了，酣睡过后，它懒懒地扭过头，与我对视了一会儿，然后站起身来，呆呆地望向远方。

飞鸟四散，斜阳尽染。我闲坐长椅，沐浴在宁静的春光里。

人生短暂或漫长的旅程，不过是居家，出门，回家而已。

春天是发芽的种子，是解冻的河水，是欢叫的鸟雀，是撩人的花香，是温润的细雨，是佛面的相思……春天，总是赋予人们重新开始的勇气和盼望。

最坏的时候已经过去。

泰戈尔说：不要着急，最好的总会在最不经意的时候出现。

她是月光女神，也是渴望被爱的女人

这两天，朋友圈都在怀念突然离世的Coco李玟，怀念她动人的歌声和灿烂的笑容。

1975年1月17日出生于中国香港的李玟，是首位献唱奥斯卡金像奖颁奖典礼的华人歌手，她演唱的歌曲《A Love Before Time》获得第73届奥斯卡金像奖最佳原创歌曲提名。

她也是首位在NBA篮球赛中场演唱美国国歌、首位获邀在美国洛杉矶华特迪士尼音乐厅举办个人演唱会的天后级歌手，被誉为"月光女神"。

《时代杂志》曾用"华人之光"来形容她。

然而在李玟性感热辣、明艳动人的外表下，却藏着许多不为人知的心酸：她是遗腹子、缺失父爱、左腿先天残疾、乳腺癌、抑郁症、丈夫背叛、婚姻亮红灯……

7月5日，李玟的二姐Nancy在微博里公布李玟死讯，后来又澄清妹妹的死因并不是割脉轻生，最终要以法医结论为准。接着港媒独家爆料，称李玟真实死因是呕吐物入肺导致窒息。人们震惊之余，李玟的死因也变得扑朔迷离。

于是歌迷们在铺天盖地的新闻报道里，划出以下重点：

图片来自网络

　　李玟和大她16岁的加拿大富商老公Bruce结婚12年无子，李玟为了怀上孩子，曾9次飞纽约做人工受孕，可惜都以失败告终。Bruce婚后多次出轨，李玟选择了一次次隐忍原谅。两个被李玟疼爱有加的继女在父亲出轨后，公然站在父亲那一边，对李玟态度冷漠。李玟生病住院期间，Bruce没有陪伴左右，而是外出旅游。李玟出意外送医院抢救，生命进入倒计时，Bruce没有露面，直到全世界都得知噩耗后，他才匆匆赶往香港见李玟最后一面。

　　媒体报道李玟和Bruce原定今年7月离婚。如今婚还没离，李玟倒先走了，她留下的巨额财产归属问题，也成了近日网上热议的话题。

　　婚变和病痛的双重打击使得李玟身心俱疲，导致了悲剧发生？

　　李玟的二姐Nancy说，妹妹乳癌与脚患只是其次，因已切除肿瘤，没有扩散已经痊愈。如果是这样，已经在刻苦练习走路、想尽早重返舞台，而且给歌迷留言说"再努力努力"的李玟，是不可能放弃生命的。出事那天，李玟自己从浴室里跑出来呼救，说明她仍有求生欲望。

　　也许我们忽略了抑郁症。抑郁症的可怕就在于病情发作时，行为完全失控，后果不堪设想。据统计，全球有2.8亿人被抑郁症困扰，这是一种心理状态非常危险，自杀率很高的疾病，但并非不可治，大多数人经过治疗可获痊愈。

也有粉丝认为，李玟一生追求完美，婚变是压死骆驼的最后一根稻草。随着7月离婚日的临近，她不堪忍受婚姻失败，选择轻生。

不管八卦怎么说，热情奔放的李玟以这样的方式与我们告别，终究是让人意难平。

我不追星，但我喜欢李玟的歌。她演唱的《月光爱人》、《想你的365天》、《刀马旦》、《DI DA DI》、《自己》……都是我电脑里循环播放的歌曲。

李玟有那么多粉丝，不仅仅因为她光彩照人的舞台形象和极富感染力的微笑，还因为她出道30年，在娱乐圈从未有过乱七八糟的绯闻，人品和艺德都无可挑剔。

隐忍、坚强、努力、真诚。即便饱受病痛和手术折磨、即便婚姻世界一地鸡毛，她伤痕累累，也独自一人承受所有、默默舔舐伤口。

她是舞台上光芒四射的艳丽歌后，也是生活中渴望爱情和温暖的小女人。她总把最好的一面展现给世人，却把悲伤留给自己。这也是李玟的突然离世，让我们大家格外心痛的原因。

李玟的二姐Nancy昨天发布警告：有人利用李玟去世进行诈骗，强调家人并未发行纪念商品。此外，她还公告说，将于八月召开两岸三地歌迷聚会。

逝者已逝，生命只有一次，一切都无法挽回。围绕李玟去世的真实原因、离婚问题、遗产分配等等，相信不久就会水落石出。

李玟的离开是华语乐坛的巨大损失，也带走了一代人的青春记忆。她为歌迷留下的诸多经典佳曲，永远被传唱。她为这个世界带来的美好笑靥，永远被铭记。

Coco李玟，一路走好。天堂里没有病痛，天堂里也没有绝望。

新泽西的一个雨天

泳池故事

新泽西的雨天，适合睡觉、追剧、喝咖啡，也适合看书、发呆、煲电话粥。当然，如果能凑齐四人，坐在被倾盆而下的雨水不断冲刷的落地玻璃窗前，来场学会不久的掼蛋就更美了。

返美已经20多天，时差尚未完全倒过来，常常在凌晨3点的夜里醒来再也睡不着。回国吃吃喝喝，已经很久没运动了，于是想着去健身房泡泡水，或许游泳能帮助调整时差。

初伏之后，靠我家最近的Gym人满为患，来健身的人比冬天的时候还多。

游泳池一共四条泳道，第一条泳道是可以行走的泳道，几乎每天都被几个韩国大妈占领，她们在水中走来走去，蹦蹦跳跳。韩国人笃信，水的压力具有推拿功效，肢体在对抗水流阻力过程中能够得到训练。

第四条泳道是专门教孩子学游泳的教学泳道，除非这天没教学任务，否则是不能使用的。

只有中间两条泳道可以游泳。通常一条泳道两个人游，但由于人多道少，跟管理员打个招呼，三人共享一下也是允许的。

但即便如此，如果来健身房的时间不巧，三人的泳道也是要排队等的，上来一个，才能入水一个。偶尔碰见有点头之交的小镇居民，大家就会比较客气谦让，先入水的游几个来回就抓紧上来，把泳道让给后面等待的人。

这个雨天还算运气，等待的时间不算长，看见一对韩国夫妇从池子里出来，我们赶紧一头扎入水中。

在Whirlpool泡热水时，边上一位身穿大红泳衣的非裔女孩听说我上个月刚从上海返美，于是兴奋地问我：上海怎样了，还需要隔离吗？

我说上海很好，不需要隔离，疫情结束了，人们出行自由，生活已经恢复常态。

非裔女孩感慨道：2020年春天她在上海，当时她和她的上海男友正在热恋中。她妈妈看到关于疫情的新闻，从华盛顿打电话给她，让她快点回美国。

于是她匆匆返美，回到DC妈妈家。可是没多久，因为思念男友和他们养的狗狗，她又飞去中国了，当时机票很贵，她是从埃塞俄比亚转机去中国，入境后又被关进酒店隔离……

回忆起那段特殊的日子，非裔女孩表示，那是她生命中一段难忘的经历，虽然她很遗憾，上海的爱情故事已经成为过去式。

看我一脸惊讶，非裔女孩粲然一笑，露出满口的白牙：上海是我去过的最最美丽的城市，好吃又好玩儿，等我攒够了钱，还要去上海！

露天电影

进入夏季。李堡的社区广场上，每周一场音乐会、一场电影的暑期文化活动拉开了帷幕。

如果遇到雨天，音乐会就取消，电影也会延期放映。这天放映的电影是《猫王》。小镇居民吃过晚饭，慢悠悠散步去社区中心的露天广场。住得距离社区中心远的，就拖家带口开车过来。

夜幕降临，晚风清凉。人们自带座椅，把花花绿绿的毯子铺在碧绿的草坪上，纳凉，聊天，顺便看场电影，很是享受。

露天电影用其独特的方式，给社区居民带来视觉盛宴的同时，也促进了邻里之间的欢乐互动和交流。

然而很多人并不知道，这个古朴又低调、安宁又现代的新泽西小镇，其实是美国最古老的电影城，出名比好莱坞还早。

李堡小镇

作为20世纪初美国蓬勃发展的电影业中心，李堡科伊特斯维尔地区是最繁忙的电影制作中心，几乎整座城市的人口都受雇于电影业。

小镇具有得天独厚的地理位置，它正对着哈德逊河对岸的曼哈顿上城。

车水马龙的乔治·华盛顿大桥是坐落于纽约州和新泽西州的一条悬索桥，它横跨哈德逊河，一头连接着繁华的曼哈顿，另一头连接着休闲的李堡小镇。

这座伟岸的大桥，分上下两层，每天约有30万辆车通过，是世界上最繁忙的大桥之一，也是电影导演无法舍弃的取景地。《二线警探》、《纽约大地震》等电影都曾在此取景。

因为太出名了，乔治·华盛顿大桥也成为自杀圣地。为避免悲剧发生，桥两侧的人行通道被覆盖了高大结实的安全网，禁止人们在此跳河结束自己宝贵的生命。

李堡的Main Street很有特点，看起来如同美国任何一个小镇的主街。周边自然景观和地貌优越，森林、田野、悬崖、河流、小木屋……

既可以拍摄言情片，也可以拍摄动作冒险片。

据BBC Travel报道，李堡电影在鼎盛期，有包括环球、福克斯和Solax在内的11家电影制片厂。从这里走出一批默片时代的明星偶像：Mary Pickford、Lionel Barrymore、Lillian Gish……

　　由于1917年美国加入第一次世界大战、1918年西班牙流感大流行，加之哈德逊河的冰封，许多东海岸的电影公司纷纷关闭，搬到气候温暖的西海岸好莱坞。李堡留下许多废弃的电影场旧址，电影史的辉煌止步于1925年。

　　虽然李堡作为美国电影产业发源地的身份渐渐消失，但它不应该被遗忘。

　　7月14日至7月30日，第22届纽约亚洲电影节在林肯中心举办。主办方将在李堡巴里摩尔电影中心举办特别展映，以彰显李堡作为美国电影诞生地的历史。

菜园夏收

　　我在国内待了四个月，完美错过了春天的播种。

　　好在Ben先行返美，匆忙补种了一些瓜果蔬菜，七月中旬，竟然迎来了紫豆角的丰收。

　　一场雨后，仿佛约好了似的，紫豆角呼啦啦一下子冒出来很多。这种紫色的豆角很是神奇，下锅翻炒一下，颜色立马变成翠绿色，口感极其香糯。上网查了一下，说是正常的化学反应。因为紫色豆角里有一种叫嫩荚的元素，经烹饪后，荚内所含花青素遇热分解，嫩荚就变成绿色了。

　　此外，紫色豆角含有多种人体必需的氨基酸，能提高人体免疫力。紫色豆角还能抑制细胞癌变，控制癌细胞再生。由于紫色豆角的产量比绿色豆角低很多，所以市场上并不常见。

　　黄瓜种了几棵，六月初才开始培育种子，六月中旬把发出来的黄瓜秧苗移种到地里。一个月后，竟然也开花结果了。

　　更让我惊喜的是，南瓜藤蔓上还结出一个小小的南瓜。

　　我们住在曼哈顿的朋友罗先生种植了很多蔬菜，我向他讨要秧苗，周末的午后，他特意开车到我家，送来了盆栽的辣椒和番茄。

　　北美生活简单随意。朋友之间，邻里之间，喜欢分享自己种植的蔬菜瓜果或者手工面点。

　　大家采用原始的物物交换形式，增强联系，加深友谊。同时也节约了资金，减少了浪费。

在后院种菜，最怕动物们光临。土拨鼠是防不胜防的，但如果是一只野鹿闯入后院，那祸害就更大了，辛辛苦苦培育出来的各种蔬果的嫩叶，都将成为野鹿的美味佳肴。还有刚刚长出来的小番茄，也要经历啃食的后果。

为免于劳动成果被动物偷吃，我们去年做了两扇铝合金门，主要是为了阻挡野鹿闯入。

这些天有几只野鹿总在家门口转悠，它们把前院的黄花菜啃食得干干净净，然后锲而不舍地想要进入后院，然而坚固的铝合金门把它们挡在了外面，野鹿只能望门兴叹。

小镇的七月，温度最高可达华氏90多度，属于高温天气。前段时间的强降雨，在哈德逊河谷造成了灾难性的洪水，摧毁了道路和一些房屋。

美国国家气象局近日发布了洪水警告，纽约州东南部、新泽西州北部和康涅狄格州南部地区将出现强雷暴，可能发生水浸。这个周末，我们这里接连下了几场大雨，闷热又潮湿。

此刻，墙角的一株茉莉，无声无息地绽放了。洁白温润的花朵惹人怜爱，清婉柔和的香气令人迷醉。

雨中的茉莉

茉莉花原产于阿拉伯地区，现广泛植栽于亚热带地区。它的花期是五月至八月，在菲律宾语中被称为"三巴吉塔"。据说一个小伙接受了姑娘的求爱，便将茉莉花送给她，并告诉姑娘三巴吉塔意为我答应你。

这是新泽西的夏季里一个寻常不过的雨天。虽然噼里啪啦，雨下得热烈奔放，空气中却流动着平静和舒缓。

七月的一切，绿透了。

这样一个雨天，我沉浸于夏收的欢喜，也沉醉于茉莉的馨香。

美国古董老爷车展

前天，家门口的一场古董老爷车展览，宛如盛夏的玫瑰绽放之姿，热烈似火，激情澎湃，燃爆了整个主街街区。

因为是周日，又恰逢古董车展，靠近华盛顿大桥的几条交通要道已经被来往车辆堵得水泄不通，汽车行进如蜗牛慢爬。我对汽车很外行，和朋友步行去缅街看热闹。

现场有100多辆充满异国情调的古董老爷车、超现代豪华跑车、以及改装过的高科技车。最大亮点是，它们全部来自当地居民的收藏。

劳斯莱斯、凯迪拉克、雷克萨斯、悍马、道奇、别克、林肯……很多汽车的车门和引擎盖都像飞虫壳一样敞开着，车内五脏六腑袒露无遗，供人们欣赏和品鉴。

产自上世纪各个年代的一些经典老爷车也纷纷亮相，让前来参观的市民目不暇接。年代不同、颜值各异、等级差别、命运迥然。汽车的一生和人的一生是一样的。

午后的阳光把停放的古董车拉出长长短短的倒影。它们穿越了时光之旅来到这里，再现历史的波澜，也闪烁着探索创新的光芒。

美国有专门针对老旧古董车的修复产业，零配件齐备，技工手艺高超。而那

些融合了未来主义和现代设计元素的汽车，有许多意想不到的服务功能，更受年轻人的追捧。

紫金、胭红、青灰、翠绿、明黄、宝蓝、香槟、乌金……这些五彩斑斓、争奇斗艳的汽车，拥有明艳的色彩，靓丽的外型，闪瞎了过路的行人，点燃了车迷的兴致。

她们宛如曼妙的女子，或香艳灵动，或沉稳大气，妖娆多姿，风情万种。每部古董车的背后，都有谜一般的故事。就像女人，越是美得不可方物、难以驾驭，越能俘获男人的心。

也有一些男性化的古董车，或浪漫，或绅士，或狂野，总之腔调十足。他静静伫立在那儿，散发着无声的魅力。你远远地观望，渐渐痴迷，以为他也钟情于你。当你走近，看了介绍，问了价格，方才清醒，回归理性。

据了解，这是李堡商业联盟的第二届年度车展。活动还带动了周边餐饮消费，刺激人们的胃口。一些远道而来的观展者，顺便品尝当地美食，打包外带精美咖啡和点心。

活动现场一只小狗身着警服，开着特制的警车，充当维持秩序的警察，吸引孩子的眼球。更多市民则浏览和漫步街上的商铺和精品店，享受一份独特的社区购物体验。

美国的汽车文化丰富多彩，除了纽约车展外，著名的车展还有迈阿密车展、洛杉矶车展、底特律车展等。

历经百年发展，美国诞生了福特、通用、克莱斯特三大汽车巨头。汽车产业作为美国经济的支柱产业，创造了大量就业机会。汽车在美国象征着独立和自由，除非居住在出行便捷的城市中心，大多数家庭都会配备至少一部汽车。

美国汽车普及率非常高。有人做了统计：平均每100个美国人拥有83.7辆汽车。同在北美的加拿大，每百人汽车拥有量是67辆。身处亚洲的日本，每百人汽车拥有量达到59.1辆，而中国目前每百人汽车拥有量是19辆。可是美国人口总数不到我国人口总数的四分之一。土地面积不同，人口基数不同，国情不同，其实没什么可比的。

这些年，中国汽车制造业发展迅猛。2009年，中国生产的汽车销量突破1300万辆，超越美国成为全球最大的汽车市场。2022年，中国超越德国成为世界第二大汽车出口国。

虽然中国汽车工业未来的增长空间巨大，但如果和美国一样保有量达到83%的话，城市恐将因拥堵而陷入瘫痪。

如今，汽车不仅仅是代步工具，更是集观赏、服务、娱乐、享受为一体的家庭生活设施。

这次观展，让我对新能源新概念汽车有了更高的期许。也许不久的将来，真的只需一个按钮，自动驾驶的汽车就能按照主人的要求，变换车型，改变色彩，安全快速地抵达世界任何一个角落。

纽约生活的那些点滴

哥大体检

按照预约的时间，这一天是我去纽约做腹部B超的日子。之前还打了一个电话，确认要空腹，时间定在上午8点半。

家庭医生开好检查单子后，网上预约医院或医学影像中心，就可以做超声波检查了。

如果一定要找会说中文的医生，那就得开车去中国城（那里停车麻烦），或者去法拉盛（单程一个半小时），于是我把搜索范围尽量放在靠家近的医院。

在纽约，一些医院和诊所接受不同类型的医保。去看病之前，首先要咨询他们是否接受你的保险。如果没有保险，纽约看病检查的账单，很可能是天文数字。

我的医疗保险在纽约绝大多数医疗单位都可以使用，最终选择了哥大医学中心。

哥伦比亚大学是全美排名前三的高等学府。哥大医学中心坐落于纽约市华盛顿高地，它创建于1767年，是美国著名的医疗中心。

1911年，长老会医院与哥大医学院联盟，哥大医学中心成为世界上第一所集医疗、教育、研究为一体的医学中心，以其高质量的医师队伍以及在癌症、泌尿、心脏、神经内科等诊断治疗方面的成就，享誉世界。

一大早先把车开到公交站，然后搭乘Bus进城到175街，再步行去165街的哥大医学中心。

7点刚过的纽约上城，仿佛刚从睡梦中醒来。

地铁口转角处有一家我熟悉的水果摊，十几年如一日，因售卖的瓜果新鲜，加上价格实惠，受到居民和过往行人的青睐。

去哥大医学中心的路上，树叶婆娑于微风中，遛狗的纽约人慢悠悠走在街道上，汽车缓缓驶过，不像午后那样脾气暴躁、鸣笛乱叫。

整个街区安静而有序。

哥大医学中心候诊区

终于来到做超声波的候诊区，人并不多，等了几分钟就被护士叫进准备区，换好医院的衣服，等待医生喊名字，进入检查室。给我做B超的是一个年轻的亚裔男医生，他还带了一个白人助手，全程说英文。

作为全世界人口最多样化的城市之一，纽约人说着200多种不同的语言。为方便沟通，许多医疗机构提供多语言服务，包括西班牙语、法语、韩语、中文等，以满足不同患者的需求。

在华人聚集的法拉盛，医学影像中心做超声波的墙上，贴着中英文对照的"屏住气"、"深呼吸"等字句。

我去法拉盛体检时，那里的美国医生会指着墙上的中文对我说："放轻松"！

来哥大医学中心做检查，优点是人少，排队时间短。缺点是几乎没人跟你说中文。如果英文一点都不会，和医护人员沟通就比较困难。

躺在诊疗台上，亚裔医生一边在我腹部来回滑动着传感器，一边跟助手说着检测数据，以及我听不懂的病理知识。末了，亚裔医生指着白人助手对我说，这是他的学生，是否介意让他的学生再重复一下刚才的检查？非常感谢。

我明白这是哥大医学院学生的临床学习过程。于是说没问题。就这样，本来十几分钟的B超检查，我做了半小时才出来。

这是我一年一度体检的一部分。

与国内的一站式体检不同，美国体检针对性更强。除了血常规、肝功能、心电图、外科、内科等常规检查外，家庭医生还会根据你的身体情况，开具相应的检验单子。

然后你再根据自己的医疗保险可以覆盖的范围，选医院、看医生、做检查。

虽说这样的体检比较折腾人，耗时也长，但是整个过程认真细致，体检报告的数据会在第一时间上传到家庭医生那里，家庭医生再电话告知你检查结果。通常两天后，家庭医生就会打来电话：结果出来了啊，你没啥事，数据都正常！

于是一颗心放进肚子里。于我而言，这意味着接下来的日子又可以无视丰腴的身材，肆无忌惮地吃吃喝喝了。

如果检查结果有异常，家庭医生会立刻帮你推荐专科医生（你也可以自己上网找专科医生），进行进一步的检查和治疗。

看病的体验，会因城市不同、医院不同、医生不同、而有所不同。

这些年我的朋友和邻居当中，有人得了比较严重的疾病，在拥有先进医疗设备和专业水准的大纽约地区，得到了高水平的医治，结果还是令人满意的。

赴美十多年，在看病这件事上，我发现当地华人基本上是小病回国看，大病纽约看。我家里通常都备有一些常用药，一般的感冒发烧拉肚子，在家吃点药就过去了。

当然有些棘手的病症，或者风险系数大的手术，或者完全丧失了信心的治疗，或者时间上等不及，干脆买张机票飞回国看医生的也有。

我们这里看家庭医生的Copay是每次15美元。看专科门诊的Copay是30美元。如果去实验室验血、做B超、X光，需缴纳20美元。其他费用都走医保了。

开药也走医保。去CVS取药时，很多药无需支付，即便付，也只付个零头。

体检结束，回到Bus站，找到自己的汽车，猛然发现车前玻璃雨刮器上压着一张罚单。天呐，竟然忘记今天是扫街日！这一条街是不能停车的。唉，只能乖乖缴纳34美元罚款。还好我们住在郊区，如果在曼哈顿城里，这个罚单就是115美元。在纽约，被交警贴罚单的原因通常是停车不当、违规变道、超速行驶等。因扫街而拿ticket，已经不是第一次了。

纽约地区每个月有一天是规定的扫街日，有清洁车清扫街道，禁止街边停车，否则吃罚单。因为每条街的扫街日不同，所以停车时一定要看一下路牌提示，不然就被罚。我在家门口也被贴过罚单，就是因为忘记当天是扫街的日子。

哥大医学中心的体检报告第二天就出来了。家庭医生告诉我：一切都好，没问题！哈哈，那一刻，罚单的不快烟消云散。有什么比身体无恙更令人开心的事呢！

曼岛观展

近日受邀参加了上海市人民对外友好协会、上海复星公益基金会主办的"上海，曾经的家园——犹太难民与上海"展览开幕仪式。

20世纪30年代，对于成千上万绝望的犹太人来说，中国大都市是他们最后的选择。

"犹太难民与上海"展览开幕式

尽管上海距离犹太人在德国、波兰和奥地利的家园超过7000公里，但在1933年至1941年期间，逾2万无国籍犹太人为了躲避大屠杀而逃到了中国。

当时的上海，是世界上为数不多接收逃离纳粹的犹太人的地方，是一个安全的避风港。

现场，5位犹太裔嘉宾讲述了他们和家人在上海的生活，以及后来辗转回到美国的经历，展示了二战期间犹太人在上海避难的故事，还有他们在上海收获的情谊，表达了对上海、对善良包容的中国人民的感恩和思念之情。

美国良知基金会主席亚瑟·施奈尔拉比深情诉说了他作为大屠杀幸存者的经历，并以犹太社区领袖的身份，感恩上海这座城市为犹太人提供了避难所。

犹太裔嘉宾的发言深深打动了与会者，全场响起热烈、持久的掌声。

纽约市国际事务专员埃德·默梅尔斯坦代表纽约市长亚当斯，向上海犹太难民纪念馆和展览主办方赠送了贺信。

中国驻纽约总领事黄屏在致辞中说，展览让新老朋友欢聚一堂，重温历史，传承友谊与合作精神。同时倡导文明互鉴，尊重多样性，推动团结和对话交流。

上海市人民对外友好协会副会长景莹表示，此次上海展览美国之行洋溢着友谊与和平的气息，衷心祝愿中美之间保持友好。

开幕式上，两位百老汇演员还为大家呈现了音乐剧《上海奏鸣曲》的演出片段。

这部音乐剧是根据二战时期流亡上海的犹太难民音乐家的真实故事改编的。

此次展览由逃亡上海、避难生活、同舟共济、战后离别、特殊友谊和家园变迁6个部分组成，浓缩了精选的30多个原犹太难民及其后裔口述的故事、近30件珍贵文物史料的复制品、200多张照片和纪录片视频等珍贵史料。

展览现场

一幅幅巨型图片震撼力十足，令人百感交集，再现了二战时期数万名无国籍犹太人为躲避大屠杀在上海避难，与中国人民患难相助、风雨同舟的珍贵历史。

站在展厅当中，不禁感叹上海人民的大爱：即使自己身处黑暗时刻，也没有忘记把光明和温暖，无私地给予犹太难民。

上海犹太难民纪念馆馆长陈俭呼吁人类互爱，任何困难时刻都要向善助人。对这段历史记忆的保护、研究和传播，是为了告诫世人，悲剧不能重演。

据悉，展览将在纽约复星大厦持续展出至2023年8月14日。

漫步纽约街头，常常可以看见头戴圆形小帽的犹太人，这种小圆帽在希伯来语中叫"基帕"，表示对上帝的敬畏。

因为有成熟的犹太社区和大量的经济机会，纽约一向是吸引大批犹太移民的地方。

1900年时，纽约市已经拥有全球最大的犹太社区。据犹太组织的统计，2007年，全球犹太人总数在1320万人左右，其中530万人居住在美国。

目前纽约居住着大约175万犹太人，布鲁克林地区就生活着58万犹太人，他们中有很多是曾经避难上海的犹太难民的后代。

分布于全美各地的犹太人对美国的公民社会、经济发展和科技创新，发挥了不可或缺的作用。

纽约逛Mall

在纽约逛Mall的感觉，今非昔比。

除了梅西百货，Century 21是老牌折扣百货店，属于市区一站式Outlet，全年都有打折的名牌服饰鞋帽和家居用品售卖。

纽约上城

今天去了曼哈顿下城，位于世贸中心对面的Century 21旗舰店。

这个大Mall有约10万平方英尺的零售空间，商品琳琅满目。这里常常售卖打折的奢侈品。比如范思哲的领带、古驰的皮鞋、蔻驰的手袋、菲拉格慕的太阳镜……

我在一大排服装当中，挑选了一件格子衬衫，原价295美元，打折下来89美元。

疫情早就结束了。各大商场也都敞开了店门，然而却没有出现人潮涌动的盛况，经营状况不容乐观。

服装售卖区的海伦说，库存是满的，顾客却比以往少，以前那种推着小车疯狂购物，结账处排着长长队伍的火爆场景，已经很少看到了。

在品牌包包的柜台前，店长露西表示，如今纽约人的消费不再冲动，趋于理性，价钱实惠的物品，更受市民和游客的欢迎。

说到折扣店，就不能不提T.J.Maxx。

T.J.Maxx是TJX Companies旗下的折扣百货品牌，创建于1976年。我们熟悉的Marshalls、HomeGoods等百货系列也属于该集团。

这是美国的一家跨国连锁折扣百货商店，在全美各地都有分店，价格比正价商品便宜很多。虽然店面不大，但男女服饰、鞋子箱包、玩具、化妆品、居家配饰、小零食等等，都因可挑选的范围广、价格低于专卖店而畅销。

如果有闲但没钱，或者想省钱，又想淘一淘断码的品牌服饰，或者买一点居家小物品，来T.J.Maxx是不错的选择。

我买了一只粉色的咖啡杯，4.99美元，回家立刻煮了一杯奶咖。其实这就是一只普通的陶瓷杯，但上面刻的一行字令我心生欢喜：Good things are coming（好事即将来临）。

除非你有钱又有闲，否则我不建议你去曼哈顿特别是五大道的精品店购物，而是去纽约的后花园新泽西。

要知道，新泽西有很多高大上的Mall，在那里购买服装类商品，是免税的。

纽约市征收8.875%的销售税，新泽西的销售税是6.625%，这之间的税差，导致一些纽约人直接开车到哈德逊河对岸的新泽西购物。

之前纽约市已经在110美元以下的服装和鞋类购物中永久性地取消了4.5%的城市销售税。但是珠宝和手表、发饰、手袋等物品是不能免于销售税的。

话说回来，即便你不买东西，五大道也是值得一看的。那些造型迷幻的橱窗秀，那些透着时尚前沿惊爆眼球的商品，一定让你啧啧赞叹。更不用说街头随便一站，就有好莱坞大片的心动。

在大纽约地区，我喜欢的商场还有售卖名牌服饰的Bloomingdale's、著名百货Lord & Taylor、以及可以低价购买到心仪宝贝的Loehmann's。

说到底，购物如同择偶，也是讲缘分的。就像买鞋，无论外观怎样，是什么牌子，挑来选去，最终穿上舒服，适合自己的，就是好的。

吃喝拉撒睡，油盐酱醋茶。赴美十多年，生活在大纽约地区，结交了一些不同种族的朋友，有了很多不同的体验。除了乡愁之外，总体上感到内心平静。

国内朋友问我，大流行过后，纽约生活究竟怎样？

怎么说呢，作为一个普通市民，如果我站在纽约街头，被志愿者塞了一张10分制的表格，让我给这座城市打分的话：文化氛围我打9分，美食娱乐我打8分，旅游购物我打7分，居住环境我打6分，社会治安我打5分……

纽约令人艳羡的地方真的很多，让人吐槽的地方也不老少。然而无论怎样，

每一个生活在这里的人，对这座城市都充满了热爱！

纵然生活不尽如人意，然而大多数纽约人的内心却是骄傲的。

这种骄傲，来自曼岛自由女神高举的火炬，来自多元文化的熏陶和包容，来自不同肤色的人们追求美好未来的信仰。

八月的天空，云谲波诡、神秘莫测。熏熏的暖风急急地撩起女人婀娜的裙摆，盛夏绽放着最后一抹浓情。

曼岛的一切，波澜不惊。

2023年8月25日

美国乡村的慢时光

意大利美食

住在我们Town的意大利裔并不多，可是每年暑期，小镇都会在缅街的圣罗科协会教堂附近举办盛大的意大利美食节。

漫步缅街，意大利集市琳琅满目，食品令人眼花缭乱，其中也混入了中式美食（中餐无处不在）。

除了意大利特色菜肴和美味小吃，活动现场还提供娱乐表演、游戏和抽奖、嘉年华游乐设施等，吸引了很多纽约客和其他小镇的居民前来捧场。

炒海鲜、烤香肠、炸面包、卤肉丸、意大

利面、手工冰淇淋、啤酒和烤串……诱惑不可阻挡。

各式各样的意大利特色美食，把小镇的黄昏，熏得喷香。特别是刚刚出炉的那不勒斯披萨香气四溢，令人饥肠辘辘、垂涎欲滴。

在意大利的传统菜肴中，颇有历史文化色彩的那不勒斯披萨，可以完美诠释意大利烹饪的精髓。

我曾经去过意大利两次，游览过罗马、米兰、威尼斯、佛罗伦萨等著名城市，品尝过那不勒斯披萨，却独独没去过那不勒斯这座城市。

作为意大利的国民披萨，诞生于18至19世纪的那不勒斯披萨的配料只有两种：Margherita和Marinara。包括水牛乳制作的马苏里拉奶酪、初榨橄榄油、磨碎的硬质干酪以及番茄、罗勒叶等。

正宗的那不勒斯披萨，番茄是有讲究的，必须在那不勒斯附近的小镇圣马尔扎诺苏尔萨诺的火山土壤中种植。

集市上，大家围在烤箱前，耐心地等待着新鲜烤制的披萨。

一块块手工打制的那不勒斯披萨饼坯上，铺满了厚厚的真材实料，在400华氏度的烤箱中，用炭火烘烤8分钟，师傅举着铲子轻轻一铲，披萨在吃货的欢呼和掌声中出炉，滋滋冒油，热气腾腾。

人们端着盛着披萨的纸盒，当街站着，直接上手撕开吃，这才是披萨地道的吃法。我们也买了一块，饼皮软糯，饼边酥脆，馅料扎实，唇齿留香，确实好吃。但是，因为经常吃邻居娜娜做的披萨，这款现烤的意大利披萨倒不显得那么惊艳了。

娜娜做的披萨，用的是自家后院种植的有机番茄精心熬制的番茄酱，罗勒叶和百里香也是采摘于自家后院。丝滑浓郁的起司、优质饱满的香肠片、火腿肉、加上独特的香料，口感丰富层次鲜明，烤好后第一秒吃到嘴里的感觉，味道可以媲美纽约地区披萨店里的披萨。

市民们可以在现场试吃一些意大利小食品，喜欢就买一点，不喜欢的话转身就走，没什么尴尬的。

在年轻人和小朋友扎堆的地方，我们看见一个有趣的投球游戏：抓起一个小球，用力抛进目标小洞，房子里坐在凳子上的成年男子，就会扑通一声掉进水里，引得孩子们哈哈大笑。

让我颇感意外的，有一个摊位居然是算命的摊位。看来意大利人也喜欢占卜未来？只是相比其他美食摊位，这里少有人问津。

后来看到一份报告说，意大利约有53%的女性喜欢占卜，平均年龄为42岁。虽然意大利南部居民最"迷信"，但在占卜方面，北部居民花费较多。其中，米兰地区的居民砸钱最多，每年花掉约9000万欧元。而普通的意大利人，算命的花费每次大约20欧元到600欧元不等。

现场气氛热闹，除了食品和饮料，还有一些摊位售卖意大利服饰和纪念品，满满的意大利风情。

作为一年一度的传统，圣罗科盛宴~意大利节已经在小镇举行了94届，有近100年的历史。

意大利美食作为意大利文化不可分割的一部分，向人们展示了她迷人的风采。

留学&移民

前些日子，CNBC新闻网站根据生活质量、健康和包容度这三个因素对全美各州进行了排名。

新泽西州获得2023年美国最适合居住和工作的10个州排行榜综合排名第三名。该州在生活质量、健康和包容度方面的总体分数高，获得了A级评分。

最令华裔满意的一点，是新泽西州在安全方面排名靠前，该地区的暴力犯罪率是全美最低的。此外，新州的包容度很强，女性对州内堕胎法的支持度很高。

凯西在纽约大学读完Master，幸运地在新泽西一家制药厂找到一份工作。她兴奋地说，已经拿到工作签证了，绿卡申请有望。

凯西和博士在读的男友目前租住在小镇图书馆附近的一居室公寓里。接下来他们准备结婚，等攒够了首付，想在小镇买个Townhouse。

凯西喜欢小镇的生活环境，特别是教育。她说，周边小学、初中、高中，都是评分比较高的学校，等他们以后有了孩子，不用为择校操心。关键是这里的职场打拼相对轻松，内卷没那么厉害。

凯西说，为了下一代，她要努力留下来。赴美读书，然后就业，申请职业移

民，是定居美国、解决身份的主要途径。

上个世纪80年代、90年代赴美读书的华人中，大部分都是靠全额奖学金活下来的，而且基本上都是理工科或者医学专业出身。

作为第一代移民，Ben在纽约生活了30多年，当年怀揣着借来的50美元，登上了飞往大洋彼岸的飞机。他在纽约留学、工作、生活的经历，和电影《北京人在纽约》有相似的故事情节，可以拍一部电视连续剧《南京人在纽约》。

当年像Ben一样的留学生大把，可以写出无数不同版本的《XX人在纽约》。他们中的绝大多数从学校毕业后，由用人单位（美国雇主）提出移民申请，学生身份转成工签后，接下来是申请绿卡，等待排期，最终拿到永居身份。那是一个"知识改变命运"的年代。

于大部分普通百姓而言，今天仍可以通过读书改变命运，成就更好的自己，这也是目前相对公平的竞争机会。只是，如今的留美之路还是不易。想要抽中H1B，完全看运气。近年来，中国留学生的中签率不足15%。有人OPT快到期了，却没抽到工作签证，这就意味着要么回国工作，要么留美继续读书，以CPT的方式做兼职。

H1B抽签是随机的。有人连续几年抽签几次都没中，有人第一次抽签就中签，每次公布中签结果，几家欢乐几家愁，上演着不同的悲喜剧本。事实上，从2013年开始，H1B的申请人数就大大超过了年度配额。从那以后，想要留在美国，中国留学生除了要找到工作，还要看能否幸运中签。

根据美国劳工部的统计，尽管中国留学生数量庞大，然而最终只有10%的学生能够成功留美工作，通过H1B拿到合法身份的留学生数量并不多。无论最终的结局怎样，努力过、奋斗过的青春，就不遗憾。

当然，除了通过留学和工作，移民美国的途径还有婚姻移民、亲属移民、投资移民、难民和政治庇护、特殊人才移民等等。

其实无论去哪个国家，都有利与弊，都有好与不好。赴美读书、工作、生活，没有对与错，只是一种选择而已。人人都有权利选择自己的人生，不论在哪里打拼，都是为了更好的生活。这是人之常情、无可厚非。

母亲总是担忧我的安全，觉得我们这里充斥了暴力、枪战和凶杀。我告诉她，如果仅仅从影视作品和新闻碎片中去认识一个国家，那是有偏差的。我居住的小镇，近30年来，鲜有恶性事件发生。邻居说，他们晚上睡觉常常忘记锁门，倒也平安无事。

但是疫情以来，小镇上发生了几起流窜犯在大白天入室盗窃事件，令居民们心生惶恐。而纽约市区的某些地方，脏乱差更为严重，时不时还有冲突和暴力。据纽约警方最新的数据披露，除了枪支泛滥导致的谋杀案外，纽约今年为止发生的持刀伤人案与2019年相比，激增了26%。

即便如此，大纽约地区的绝大多数社区还是安全的。因为比起那些"零元购"的家伙们，以及睡大街的乞讨者，推动美国社会不断前行的，是绝大多数拥有信仰、独立自强、勇于创新、服务奉献的普通百姓。

一千个人眼里有一千个美国。一个地方究竟怎样，每个人的理解和感受都不同。一定要亲身经历过一些事情，方知道世间冷暖，才能识别善恶美丑，懂得珍惜和感恩。

夜游哈德逊河

立秋之后，晚风清凉。

又是一个慵懒的傍晚。朋友Marty提议，驾驶他的快艇，我们两家人一起夜游哈德逊河。

哈德逊河是纽约州的经济命脉。它全长约507千米，流域面积34,628平方千米。这条梦幻的河流发源于阿迪伦达克山脉云泪湖，自北向南流经纽约州东部，沿岸城市包括纽约市、奥尔巴尼市等，下游为纽约州和新泽西州的边界。

　　我们曾乘坐Marty的快艇多次游览过哈德逊河两岸的风光，但那都是在白天。入夜之后在哈德逊河上开快艇是一种怎样的感觉？

　　Marty说，他也很是好奇。于是我们选择在黄昏时分，从Edgewater的游艇码头下了河。Marty船长娴熟地驾驶着快艇，带领我们乘风破浪，体验不一样的速度与激情。船上播放着歌曲《罗刹海市》，俏皮欢快的旋律，在风中飘荡。

　　霞光云氲，薄暮渐沉。波光粼粼的哈德逊河，别有一番韵味。

　　披着一层金色的晚霞，快艇沿着浩瀚的水面逆流而上，巡航驶近高楼林立的曼哈顿。仰望长空，云卷云舒，几架直升机穿越而过。自由的海鸟低空飞行，翅膀掠过河面，然后飞落于木桩上小憩发呆。

　　一路上，我们看见帝国大厦、世贸中心一号楼、自由女神像等坐标。浪漫、唯美、震撼的景观，在垂垂黯淡的天色中，浮现出一抹神秘。

　　不知不觉中，夕阳隐入水面，一弯新月悄然挂在天边。哈德逊河两岸的灯火，在夜色中熠熠生辉。

　　我们身边驶过一艘观光船，甲板上的大叔热情地挥舞着帽子，向我们高声呼喊着"哈喽"。

快艇在幽兰的星空下飘摇，在深不可测的河水中起起伏伏。此刻，水上曼哈顿的妖娆，像一幅徐徐打开的画卷，惊艳地铺满了眼底。

恰逢七夕。小船被温柔的月色笼罩，自由穿梭于音乐与河水拍打的浪花里。我们放纵地躺倒在船上，观赏着曼哈顿建筑群迷幻的风姿。

一个美好而难忘的夜晚，从此镌刻在记忆的深处。

这是真实的美国小镇的生活片段。

除了登山、划船、露营、烧烤、钓鱼、慢走等户外体验，大多数时候，一屋两人，三餐四季，日子过得极为平淡。

我们会用Coupon去超市买菜，花4美元的折扣价在全美影院日看一场热映的大片，乘巴士换地铁去中央公园赏花会友拍照片，感恩节网购价格实惠的服饰和家电……从上海闹市到纽约郊区，在匆忙中学会松弛，在浮躁中努力沉淀，在喧哗中享受孤独，在琐碎中找寻快乐。

我用了很多年，才适应了这里的一草一木。渐渐地，喜欢上了美国乡村的慢时光。

机遇不同，则境遇不同。选择不同，则结局不同。世界纷乱，生命无常，我们更要且行且惜，看淡得失，保持本真，活得纯粹。

有一句谚语说得好：You simple, the world is a fairy tale; Heart complex, the world is a maze。

你简单，世界就是童话，心复杂，世界就是迷宫。

纽约，那只白色的大鸟

和平鸽

在寸土寸金的曼哈顿金融区，有一只巨大的白色的鸟，展翅欲飞的样子，在蓝天白云之下，栩栩如生，熠熠闪光。

这就是集购物中心（Oculus）、转乘站和人行步道网络于一身的综合体、著名的世贸中心交通枢纽：World Trade Center Transportation Hub。这里汇集了多种通勤方式：公交、地铁、火车、有轨电车等，乘客可以自由切换，方便快捷地到达目的地。

走进巨鸟的肚子，你会发现其独特的结构设计：地板和墙面都用白色大理石铺就，大厅里面没有一根柱子，两边是独立的钢结构，支撑起硕大的空间。

巨鸟的设计师是Santiago Calatrava（卡拉特拉瓦），1951年生于西班牙。这位卡拉特拉瓦可不是等闲之辈，他是世界上最著名的创新建筑师之一，也是最不按常理出牌的鬼才设计师。

他常以大自然作为创作灵感，设计风格曲线自由、形态流动、秩序震撼、视觉冲击强烈、能够让建筑飞起来、美得让人惊叹！大家熟知的雅典奥运会主场馆就是他的杰作。

然而，卡拉特拉瓦也是备受争议的设计师。

比如，他设计的西班牙伊休斯酒庄，因屋顶经常漏水而遭到业主起诉；他设计的西班牙索菲亚王后大剧院，完工8年后，因一场飓风导致屋顶大片瓷砖砸落；还有他为意大利威尼托大区设计建造的大桥，当初预算是380万欧元，结果大大超支，花费了1120万欧元。

虽然卡拉特拉瓦的创意有时候会被人们诟病，但也无法遮盖他的光芒。

除了威尼斯、都柏林、曼彻斯特以及巴塞罗那的桥梁作品……早在巨鸟之前，他还在欧洲设计过许多车站作品：里昂机场铁路客运站、里斯本东方车站、苏黎世施塔特霍芬火车站等。

关于巨鸟的设计灵感，据说是来自一幅儿童放飞和平鸽的画。卡拉特拉瓦用心构思了由白色钢管和玻璃架构的建筑物。好看、实用、而且昂贵。

这是建立在911废墟之上、历经12年、花费40亿美元巨资建造的项目，是当初工程预算款的两倍，并且比预计完工的时间推迟了七年。

项目建成之后，这只巨鸟每天坐享着20万的客流，以及每年从世界各地前来911遗址参观的1500万名游客。

它不仅仅是一个车站，更是一件值得纪念的、无比珍贵的艺术品。

在Oculus的顶部，有一条狭窄的开口，每年9月11日上午10点28分，阳光会直直地从开口穿过——这代表了2001年第二座双子塔倒塌的确切时间，设计师的绝妙创意和良苦用心在此刻得到了体现。

在这治愈系的白色环境中，可以躲避外界喧闹，享受独处时光。可以捧一本书静读，沉淀纷乱的思绪。这里既让人感到振奋，又能感到内心的安宁。

别有洞天的巨鸟肚子，当之无愧成为自拍圣地。来自世界各地的人们在这里打卡留念，在这里欢聚汇合，在这里擦肩而过。

该交通枢纽还拥有一个超级购物中心，那是占地365,000平方英尺的西田世贸中心购物中心，也是曼哈顿最大的购物中心。目前，购物中心已有包括苹果、迪士尼、万宝龙、Hugo Boss、高端饭店Daniel Boulud等在内的百余个品牌入驻。

这只废墟上建造的巨鸟，有人说它是一只和平鸽，有人说它是一只浴血的凤凰。在更多人心里，它就像天使之翼飘落人间。

虽然2013年重建的新世贸大厦融合了众多高科技和现代艺术设计，然而倒塌的旧塔却如一道深深的疤痕，给纽约人、给热爱和平的百姓带来永远无法抹平的伤痛。

而这只巨大的纯洁的祥瑞的鸟，在经历恐怖袭击之后，给予了人们心灵上的抚慰。

9·11不仅仅是美国的灾难，也是全人类的灾难。那改变美国的102分钟，也改变了之后二十年世界历史的进程。不管是为了纪念还是为了忘却，无论是释放悲伤还是暗自庆幸，关于这只巨鸟，我更喜欢这样的描述：

这座在废墟上建立起来的白色建筑物，在用新生的力量去提醒人们：要怀揣希望，要不断前行。

自由塔

我一直觉得曼哈顿Downtown是一个摩登时尚的地方。它不仅拥有丰富而悠久的历史，还是整个纽约最美的天际线。

地理位置上，纽约下城是纽约市最南端的部分，其最常见的边界是北到14街，西到哈德逊河，东至东河，南到纽约港。

曼哈顿其实是一个岛。曼岛下城商务区的构成以钱伯斯街以南区域为核心，包括金融区华尔街和世界贸易中心。

Labor Day那个长周末，纽约迎来了秋老虎，连续几天超过华氏90多度。我们去了Downtown，再次参观游览了世贸大厦原址上修建的纪念公园。

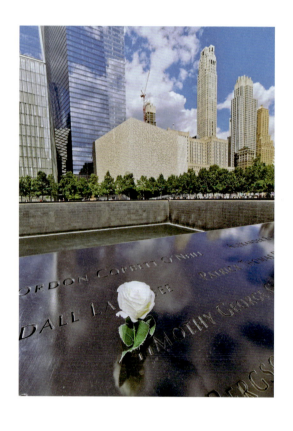

天空湛蓝，白云苍狗。纪念公园的气氛却显得肃穆、阴郁和沉重。

当年轰然倒下的双子塔的地基，如今成为悼念遇难者的地方，被建造成两个巨大的黑色水池。

占地8英亩的水池，水帘幕布从高墙上向方形水池中心注入，并再次流入一个更小的深坑，涓涓细水，静静流淌。四周是青铜护墙，上面刻着1993年和2001年在恐怖袭击中丧生的平民的名字。

来自世界各地的游客聚集于此，献上鲜花，为遇难者哀悼，为幸存者祈祷。

世贸中心标志性的双子塔曾经是曼哈顿的天际线，于1966年破土动工，耗资40亿美元，耗时6年建成。当时的双子塔以417米超越帝国大厦，成为世界第一摩天大楼。

然而看上去固若金汤、傲视群雄的双子塔却命运多舛，于2001年9月11日被摧毁，变成一片废墟。

那是一个看似寻常的早晨，对于纽约百姓来说，却是撕心裂肺、刻骨铭心的一天。

两架被恐怖分子劫持的民航客机，先后撞向世贸中心双子塔，人们听见惨烈的爆炸声，滚滚浓烟弥漫在曼哈顿上空。

绝望中，有200多人从高耸入云的大厦跳下去，结束了自己宝贵的生命，还有更多无辜的人死于窒息、烈焰、爆炸、坍塌……现场惊悚无比，如同世界末日。

早晨8点46分，世贸北塔被飞机撞击。时任美国总统的乔治·布什正在佛罗里达州萨拉索塔市参加一个学校班级组织的读书活动，他被告知"一架小型双引擎螺旋桨飞机"撞上了其中一座双塔。尽管美国联邦航空局已经知晓第一架飞机被劫持超过20分钟，白宫却并不知情。

9点零5分，乔治·布什被告知双子塔遭遇第二次撞击，美国本土遭到袭击。

恐怖袭击发生当天，除了19名劫机者之外，共造成2977人死亡，是有史以来，发生在美国本土上规模最大的恐怖袭击。

除了五角大楼及联航93班机外，被焚毁的世贸中心现场，绝大多数伤亡者为平民，其中包含美国43个州的公民，以及87个不同国家的外籍公民。仅在纽约，就有343名消防员死于这场救灾行动。

9·11之后，美国因陷入反恐战争而进入衰退期。

当年参加9·11救援的，除了消防员、警察和医护人员之外，还有一些普通人，他们的勇敢无畏永远被后人铭记。这些草根英雄中，就有华裔的身影。

被美国人视为英雄的华裔空姐邓月薇，作为紧急报告劫机事件的第一人，在飞机撞上世贸中心之前，面对恐怖分子，她镇定从容地拨了23分钟电话，留下一段珍贵的录音，提供了关键信息，帮助地面控制中心了解真相。

挂断电话20多分钟后，邓月薇所在的飞机无情地撞向世贸中心一号楼，机上人员全部遇难……邓月薇的遗骸后来被找到，只剩下一根腿骨。

还有28岁的华裔青年曾喆。曾喆于纽约州名牌大学毕业后，成为华尔街银行的一名白领。事发时，本可以迅速逃离灾难现场的他，却选择了逆行而上，奋不顾身冲进事故现场救人，不幸被埋在废墟里。他给母亲打的最后一通电话里说："现在周围很乱，我没事，我要赶去救人。"

后来，曾喆被授予纽约州英雄称号，他的名字被纽约市长命名为华埠的一条街道。

双塔倒下后，世贸中心的大火持续燃烧了99天。数千人失去了生命，无数人的生活，从那一天起，被永远地改变了。

都说时间是疗伤最好的药。但对于那些痛失亲人的家庭来说，却是一种折磨，很长时间都无法从阴影和悲愤中走出来。

9·11是一场悲剧。它揭示了人性的丑恶，也警醒世人：和平是多么珍贵！

9·11恐怖袭击发生当天，时任纽约市长的朱利安尼表示要重建世贸中心，补全纽约的天际线。他说，我们要变得更强大。

作为世贸中心的主体建筑，新世贸大楼在原址上重建，也称为世贸一号楼（1 WTC）、自由塔（Freedom Tower）。

该建筑由大卫·柴尔斯设计，高1776英尺（纪念美国1776年建国）。

2006年4月27日，一号大楼正式进行地基的建设工作。2009年改名为世界贸易中心一号大楼，2014年11月3日正式启用，成为全美第一高楼。

走在纽约街头，人们常常邂逅雕塑。不妨驻足一会儿，拍个照，留个影，体验一下这座城市公共艺术的风采。

不同的雕塑赋予了纽约别样的文化内涵。

世贸中心大楼外，当代艺术家吉莉和马克的铜像作品吸人眼球：他们正与兔女士及狗先生一同狂野地骑往一个安全的地方。

吉莉和马克被誉为"生态战士"，对人类与动物之间密切的精神纽带深表敬意。他们邀请公众了解每种动物的生活习性、动物的需求和它们受到的威胁……

艺术家呼吁人们保护和拯救这些美丽的濒危动物。

游客们纷纷与铜像合影，并肩骑行，踏上与濒临灭绝的动物一起的旅程。展示生物多样性及人与自然和平共处的画面。

作为野生动物展览的一部分，创作者希望这些动物青铜雕像，引发人们对濒危物种的关注和构建地球生命共同体的思考。

与动物雕像合影后，我们再次进入那只白色的大鸟，搭乘地铁回家。

地铁里，各种肤色、各种口音、各种气味混杂在一起，行色匆匆的人们表情各异，去往各自的目的地。

一个转身，9·11已经过去了22年！

在列车咣叽咣叽地摇晃中，不禁感叹时光如白驹过隙，个人的悲欢淡若微尘，淹没于岁月的云烟。

光阴荏苒，桑田沧海，万事万物，终将释怀。这世界有太多的猝不及防，回头看看，所有的因果都已注定。

无论身在何处，于老百姓而言，长治久安、平静有序的小日子才是弥足珍贵的。年华流转，没时间去仇恨，尚有一丝力气，去爱、去体验、去分享、去祝福，已经足够温暖余生。

纽约，不仅仅是美国的纽约，也是世界的纽约。

9月11日是特别的一天。纽约人的心中有一只展翅飞翔的白色大鸟，那是对和平的祈盼，对世界的祈福！

2023年9月28日

秋天的第一个
南瓜面包

种瓜得瓜

秋天的第一杯奶茶没喝到，秋天的第一个南瓜面包却吃下肚了。

南瓜是我们自己种植的。去年留的几粒南瓜籽，五月底的时候按压到土里，

我种的南瓜

然后就忘记了。过了些日子，不经意间发现它冒出了芽、渐渐长出藤蔓、开出花朵、结出果实。

这个夏天，地里的番茄和黄瓜同样长势喜人，采摘了一茬又一茬，来不及吃，送了一些给邻居和朋友。

我是个懒女人。一到夏天，惧怕蚊虫叮咬，后院不想去，无心打理花花草草，

水也没浇过几回。那些野蛮生长的菊花脑和韭菜，从来不去管它，想吃的时候就剪一把回来。

在种植这件事情上，我的理念就是放纵。至于有无收获，那可全凭天意。

Ben勉强算得上勤快，在那些炎热的日子里，他穿上长衫长裤，戴上纱网帽子，去地里锄锄草、施施肥。即便这样，劳作结束回屋，他的手背、脚面，只要是暴露在外的皮肤，都被蚊虫咬得鼓出几个红包。

农夫种菜确实不易。翻地、播种、施肥、育苗……付出许多辛苦，却不见得与收获成正比。哈哈，成年人玩泥巴就是图个乐子，瞎折腾呗，开心就好。

外州的朋友来家里做客，我们用自己地里种的有机蔬菜招待客人。新鲜采摘，凉拌或小炒，煲汤或干锅，客人赞叹：五彩缤纷，摆盘惊艳，味道一绝。

其实我们去超市买菜，也花不了几个钱。但是种地带来的满足感却是钱买不来的。

那天我们在社区散步，看见摆放在外的硕大南瓜，一个个圆滚滚金灿灿的，炫目多彩。但这种大南瓜却不是食用南瓜，它们主要用于万圣节的南瓜灯雕刻。

在美国，Jack-O'-Lantern的故事深入人心，所以每年距离万圣节还有一个多月的时间，商家们就迫不及待地推出各种与南瓜有关的商品，售卖装饰性南瓜、杰克南瓜灯、南瓜小饰品等。

有些小南瓜长得龇牙咧嘴、奇形怪状，售价1美元1个，或者2美元3个，美国家庭喜欢买几个摆放在门口做装饰。

南瓜美食

纽约地区的夏天似乎特别短。秋老虎过后，一连下了几场雨，天气立马转凉了。

地里的蔬果已经所剩不多，可毛豆却异常茂盛，一大片一大片，呼啦啦地在风中摇曳。Ben去地里采摘毛豆的时候，发现一个漏网的南瓜，隐身于绿叶和杂草间。

南瓜属于温性食物，有丰富的维C、胡萝卜素、脂肪、蛋白质、碳水化合物、以及钙、磷、铁等。秋天吃南瓜，有助于养脾胃、防秋燥，还有治咳止喘、驱虫解毒之功效。

我用南瓜做了许多面食。南瓜馒头、南瓜花卷、南瓜蛋糕、南瓜面包、南瓜枣泥豆沙包……刚刚出锅的南瓜花卷冒着热气，色泽金黄，味道鲜美，夹杂着小葱的清甜，口感筋道，越嚼越香。

用蒸熟的南瓜做蛋糕和面包也不错。这些日子反复琢磨几款糕点的制

烤箱里的面包

作工艺，取材安全，没有任何添加剂，即便出炉后形状不好看也没关系，重点是吃着放心啊。

其实我家后院种植的南瓜品种是日本南瓜，在韩国人和华人超市里常见，而且全年都有售卖，因其绵软甜糯而受到青睐。吃了我做的南瓜糕点，一个朋友问我要南瓜籽，说她明年也要自己种南瓜。

厨房的烟火气总是令人欢愉。那些嚯嚯鸡蛋、牛奶和面粉的时光，非常解压、心情大好。

南瓜小蛋糕出炉那一刻，满屋飘香。

自从学会了打发蛋白霜，掌控了自家烤箱的温度起伏，也就实现了蛋糕自由。

火腿肉切丁、香葱切碎，还有椰丝味的、抹茶味的、都可以做成蛋糕面糊，和打发好的蛋白霜搅和搅和，倒入模具中，震出大气泡，放烤箱里烤制。烘焙的快乐不仅仅是吃到嘴里的幸福，还在于期盼和等待、制作过程的享受。

秋天也是吃枣的季节。为了变换花样，做有馅心的糕点，我还熬制了枣泥豆沙。

大枣洗干净，切开后去枣核，倒入搅拌机，加水打成粉末，然后用小火收汁，渐渐浓稠时，加入高压锅焖煮过的红豆，再放入少许红糖，一勺猪油，没有猪油放一勺玉米油也可以，一起熬煮。40分钟，一大碗自制的枣泥豆沙馅心就出锅了。

另外还做了一款咸味馅心，材料是鸭蛋黄+肉松+沙拉酱。

鸭蛋黄在加工之前，要用白酒去腥。我把每一粒鸭蛋黄用伏特加酒浸泡过，摆在锡纸烤盘上，放入空气炸锅烤熟。烤熟的鸭蛋黄滋滋冒油，压碎后加入肉松，再混入沙拉酱，随便搅拌一下，简简单单，就制成一道咸口的鸭蛋黄肉松馅。

学做面包

甜口和咸口的馅心做好后，我开始玩各种面团，枣泥豆沙面包、蛋黄肉松面包、香葱面包、鱼松午餐肉面包……

做着做着，我发现不同种类的面包可以用不同的配方，不一定非要揉出薄薄的手套膜不可。用南瓜泥+高筋面粉，揉出粗膜，也可以做出好吃的面包。

干酵母用温牛奶化开，打一个鸡蛋进去，直接用手揉面，放置冰箱冷藏发酵。第二天拿出已经发满盆的面团，分割，揉搓，反复折叠，卷成50克一个的小剂子，醒发后擀开成小面饼，包入馅料，再次醒发到1.5倍大。

面包坯顶部用剪刀剪开两个口子，把切成小块状的黄油塞进两道划痕中，然后刷蛋液、撒芝麻、放香葱，进烤箱。烤制过程中，黄油融化，渗透到面皮里，与馅料完美融合。烤好拿出，底部焦脆，面包酥松，浓香扑鼻，令人垂涎。

用隔夜冷藏的波兰种做出来的面包，是别有一番风味的。

所谓波兰种，顾名思义就是起源于波兰的酵头，是由波兰烘焙师传到法国的一种液体酵头。用这种酵头可以延长面包的保质期，使得面包口感松软，风味独特。

波兰种无需加盐，按照1比1的比例在小碗或者瓶子里加入高筋面粉和水，再添加0.25%的酵母进去搅拌成稀糊，冷藏过夜发酵或者室温发酵3到4小时。

发酵好的波兰种，体积为原来的3倍大，里面充满了大大小小的气孔。

面包的酵种还有鲁邦种、汤种、烫种、老面、中种等，个人感觉，既好吃又方便的酵种还是波兰种。

家里有厨师机，就直接省去用手揉面的劳累。把除了黄油和盐之外的材料，包括高筋面粉、糖、酵母、奶粉，还有发酵好的波兰种，一起倒入面缸，加入一些南瓜泥，再打入一个鸡蛋，倒入牛奶，开低速搅打成团。

搅打出粗膜后，加入黄油和盐，开高速搅打出手套膜。

刚出炉的吐司

其实不加南瓜泥，只用普通的高筋面粉，就能做出好吃的土司。

我很喜欢做辫子吐司。醒发好的面团擀开，铺上多多的馅料，叠加起来切几刀，然后扭成麻花状，再从顶部卷起来，一个面包生坯就做好了。

如果切三刀，就可以编辫子，然后整形放入模具，再次醒发，表面刷上一层蛋黄液（加点牛奶），再撒上芝麻，就可以放入预热好的烤箱了。无论是甜口的还是咸口的吐司，出炉后都变得金黄油亮，香气诱人。

又是一年月圆时。

在美国，中秋节是没有假期的，但这并不影响在美华人过节的心情。

吃月饼、喝小酒、聚大餐、玩花灯、看表演……纽约的华埠，中秋气氛浓郁。华人华侨以不同的方式庆祝佳节，抒发乡愁，将中华民族的传统文化和风俗代代相传。

除了大型连锁超市COSTCO，一些临街的咖啡店竟然也售卖中秋月饼，和蛋糕面包一起，摆放在玻璃橱窗显眼的位置。当地不少美国人也喜欢月饼的味道，五仁、蛋黄、莲蓉、抹茶、豆沙、火腿、巧克力、还有榴莲味的……

来自南美的朋友路易斯说，他们一家老小对这种风味独特的甜蜜圆饼无法抗拒，深深痴迷。

今天又用南瓜泥和面，还有枣泥和豆沙，制作了两盘南瓜月饼。枣泥饼顶部十字花刀，豆沙饼包了满满的馅料。出炉后和面包并无二致，味道却出奇的好。

中秋的闲散夹杂着些许苍凉，淡淡的相思在风中摇晃。天涯咫尺，人间至味，异国他乡的八月十五，宛若一个个小圆面包，内里包裹着各自的酸甜苦辣、悲欢离合。

月光皎洁，纸短情长。回不去的故乡，是梦里的诗和远方。

帕姆老师和她的亚裔学生

偶遇狐狸

不知何时，家门口那片矮树丛里，探出两朵紫色的花，在一片绿色中显得分外耀眼，它们旁若无人地伸展着，绽放着。

那天下着小雨，Ben下班回家。忽然瞥见这两朵花，花瓣上还凝着晶莹的雨珠。Ben站在那里，饶有兴趣地左看看，右嗅嗅，还掏出手机，拍下花朵雨后娇美的模样。

此刻，刚好有一辆警车缓缓驶过街区，里面两个警察可能是觉得Ben探头探脑的样子鬼鬼祟祟的，于是把警车倒着开回到我家门口。

一个年轻的白人警察下车后径直走向Ben，警觉地问：你在干什么？Ben说：我在拍摄我家门口的花啊！

警察有些尴尬：哦，这是你的家啊？

Ben不慌不忙地拿出驾照给警察看，随手从口袋里掏出家门钥匙，并表扬警察警惕性高。警察有些难为情，笑着说了一句：Have a good day，然后驾车离去。

这件事后来被我调侃：你被警察怀疑是坏人哎！可是Ben却很高兴。他说，这对居民来说是好事，说明这里的警察不是摆设，巡逻工作还是蛮认真的。我们这个社区，还是很安全的。

雨过天晴。我把隔夜发酵的中种面团拿出来，准备做面包，我想第二天带一些去ESL课上，分享给大家。

后院的狐狸

就在我揉面一抬头的瞬间，忽然看见后院草坪上跳入一个小动物，起先以为是一只硕大的松鼠，定睛一看，竟然是一只金色的狐狸！这狐狸长着一条又肥又大的尾巴，在阳光下泛着金粉色的光。

我赶紧用手机拍下它，但因为隔着玻璃和纱窗，照片不清楚。于是轻轻地抬起窗户，想看个仔细。谁知狐狸天性狡猾，立刻嗅出风吹草动，一个闪身，跃过栅栏不见了踪影。

这只金色的狐狸就这样在我眼皮底下跑掉了。

我忽然联想起前不久看的费翔主演的电影《封神演义》，里面的苏妲己不就是狐狸变的嘛，一个祸国殃民的妖妃，一个彻头彻尾的狐精。

以前还看过一部情节曲折的电视剧《梅花烙》，里面的女主白吟霜与贝勒皓祯为爱殉情，双双化身为狐，重归原野，再续前缘……那是怎样一个肝肠寸断、感动涕零的故事啊。

这几年仙侠剧真的看多了。有些人认为狐仙精通道术，能报德，也会复仇。巫师在进行巫术活动时，常常说自己是狐仙附体，并以狐仙的名义发号施令。

我觉得狐狸是有灵性的动物。但是说它能作祟作妖，能幻化人形，那肯定是神话啦。

我跟教我们英文的帕姆老师说起狐狸的事，我想听听美国版狐仙的传说。

谁知帕姆回复我：你看到的狐狸就是狐狸，野生动物而已！不仅仅是狐狸，这几年郊狼在居民区出没也是越来越多了。

帕姆提醒我平时丢垃圾的时候，要把垃圾袋扎牢，动物靠近人类，多是为食物而来。

我们这条街每周二和每周五是垃圾车运送垃圾的日子。那天我特意去门口看了一眼垃圾桶，用力把桶盖盖紧，以免里面的剩菜把野鹿、郊狼、狐狸或其他动物吸引过来。

之前我们把吃剩的猪骨放入垃圾桶里，不知什么动物居然力大无穷，扒倒了垃圾桶，撕烂了垃圾袋，把里面的骨头和肉食吃得干干净净，其他垃圾则散落一地，满目狼藉。

我们只好把垃圾一点一点拾起装袋进桶，重新清扫家门口的街道。

住在这里的人们习惯把前院的草坪打扮得漂漂亮亮的，即使没种花养草，也要保持整洁。自己心安，也要让过往的行人看着舒服。

金秋十月。与往年每到这个时候就外出看红叶的心情不一样，我愈发喜欢宅家了。

今年春天回国的时候，买了一套卡拉OK设备，放进行李箱里托运到美国。然后我们在纽约购买了话筒、电线和音箱，在地下室打造了一个小小的卡拉OK室，一有空就开唱。

如今，我们在纽约郊区的娱乐生活除了聚餐、掼蛋，还有卡拉OK。隔三岔五喊上几个邻居和朋友，一起吃吃喝喝，打牌唱歌。旦夕之间，日子过得行云流水、没心没肺。

我喜欢这里简单从容的小日子。没什么特别要在意的人和事。不谈过往，不比钱财，不看眼色，不求人脉。

珍馐佳肴热闹，粗茶淡饭随意。赞美或嘲笑，虐心或妄想，统统如浮云不屑一顾。

帕姆老师

图书馆秋天的ESL课已经开始了，教我们这个Level的英文老师是帕姆。

四年前，我曾经上过帕姆老师的课。这是个热情幽默、打扮时髦的白人老太太。她说话的语速非常快，举手投足间散发着成熟的魅力。

第一堂课。自我介绍后，我满怀期待地看着帕姆，想象着她露出惊喜又夸张的表情说：嗨，我们又见面了。

然而令我失望的是，帕姆老师好像完全不认识我了！她一边给每个学生发一张写着姓名的小卡片，一边告诉大家，她有脸盲症，就是对别人的面孔失去辨认的能力。

帕姆说，上课时，对照着卡片上的名字，她认识我们每一个人。如果走出教室在外面碰见，她就想不起来谁是谁了。究竟什么原因造成的脸盲，她也不知道。

帕姆老师在课堂上

她希望我们给她写邮件，写什么都行，吃喝玩乐的内容最好，她喜欢用邮件与学生沟通。

帕姆的课一共有4名学生，确切地说，是4名女生。一个来自韩国，一个来自日本，我和另一个女生来自中国。

帕姆说她喜欢和亚裔交朋友：她与韩国邻居融

洽相处了几十年；她喜欢日料，只是价格小贵，节假日才去吃；她有一个关系非常要好的华裔朋友，她们交往了30多年，一起Party，一起看时装秀，一起旅行……

帕姆略懂一些意大利语和法语，甚至会说几句韩语和日语，但是她至今不会说中文。因为，帕姆顿了一下说：中文是世界上最难学的语言！

话音刚落，帕姆就冒出一句中文"谢谢"！她说：我只会讲这一句中文哦！哈哈哈。

帕姆老师的课不像其他老师那样按部就班：比如先让学生说一下自己在过去的一周里发生的趣事，再读一段英文报纸，教几个生词，讲一讲俚语什么的。

帕姆的英文课教得随意，想到哪儿就说到哪儿。她喜欢随身携带一些风景图片发给大家，让我们看图说话，描述人物和事件。

帕姆也常常谈及她的成长故事，她的婚姻状况，她对儿女的教育……一个半小时的上课时间，在帕姆老师这里，显然是不够用的。

有一次上课，帕姆老师穿了一条漂亮的连衣裙来到教室。那是一条V领白底碎花长裙，外搭蕾丝绣花披肩。她向大家展示着她美丽的项链，说这是她先生买给她的礼物，意义非凡。

wow，帕姆，你今天真是太美啦！我们惊艳地看着帕姆，齐声夸赞她，她的脸因激动而涨得通红。我问帕姆老师：您结婚多少年了？

一转身，帕姆在白板上写下43这个数字，然后有些羞涩地告诉我们，这天是她和先生结婚43周年的纪念日。课后，他俩要去一家预订好的餐厅庆祝。

我忽然想起，四年前的情人节，帕姆在课堂上说过，她家一年中有两个重要的日子，过得比感恩节和新年还要隆重，一个是情人节，另一个就是结婚纪念日。

回到家，我立刻从电脑里翻出那张拍摄于2019年2月14日、西方传统的圣瓦伦丁节、也是美国情人节的照片。那天，帕姆身穿一件大红色羊毛开衫，给我们讲述她的爱情故事。帕姆告诉我们，她先生是意大利人，但能说一口非常流利的英文。

和天底下所有情侣一样，恋爱时都是浪漫的。然而激情褪去，真正的婚姻生活才刚刚开始。

"他一个意大利人跑到美国来，我们相恋后组成家庭，一起面对学业和工作上的困难和挑战，一起享受婚姻带来的欢愉，还有养育子女的快乐和烦恼……"

帕姆说，在漫长的婚姻生活中，保持罗曼蒂克当然是好的，但陪伴和责任才是最重要的。

相遇、相知、相爱，帕姆和先生的爱情没有那么轰轰烈烈，而是水到渠成、顺其自然的。他们在平淡中患难与共，在富贵时相濡以沫。

退休后，帕姆有闲也有钱，她热爱志愿者工作，想去教英文，与不同种族的移民交朋友。她的想法得到了她先生的大力支持，只要有空，先生都开车来图书馆接送她。

帕姆的话萦绕在耳畔，我的思绪却如同午后阳光下树叶的影子，斑驳地摇晃在走神的空间。

相比现代人的浮躁与冲动，攀比和势利，也许帕姆和她先生老派的温馨爱情，才是人们苦苦追寻的真爱吧！

过几天，我和Ben的anniversary也快到了。Ben问我：想去哪里玩？或者去餐馆吃一顿？或者去逛Mall买东西？

说实话，去啥地方玩儿去哪儿看红叶我还没想好，中餐馆的菜绝对没有Ben在家烧得好吃，去商场买新衣服新鞋子嘛也提不起兴致。

流年似水，蹉跎半生。赴美这些年，我的物欲，已经降得很低很低。

亚裔学生

我在帕姆的班上，结识了来自韩国首尔的杨苏和来自日本东京的汉娜。

杨苏50岁出头，赴美8年，育有一儿一女。儿子在美国读完大学后，刚好赶上疫情，就业困难，一波三折，后来终于在芝加哥找到了一份不错的工作。女儿高中读得非常刻苦，本科如愿考取了哥伦比亚大学。

汉娜33岁，赴美两年多，先生在哥大医学院工作，她有一个3岁的女儿在小镇读幼儿园。赴美之前，汉娜是东京医院的一名护士。

女人的年龄属于隐私话题，通常人家不说，就不要去问。我们这个班的学生个性都很开朗，一起上过几节课后，大家自然熟络起来。

几个女生坐在一起无话不说，谈异国他乡的日子，谈丈夫和孩子，谈自己曾经在职场的打拼，谈美食和旅行……

杨苏说起她赴美后的种种经历，特别是过去三年生活的艰难和考验，不知不觉红了眼眶。

令人欣慰的是两个孩子都培养出来了！杨苏说，人到中年压力挺大，作为家族中的第一代移民，只要肯吃苦肯付出，相信日子会越来越好的。

帕姆布置的家庭作业是让我们带一样东西到教室来，可以是艺术品、也可以是食品或者日用品，要说出它的来历、工艺、用途或意义。

杨苏拿出她儿子小时候用韩语写的日记，用英文朗读了其中一篇。她说，那是儿子的童年故事，也是她心中永远值得回忆和纪念的时光。

汉娜展示了她女儿喜欢的卡通DVD，并幽默地告诉大家，她3岁的女儿已经在幼儿园谈了一个4岁的男朋友，两个孩子每天互道晚安后，才开心入睡。

我带了几个自己烘焙的面包过去，分别是枣泥豆沙馅和火腿芝士馅两种口味，面包顶部浇上椰蓉酱，再撒上黑白芝麻。

我对帕姆老师说，最近无可救药地迷上了烘焙，并简单讲述了面包的制作过程。

中午时分本就饥肠辘辘，椰香四溢的面包果然受到了欢迎，大家分而食之。帕姆从包里掏出花花绿绿的餐巾纸发给大家。哇，爱美的帕姆老师，平时用的餐巾纸都是那么好看啊。

帕姆似乎更喜欢枣泥豆沙面包，一边吃一边啧啧赞叹。最后还剩下一个面包也被她打包了，说是要带回去给她先生尝尝。

汉娜吃过我做的面包后念念不忘。她说，她很喜欢中国美食，包括水饺、包子和加了香葱肉末的面条。

她曾带女儿去纽约八大道中国城的一家中餐馆吃饭，那里的点心实在是太好吃啦！她想学做中国的Dumpling，问我可不可以教她。

于是我按照她写给我的邮箱，把我平时怎么做饺子、韭菜盒子、肉包子的步骤和图片发给她。看到图片，她连说了几句：Amazing。

我知道汉娜放弃了日本的护士工作后一直心存遗憾，于是鼓励她一定要学好英文，努力考一个护士执照。要知道，护士在大纽约地区是稀缺的，相较其他岗位，工作好找得多。

汉娜（左1），帕姆老师（左2）

再次见面，汉娜对我说：Thank you！她说她日本娘家的生活条件比较优渥。在先生赴美工作前，从未想到有一天自己会背井离乡。为了家庭团聚和孩子教育，她不得不做出选择。

汉娜说，如今她渐渐适应了这里的节奏。与她的家乡东京相比，小镇的生活更加安逸闲散，但也容易让人产生满足感、丧失了斗志。还有就是，这里朋友很少，常常感觉孤独。

那天下课从图书馆出来后，我和汉娜一起步行回家。快走到我家时才发现，原来我们两家住得很近，只隔着三条街。

一路上汉娜开心地述说着女儿在幼儿园的一些趣事，以及她自己的职业规划，满是星光的黑色瞳仁里，闪烁着对未来生活的憧憬。

纽约、首尔、东京、上海。帕姆、杨苏、汉娜、我。美国老师和她亚裔学生，爱情的故事风情各异，淳朴或炽烈，恬淡或浓郁。

漫步在落叶飘飘的街道，呼吸着自由的风，我惊讶地看见有两片火红的枫叶缀在枝头。

通常在大纽约地区，树叶要到11月上旬才变得金黄，进入秋叶最美的巅峰时刻。这两片红叶，渲染了秋的美丽，也宣告了寒冷的降临。

生命就是如此神奇，一年四季，周而复始。

有一段迷惘，有一段释然，有一段难熬，有一段惊喜。

2023年10月28日

纽约州的『枫情万种』

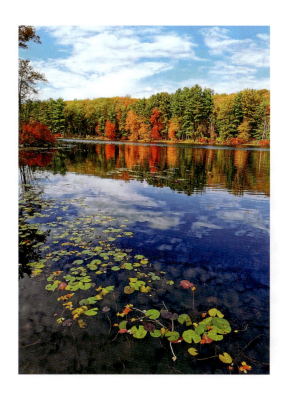

　　身在北美，最不能辜负的季节，就是秋天。

　　深秋时节。一枚枚枫叶绚丽地挂在枝头，渲染着火红的色彩，它们层层叠叠，婀娜多姿，低调又从容，优雅又浪漫，漫山遍野红遍。

　　越往北，气候越冷，树叶红得越早。在纽约近郊，从10月下旬到11月初，树叶渐渐由绿转黄，由黄变红。这个周末，正是枫叶红艳的鼎盛期，也是最佳观赏期。

　　纽约周边有几处绝美的红叶观赏点。我们首选哈里曼州立公园（Harriman State Park），驾车游览七星湖的秋色。

去七星湖的路上，有一个必经的景点，名叫State Line Lookout，它位于帕利赛兹悬崖Palisades Cliffs，最高点Point Lookout，海拔520英尺。

这是一处风景优美的州线观景台。

因为崖边常有老鹰飞来飞去，这里总是聚集了一群摄影爱好者，扛着长枪短炮的摄影设备蹲守于此，专门拍摄各种鸟类。我喜欢称它为鹰嘴崖。这里有最佳徒步旅行路线和超过5英里的越野滑雪道。长跑爱好者和骑自行车的游客可经9W公路进入观景台。

State Line Lookout 实行咪表停车，第一个小时免费。因为地方并不大，大部分游客都是到此一游，看一圈风景，拍几张照片就离去，半小时足矣。

七星湖是由大大小小、风采各异的31个湖泊和水库组成的州立公园。其中Sebago湖、Kanawauke湖、Tiorati湖比较出名。

停好车，沿着湖岸一路漫步，随走随拍。

湖水平静，波光粼粼，野鹅嬉水，自由自在。天空湛蓝，树叶金黄。红枫倒映水中，宛若世外桃源，一切都是那么静谧美妙。

七星湖景区有供游人烧烤的露营地，背包客走累了坐在木制长椅上就可以野餐，公园里还可以钓鱼、划船，随意拍照打卡的湖光秋色，令人心旷神怡。

钓螃蟹，摘苹果，赏红叶，开Party，这是纽约客秋天最喜欢的活动。

一边是璀璨金黄，一边是盎然绿意，一边是魅力四射，一边是恬静温馨。参与到这场入冬前狂欢盛宴的，还有连绵成片的芦苇花。

它们隐匿于红枫、草丛和乱石之间，迎风摇曳着，洁白轻盈，柔美动人。

刹那间，我仿佛走入"蒹葭苍苍，白露为霜"的诗经意境。这里的风光旖旎，不仅仅是浓墨重彩的，更是飘缈空灵、富含文学韵味的。

大纽约地区的秋天，有一种无法言说的目醉神醉。它是一片叶的绯红，是一朵云的逍遥，是一幅画的记忆，是梦与现实之间的游走。

除了自驾游，闲暇时，我们也常常和朋友一起游览七星湖周边的美景。站在相同的地方，我们惊讶地发现，每年秋天，这里的景色都不一样。

以上帝的视角看纽约州的秋天，它是"枫情万种"的。这里的枫叶美得无拘无束，瞠目结舌，大自然的千奇百怪、妙趣横生令人叹服。

随着万圣节的来临，这里的枫叶就将Past peak了。它们绽放过，绚烂过，温暖过，却终究逃脱不了枯萎凋零的命运。

美国，岁末那些事儿

暮秋枫情

立冬时节，亦是美东地区的暮秋。

已经飘落多日的红叶，仍在坚守着最后的倔强。它们稀松地挂在枝头，热情又傲娇，凄美亦丰盈。

11月下旬的气温，比往年略高一些。而不久前中美两国元首在旧金山的会晤，使两国关系迎来了破冰时刻，成为稳定中美关系的新起点，更给这个晚秋，增添了阵阵暖意。

图书馆秋季的英文课到12月中旬结束。除了帕姆老师的ESL课，我还选修了其他老师的Conversation class（会话课）。

摩西老师是来自希腊的犹太裔美国人。他的课总是天马行空、妙趣横生。与其他老师喜欢聊食物、聊旅游、聊文化不同，摩西老师最喜欢聊的话题是政治。从俄乌战争到巴以冲突，从总统大选到移民政策，摩西老师冷眼看世界，在课堂上侃侃而谈，带着浓厚的个人政治倾向。谈到党争加剧、种族矛盾、贫富分化，他的眼里流露出对美国社会的忧虑。

摩西老师对中国文化很感兴趣。三年前，他曾去过北京、上海和杭州。他惊讶于中国城市的现代化，商业的发达，更惊讶于互联网在中国的飞速发展。他认为中国人聪明勤快、有商业头脑、和犹太人一样会做生意。

虽然去过中国，然而摩西老师对中国的认知还是有局限性的。他说，中国是个伟大的国家，但遗憾的是，大多数中国人是没有信仰的。

我表达了不同意见。我对摩西老师说：中国人大多信奉民间信仰（包括祖先崇拜、儒教、道教、汉传佛教等）。中国人中有相当一部分是无神论者，不会专一信奉某个宗教或神明。相比祷告上帝或者祈求诸神，中国人更相信通过自己的努力，去克服困难，去战胜危机。

那天，摩西老师还跟我们讨论了关于"生与死"的话题。他问我们，人死了以后，会去向哪里？有人说，与仙逝的亲人团聚；也有人说，去天堂和上帝在一起；还有人说，会在六道轮回中重新投生。

轮到我时，我说：Nothing！人死了化作尘土，肉身没有了，但精神永存，他的音容笑貌永远活在思念他的人的心里。

摩西老师瞪大了眼睛惊讶地看着我，然后缓缓地点点头：I agree with you！（我同意你的说法）。关于生死，大家的理解都不同，但是在摩西的课堂上，每个人都可以坚持自己的观点，包括说No的权力。摩西老师探讨的话题总是大而沉重，同样是Conversation class，珍妮特老师的课就显得轻松随意。

珍妮特喜欢教大家美国俚语。她说，学会使用这些俚语，你们开口说话就更像本地人，语言变得幽默且流畅。

这天，她教我们的俚语是：Bear in mind（记住）。她举例说：You must bear in mind that the cost of living is highter in New York。（你必须记住，纽约的生活成本更高。）

确实如此啊。大家开始七嘴八舌地议论起物价。别说纽约这样的超大城市，如今，在美国任何地方生活，成本都比原来高出许多。

于是从购物开始，同学们谈论起日常琐碎。珍妮特告诉我们，她今年52岁，有两个孩子，儿子念大学，女儿读高中。哇，看着神采飞扬的珍妮特，满脸的胶原蛋白，没人相信她已经年过半百。

珍妮特笑着说，她看起来年轻，那是因为她的丈夫非常宠爱她。她说丈夫每天早晨总是第一个起床，煮咖啡，做三明治，为家人备好贴心的早餐；平日里洗衣做饭从不袖手旁观而是和珍妮特一起做家务；丈夫记得每个家庭成员的生日以及重要的纪念日并买礼物庆贺；外出采购会按照珍妮特list的单子一样样买齐……*爱*的点滴渗透于生活的细枝末节当中。

话音未落，看着沉浸在幸福中的珍妮特，大家情不自禁鼓起掌来。

珍妮特老师（左5），维克多（后排右2）

教我们会话课的，还有高高瘦瘦的弗兰恰斯卡老师，一头灰白色的短发是她的标志。她为人干练、快人快语，是个爽直热情的老师。我对弗兰恰斯卡老师印象最深刻的一句话是：我的课，除了政治话题，什么都可以谈，大家畅所欲言吧！

在图书馆，我遇到一些有趣的人。

维克多大叔来自南美的玻利维亚，他是个中国迷，也是半个中国通，他曾在上海小住过一段时间。

维克多说，他经常从外白渡桥走到十六铺码头，他吃过城隍庙的南翔小笼，欣赏过上海老人的广场交谊舞。他赞叹道：上海外滩的美，是无与伦比的！

维克多还是个喜欢搞怪逗笑的家伙，有一次我们在图书馆电梯口碰见，他问：你怎么来这里的，开车吗？

我说，今天天气好，我走路来的，就当锻炼一下身体了。你呢？你怎么来的？

他诡异地说：I came to the library on a donkey（我骑驴来的）。

我愣了一下，donkey不就是驴嘛！这家伙又开玩笑了。维克多看着一脸严肃的我，终于绷不住，哈哈大笑起来。

韩国女生Grace英文讲得很溜。如果单单看脸，她长得与中国人无异。Grace

高中时随父母移民美国，在这里读完大学后嫁给了她的韩国老乡。结婚数年，Grace却从未想过要孩子。

Grace说，我们是丁克家庭，我很享受两人世界。身为女人，为什么一定要生孩子呢？我觉得努力过好我们自己这一生，已经足矣。

来自俄罗斯的斯芬达是我的老朋友了，十多年前我们在社区中心相识。

虽然年逾七旬，两鬓斑白，斯芬达依然涂着鲜艳的口红，穿戴时髦，把自己打扮得漂漂亮亮，然后在课堂上嬉笑着告诉大家，她仍是单身，有帅气多金的男子，可以介绍给她哦。

在Conversation class，我还结识了来自乌克兰的兹亚，来自日本的雅慧，来自韩国的金，来自土耳其的舒敏，来自伊拉克的米娜……

大家七嘴八舌聊天时，透过教室的窗，我瞥了一眼外面的世界。

落叶缤纷，满地金黄，时光缥缈，一去不返。各个族裔的欢声笑语凝固在这暮秋的风里，仿佛一幅蕴含深意的画。

树叶黄灿灿

节日花絮

小雪节气已过，天气真正转冷。

下了几场雨。雨打红枫，枯叶满地。随着晚秋最后的盛景宣告结束，全美也进入到Holiday season。

感恩节、圣诞节、新年……Mall里人头攒动，饭店人声鼎沸，街上熙攘喧闹，橱窗秀斑斓的色彩，直接把节日的氛围拉满。

黑色星期五悄然而至，就像国内的双11，这一天标志着圣诞购物季的开始，也被认为是美国最繁忙的购物日之一。

为什么叫"黑五"呢？维基百科给出的解释是：因为商家在这一天通常开始盈利，账簿上由红色（亏损）变为黑色（盈利）。

为了吸引顾客，许多商家开展大幅度促销活动，黑五购物，也成为当地百姓的消费习惯。吃的穿的玩的用的，人们一窝蜂地涌入大型商场超市和购物中心，抢购打折商品，那种血拼的兴奋和冲动，因节日的欢乐氛围烘托着，至于买什么东西，倒不重要了。

我们跟朋友一起去了Costco。虽然和往常一样热闹，人却没有想象中多。在这个最具促销力的购物日，有买大彩电的，买家具的，买鲜花的，但绝大多数都是买食品的。

令人失望的是，Costco几乎所有的物品，都在原来基础上涨价了。比如1400mg一瓶的鱼油，去年是14.99刀，现在打折下来要18.99刀。花旗参去年的价格是59.99刀，今年要价69.99刀。

黑五那天，在Costco买完东西结完账回家，惊讶地发现账单上有错误。

有一样物品，收银员重复收了三次钱（当时是扫码付款，应该是多扫了两遍）。如果不核对一下单据，我们还真发现不了。

当即联系了Costco的售后服务。电话里说，要我们直接去刚才购物的实体店讨说法。我担心的是，已经结账离店，这样贸然跑去找人家，人家怎肯退钱？

结果是，收银员看了看账单，认真听了我们的诉求，最终选择相信我们，当场退了多收的钱，还客气地说了声Sorry。

这次经历也给我们提个醒：以后在超市购物，特别是买了很多东西，离开之前，一定要拿着付好的账单仔细核对一下物品，如果有出入，及时纠错。

感恩节那几天，我们忙着跟朋友聚会，一年一度的梅西百货感恩节大游行也没去凑热闹。

事实上从1924年开始，梅西百货除了感恩节在纽约举行盛大游行和表演之外，在每年圣诞节也会有别出心裁的主题橱窗秀。

既然是购物季，当然少不了去梅西百货逛一逛。

和去Costco一样的失望。梅西百货的衣服鞋子并不便宜，式样也老土，稍微能入眼的贵得很，折扣也没有。想着明年回国要买些礼物给亲友，最终还是勉强选购了几件。

相比去实体店，我们更中意网购。

黑五之后的第一个星期一，是著名的网购日Cyber Monday，又称为一年之中线上购物快速销售的日子。据估计，那天的网上购物销售额可能达到创纪录的120亿到124亿美元！

既是意料之中，也是计划之外，Ben又网购了两口炒菜的锅。这些年他执着于买锅，管他黑五还是红六，看到喜欢的锅，立马扛一口回家。

看着地下室堆得满地大大小小乱七八糟的锅具，我叹口气，他不觉得尴尬，那尴尬的人就是我。好在这个买锅人对烧菜情有独钟，厨艺尚可，色味俱佳。

不知不觉，年历已翻到最后一个月，桌上那盆蟹爪兰又灿烂开花了。

房前屋后，枯叶飘落。扫完最后一次落叶，像一座小山似的堆在门口，镇上专门拖树叶的卡车过两天会来每户人家门口收集，这也是今年最后一次清扫落叶。

草木凋零，准备过冬。母亲来电，说她又开始灌香肠了，等我明年春天回去吃。我的眼前仿佛出现母亲在阳台上晾晒香肠的情景。家乡的食物，特殊的咸香，乡愁挥之不去，美味萦绕舌尖。

11月的最后一天，我们去参加了社区中心的圣诞树点灯仪式。

广场上燃起了篝火，一团炽热，盈盈跳动，圣诞和新年的气息，在沸腾的人群中弥漫。火苗映照着孩子们稚嫩的脸，耳畔是欢乐的歌声。我的一只手被另一只大手紧紧攥着，在漫天星光的夜里，在闪烁着五彩光芒的圣诞树下穿梭。

一瞬间，温暖氤氲了浅冬的寂寥。这一年的焦虑和忧伤，都消逝得无影无踪。

站在夜色里，我忽然渴望一场厚厚的初雪。

纽约City Walk，主打一个自由快乐

"City Walk"，如今是一个网红词。它起源于英国伦敦的"London Walks"（伦敦漫步），翻译成中文便是城市漫步。现在多指慢节奏体验、丈量都市，缓解来自生活、工作和学业上的压力。

这段日子正值Holiday。纽约人潮涌动、华彩迷离，有一种难以抗拒的魅力。

纽约的消费指数挺高，但却是一个可以穷游的地方。许多到此一游的人，喜欢来一场暴走的City Walk，感受这座城市的魔幻与妖娆。

位于曼哈顿中城区的洛克菲勒中心 Rockefeller Center，是一个神奇的所在，任何时候来这里都不会让你失望。

首先去参观那棵巨大的圣诞树。

今年的圣诞树是一棵巨型挪威云杉，来自纽约上州Binghamton，高80英尺，由5万颗LED灯泡妆点，富丽堂皇，流光溢彩。

围绕圣诞树一圈，任何角度拍摄，都好看而且出片。圣诞树正对面就是Saks Fifth Avenue的节日橱窗Saks每年圣诞的灯光秀都很惊艳。今年更是非比寻常，Saks联合Dior推出了如梦如幻的星盘灯光墙。

夜幕深邃，星空湛蓝。伴随着欢快的音乐声，五彩斑斓的色彩映照在巨大的

星盘灯光墙

圣帕特里克大教堂

墙面上，光影璀璨，美轮美奂！

紧挨着洛克菲勒中心的，是历史可以追溯到19世纪的圣帕特里克大教堂：St. Patrick's Cathedral。

它矗立于繁华的五大道和奢靡的精品店之间，是北美最大的新哥特式大教堂。作为纽约著名地标之一，教堂以前是关闭的，现如今完全对游客开放了。走进教堂，仰望精美的天花板，可以看见由3700块彩色玻璃制成的花窗，以及米开朗基罗的圣母怜子图的复制品，还有来自世界各地的工匠制作的绝美艺术品。

夜色中的纽约，灯火闪烁，人影绰绰。宛如一个美艳的女郎，饮过鸡尾酒后，带着迷人的微醺。

孤独的旅人，相拥的恋人，奔波的路人……空气中浮散着香水和汗味儿，还有焦灼、酸涩、缠绵的气息。

纽约地铁让人一言难尽，却从未有过沉闷时刻。有乘客买好了圣诞树回家，直接把自己隐身于树中，旁若无人地刷着手机。

而街道、商场、以及交通枢纽美丽的圣诞装饰，似乎在无声地提醒着人们：此刻，正是匆忙而美好的假日时光。

来纽约过圣诞，家长可以带孩子坐一坐旋转木马，玩一玩免费的溜冰场。累了就去逛一逛姜饼屋，买几样孩子喜欢的零食和玩具。最后不要忘了跟无处不在的圣诞老人美美地合个影哦。

作为圣诞节的传奇人物，圣诞老人不仅深受儿童喜爱，也俘获了成年人的芳心。

圣诞老人Santa Claus，源于基督宗教中天主教会、东正教会等西方文化知名形象。他的原型为罗马帝国时期米拉城的主教圣尼古拉，圣诞老人也常被孩子们称作圣诞老公公。

圣诞节前夕，身穿红大衣、头戴圣诞帽的圣诞老人会发送礼物给善良乖巧的小孩。所以说，圣诞和新年，也是一个收送礼物的节日。

年末，我们社区的警察叔叔再次化身圣诞老人，慷慨地向当地组织、收集并运送玩具，进行年度玩具投放，为困难家庭的孩子们送去欢乐。

据了解，所有玩具均由当地居民捐赠，居民们希望这些玩具能够陪伴孩子们过一个温暖的新年。

孩子们也在年复一年充满爱和温馨的节日里，学会感恩和回馈。

漫步金融区，走到华尔街，当然要瞅一瞅威武帅气的铜牛。不能免俗，让自己在辞旧迎新之际，沾染一些金钱的气息吧。

作为华尔街最为著名的地标，该铜牛塑像原是意大利艺术家阿图罗·迪·莫迪卡创作的街头艺术，现已成为华尔街颇具人气的永久地标。

圣诞期间的纽约街头

摸牛蛋蛋祈求好运

这座巨大的铜牛身长5米，重达6300公斤。只见它臀部翘起，头部略低，仿佛正在向前冲，这种姿势象征着"力量和勇气"，彰显牛市的乐观与景气。来自世界各地的观光客都喜欢与铜牛合影。有人轻抚牛角祈求未来好运，也有人摸摸牛蛋蛋，盼望股票大涨，财运亨通。

我忽然想起投资N年的A股。当年自己也曾在华尔街摸过牛蛋蛋的啊，然而经历了数十年股海沉浮，仍是一败涂地，最后割肉清仓、黯然离场。而铜牛，依然伫立于华尔街的风雨之中，岿然不动，一脸坏笑。

City Walk，是一种沉浸式的城市漫步，主打一个自由快乐。

Louise打卡了布鲁克林大桥，去Radio city观看了一场90分钟的圣诞演出，被青春靓丽的火箭女郎整齐划一、精湛华丽的大腿舞所震撼。

作为纽约节日文化的重头戏，迄今为止，已有超过3亿人次来过无线电音乐城欣赏舞台秀，这里也是美国著名的格莱美奖和托尼奖的颁奖会场。

和Louise游览纽约的行程差不多，Judith和家人也去看了一年一度的无线电城音乐厅圣诞盛会。

在洛克菲勒巨大的圣诞树前，Judith花费40美元，请专业摄影师按下快门，拍摄了一张"圣诞之吻"。她说，那是爱的纪念，也浓缩了纽约City Walk的精华。

Judith还去了布莱恩公园圣诞集市，购买了一些手工艺品。此外，他们还饶有兴趣地观看了一场纽约尼克斯队vs布鲁克林篮网的比赛。Judith感叹：纽约真是一个宝藏城市，太适合闲逛了！

陪父母从外州来纽约旅行的Lisa，本来担心下雨天和大城市的堵车，然而令她意外的是，12月底的纽约居然没那么冷，时代广场也没那么拥挤。吃吃中餐馆，逛逛地标建筑，Lisa出游的好心情，一点都没有因天气而打折。

她说，雨中游纽约，别有一番滋味，在这里度过的每一天都很精彩。

Anita Moore带着两个儿子，兴致勃勃从澳洲飞来纽约。他们一家人都喜欢City Walk，此行是那么神奇而美好：他们去了美国最大的市立公共图书馆，见识了纽约艺术的涂鸦墙，一睹纽约骑警的飒爽英姿，还游走了冬日的中央公园，看最后一片枫叶在寂寞中飘落。

Anita Moore说，如果想要登高远眺，一览曼岛芳华，可以去洛克菲勒中心的观景台Top of the Rock，或者登顶帝国大厦Empire State Building。

纽约，是国际游客钟爱的城市，也是开启假日之旅的理想地点，更是无数人旅行清单上必达的目的地之一。

纽约City Walk可以消遣的地方很多，各种博物馆、剧院、卖场、公园、商厦、夜店、咖啡、酒吧……呼吸着自由的风，让灵魂漫无目的地游荡。一边暴走，一边体验这座城市给予的新鲜和动感、潮流与时尚。

如果你是女生，一定要沿着Fifth Avenue，欣赏奢华的圣诞节橱窗秀，把五大道折扣店、波道夫·古德曼百货、布鲁明戴尔百货商店、巴尼斯百货、以及梅西百货等在内的著名商Mall逛个遍。

遇上心仪的物品，不妨买个一两样，哪怕以后用不上，也可以留作念想。要知道，生命中的某一刻，往往可遇而不可求。

相遇，便是缘分。

冬至过后，夜短昼长。和国内春运相似，为了在平安夜赶回家与亲人团聚，美国的机场、火车站、汽车站，到了全年最忙碌的时刻。

说到回家过节，这两天有个好消息：联合国通过决议将春节确定为联合国假日。在美国，加州从今年开始，成为全美第一个将农历新年列为法定假日的州！这也体现了中华文化的传播力和影响力。

愿这个世界拥有更多平等互信、包容互鉴的价值理念。

2023年进入倒计时了。用于跨年的巨幅数字"2024"已经运抵纽约时代广场。这之前，水晶球已准备就绪。这几个数字有7英尺高，用了588个节能LED灯泡，它们将于12月31日午夜，在时代广场大楼的顶部被点亮。

这一次，我们不在纽约跨年。

我和Ben，还有另外两家邻居，将于圣诞节当晚，从纽约飞往迪拜，然后在迪拜乘坐邮轮，开启10天中东之旅。

海上旅行不一定有Wifi，在这里，提前跟大家道一声：Merry Christmas and Happy New Year!

这一年，有收获和遗憾，也有欢喜和感伤。物换星移，沧海桑田。走过半生才顿悟，生命中最美好的一天，就是今天！生命中最宝贵的一刻，就是此刻。

谢谢你。

长长久久的陪伴，胜过万语千言。

一下雪，美国小镇就美成了童话

进入龙年的第一场暴雪，在大年初四的凌晨，纷纷扬扬，悄然落下。

气象预报说，此次降雪量可达5到8英寸。等了700多天，大纽约地区终于迎来一场像样的大雪，这也是两年内最强烈的一场东北风暴。

美东地区相关部门早早做好准备，应对暴雪带来的断电、航班延误、交通安全等各种突发状况。公立学校宣布停课一天。小朋友们又是开心宅家、吃吃喝喝、睡懒觉、打雪仗的一天……

看着窗外的皑皑白雪，我顿时睡意全无，抓起手机，兴奋地跑到外面拍雪景去了。

飘雪的早晨，格外寂静，只听见雪花窸窸窣窣落下的声音。不远处，社区的铲雪车从我身边急急驶过。一些手脚麻利的邻居，已经出来各扫门前雪了。

如果不是年老体弱，这里的居民通常都是自己铲雪，用铁锹或者铲雪机清理人行道和车道上的雪。当然也可以请人代劳，根据雪的厚度，每次付款80刀~120刀不等。

一个年轻的妈妈带着宝宝坐在雪地里玩起滚雪球；西语裔扫雪工清理完主街上的雪聊起了天；和我一样在雪中漫步的韩国大叔远远地笑着打招呼：Hi, Happy lunar new year！

生活在这里的亚裔，还沉浸在农历新年的喜庆气氛中。

雪很大，朔风凛冽，肆无忌惮。我的帽子被风刮掉了，棉靴陷进雪里，踩得潮潮的，身上的羽绒服也被飘落的雪花打得湿漉漉的，可这些都不影响我对下雪天的喜欢。

下雪的日子，总令人想起无忧无虑的童年时光，烦恼也随着雪花飘散而去。宛若仙境的世界，让一切颜色都暗淡无华，只有晶莹剔透的雪，只有纯洁无瑕的白。

此刻，小镇的喧嚣被茫茫的银色笼罩，屋顶和树杈被积雪覆盖，显得唯美又浪漫。忙碌的人们放慢了脚步，享受这一份独特清冷的美。

瑞雪兆丰年。大雪，是对土地的呵护和滋养。

一下雪，小镇就美成了童话，人们仿佛走入银装素裹的梦幻仙境。堆雪人、看电影、玩掼蛋、喝奶茶、包饺子、吃火锅……在这安逸的雪天，当地华人用自己的方式，欢度龙年的新春。

午后，雪停，天空放晴。Ben把汽车从雪堆里开出来，去花店买了一束玫瑰。他说明天2月14日，年初五，迎财神，也是美国的情人节，Valentine's Day。

这些年，无论中国节日还是美国节日，那些小小的惊喜，总会留下一些独特的印记。仪式感，总能让日子鲜活起来。

那天在网上看到一段话，觉得很有意思：猫喜欢吃鱼，却不能下水，鱼喜欢蚯蚓，却不能上岸。

是啊，人生不可能样样圆满，日子也不会事事顺心。我们拥有的同时，也会不断地失去。所以，不必较真，不必回头，不必纠结未来。努力过好当下，在平凡的四季里，种满希望的繁花。

下雪的日子，财神遇见爱神。愿你有情有义，有爱有暖；愿你鸿运当头，邂逅良人。

烟雨微茫

故土的情思

📅 | 2022年6月30日

在那荷花盛开的地方

西荷花塘的荷花，在立夏之后，就酝酿着一场盛开。

到了端午，就像商量好了似的，满满一池粉红，千娇百媚，争奇斗艳，在一大片一大片层层叠叠碧绿的荷叶中探出头来，铺满了水面。亭亭玉立，含苞待放，盈盈欲滴，朵朵惊叹。

绕着荷塘走了一圈又一圈，却没发现一朵白莲，有些怅然若失。去年曾在池中见过几朵白莲花，羊脂玉般的花瓣，纯净剔透，纤尘不染，以孤傲的姿态渲染

了一抹夏的清幽。

转眼夏至，荷塘愈加赏心悦目。野鸭戏水，锦鲤畅游，一只竹木小船，悠悠浮在水面上。一阵微风吹过，花香馥郁，心随共舞。

然而住在周边的大多数居民却不为所动。年复一年，荷塘的四季风情已经司空见惯。只有像我这样千山万水跑回来的，还有一些刚刚搬来的新住户，会在炎炎夏日的清晨和傍晚，惊喜地观赏荷塘之美，聆听每一朵花悄然绽放的声音。

总是不过瘾，总也看不够。

夏日的小城，闷热的很，稍微动一动就是一身汗，午后两点的街头，行人稀少。西津古渡悠长的小巷，青石板被日头晒得冒烟，两个孩童满头大汗地追逐嬉闹着从我身边跑过。已经许久没落过雨，无从寻觅那撑着油纸伞的丁香姑娘。

在苏州银行工作的发小君君回来了，约了我们几个老同学吃了一顿便饭，玩了一把掼蛋。发小说，还是当初在小城的生活比较悠闲，调到苏州工作的7年，节奏快，压力大，华发早生，收入虽然高一些，奔波煎熬，辛苦付出也多。如今就盼着退休，重新回归小城的慢时光。

在高校工作的老同学大卫最近喜上眉梢，姑娘考取了美国罗切斯特大学的西蒙商学院，八月份即将赴美读书。电话中，他问我那边的气候怎样。我忽然想起每次从纽约自驾游去多伦多，都会途经这所美丽的大学。春花烂漫，秋叶缤纷，夏日凉爽，冬季寒冷多暴雪，年平均降雪量可达99.5英寸。

于是我用当地学生的口气告诉老同学：罗村只有两个季节，一个是冬季，另一个是"大约在冬季"。

老同学迟疑了几秒，问：那要不要多带两件御寒衣物？我理解他的心情。姑娘第一次出国，小到毛巾牙刷，大到床上用品，家长恨不得什么都帮孩子备齐。我说：箱子塞满了就不要塞了，姑娘赴美后可以自己去商场买，也可以网购，买当地品牌的羽绒大衣，式样多，质量好，价格也不贵。

与小城的闺蜜们聚了又聚。一群从青春少女就玩在一起的好姐妹，已经步入中年大妈的行列。只是大家既不会跳广场舞，也不会打麻将。

文华依旧在学弹古琴，把名曲《鸥鹭忘机》弹出了烟波浩渺的韵味；晓军醉心于配音工作，说是与其回家遛狗发呆，不如在电视台干到60岁；金融界的女强人燕子从上海转战南京，每逢周末开车回小城，事业家庭都兼顾；奈儿和芸儿则

相聚在王川老师家。从左到右：王学剑，马红，王川，华晔，朱明

把精力放在培养第三代身上。

荷花盛开的时节，我的邻居王川老师家总是宾客满堂。

那天在他家，惊喜地见到了曾经的电台同事马红和朱明，以及小城有名的学剑大律师。作为著名学者和文化名人，王川老师桃李芬芳，粉丝和学生遍天下，大家对他充满了敬重和热爱之情。

上次回国，拜读了老师的散文集《敲得响的风景》。这次相聚，老师又送给我一本游记，是他2010年出版的《艺术地图》。书中，王川以作家和画家的双重身份，用专业的角度介绍了欧亚17个国家的建筑，雕塑，文学，绘画，音乐等。

从落日奥斯曼到怅望金字塔，从黄袍佛国到蕉雨椰风，从挪威之歌到海盗之国，我被读图文并茂的《艺术地图》深深吸引。

他写风情万种的西班牙，开篇语气诙谐、引人入胜：

临出发前，告诉朋友说：我要到欧洲去看牙。朋友惊诧：那样奢侈？我笑道：只看两颗牙：西班牙，葡萄牙。

王川老师调侃道：既然能把Spain翻译成西班牙，把Portugal翻译成葡萄牙，那世界上还可以多几颗牙：比如爱沙尼牙，罗马尼牙，保加利牙，澳大利牙，坦桑尼牙，马来西牙……

我忍不住笑出了声。

王川老师的文字大气磅礴独具风采，深邃厚重而不乏幽默，就像他的个性，亦如他的名字，海纳百川，包罗万象，奔腾狂野，桀骜通透。

夜深人静，读着充满感性与激情的游记，仿佛自己也行走在天涯孤旅的路上，思考和探索着东西方文化的差异和融合。

窗外夏风燥热，荷香飘逸。心中流淌着一股清泉，甘甜清澈。

六月的最后一天。嫁到上海的玫瑰，带着孩子回到了小城。

终于放暑假了！孩子玩得肆无忌惮，玫瑰内心久违地舒畅。在拥有"天下第一江山"美誉的古城寻访古迹，吃儿时美味，看夏日美景，美美地做个指甲，剪个清爽的短发，去路边小店挑一些喜欢的小杂货，在锅碗瓢盆奏鸣曲里品味相聚的欢乐。在这炎热的夏天回娘家，对于忙碌的玫瑰一家来说，是一次很好的休整和放松。

今天在社区碰见新结识的朋友如兰。她热情地与我打招呼，刚刚烫过的卷发，蓬松慵懒地搭在肩头，散发着淡淡的药水味。她约了几个姐妹，下午去唱卡拉OK，问我要不要一起去。这是一个微微发福的中年女子，笑容中透着安逸和从容。

看着她幸福的模样，我想，如兰的日常或许可以代表小城一部分中产阶层的生活：早起一碗锅盖面，顺便去菜场买些新鲜蔬菜鱼肉回家，再骑着电瓶车去公司上班，午饭后小憩一会儿，下午接着工作，5点下班，回家烧饭，晚饭后要么打牌要么跳舞要么宅家追剧。儿子在外地读大学，不用她烦神。老公是公务员，旱涝保收，小富即安，房子两套，贷款还清，小日子过得其乐融融。

万物葱茏，夏蝉欢鸣，荷塘妖娆，火烧云天。这个阳光灼热的暑假，充盈着喜悦，是旅行，是西瓜，是电影，是童年，是青春，是回忆……

夏日的小城，平淡无奇，喧哗也浮躁，匆忙也热闹。市井的烟火气里，藏着惬意和安闲，踏实和满足。

| 2022年8月29日

桑拿天里，我从上海搬家

装修收尾

去年夏天，没等我的江南小窝装修完就返美了。这次回国，把装修工程收个尾。给阁楼的柜子增加了四个抽屉，浴室里安装了一个排气扇，厨房放置微波炉的吊柜安装了两扇磨砂玻璃小门，次卫生间顶部加装一个led照明灯……

母亲总说客厅、餐厅以及过道的灰蓝色墙布颜色太深，看上去压抑。她哪里知道这是去年最流行的黑白灰系列之"太空漫步"。在太空里漫步，想想都觉浪漫啊。

不过，装修真的不能跟着流行走，要适合自己的风格，跟随自己的心走。

听多了母亲的唠叨，做窗帘的时候，索性把灰蓝色的墙布换成了不会翻车的暖色系，隐藏着淡淡金丝的奶咖色。窗帘也是分两次做的。第一次做的是阳台和阁楼的窗纱。选的是透光不透人的白色天丝绒纱，这种纱的质地柔软垂感好，但很娇气，稍稍不留心就容易勾丝。第二次做的是客厅和卧室的窗帘。用的是过去流行的美式风格大花纱，搭配今年流行的小麦咖色雪尼尔面料。

漂亮的老板娘做生意是一把好手。她一边把这些不再流行的窗纱打折卖给我，一边说：你家的装修风格是混搭，偏小美，带点中式。你喜欢的窗帘虽然是我们店里已经淘汰的花色，但做出来效果很出挑呢！

是啊，一个怀旧的女人，喜欢的东西也比较复古呢。

这次整改工程中比较大的项目，就是把我家和邻居家之间共享的那面墙做了3公分厚的隔音处理。隔音布、吸音板、奥松板、装饰板，喊哩喀喳铺上墙。

我对声音敏感，只好多花了一万大洋。

效果当然有，隔壁邻居的说话声已经不大听清楚了，上下楼的咚咚声依然如故。唉，当初我家定制的木楼梯因场地局限，做得有些窄，这下宽度又缩小了3公分。

一不做二不休，隔音处理后，再把怎么看也不顺眼的阁楼大白门给改头换面了一番，加了木饰效果，镶嵌了香槟金的边框条，与阁楼整个基调还比较搭。

改门之后，又网购了一些浴巾架，厕纸盒，马桶刷等零碎小物件。把记了满满一本的装修流水账拿出来，用计算器一加，不多不少，花掉55万。

可房子还是空的，家具还没买呢！

阁楼上也有一个小阳台，我看见不少顶楼的邻居把阁楼阳台做成阳光房或者是空中花园。但开发商给的这一块面积非常狭长，根本做不出那种屋顶大露台的感觉，只是加装了护栏之后，看起来会比较整洁和安全。

装修真是无底洞！我以为可以彻底完工了，但如果装阁楼露台的话，还得至少再干一个月。为了抓进度，住在上海，我就开始找镇江的工程队出方案比价格了。

如果这次来不及，那就明年回国再做。哈哈，生命不息，折腾不止。

房子出租

八月的上海，那叫一个热啊，气温像浦东三件套一样，高出了天际线。

之前在网上浏览到上海奉贤一家做柚木家具的厂家，小美风格的味道很符合我的心思，就预付了一些订金，想着抽空去一下展厅，现场选几样家具。

住在上海的日子，经历了封楼管控和一轮又一轮核酸筛查，加之天气实在太热，也就没了去奉贤买家具的兴致。联系了客服，人家立马把订金退给我了。

上海的家

上海闺蜜劝我，房子住不坏，长期空关着家具电器却会坏掉。这么好的地段空置了10年，实在是浪费呀。

她说：蛮好借特伊，弄回来钞票好交装修装修。

空着就空着呗，至少回到上海有个落脚点，原来我一直都这么想。也许适应了美国大农村的安静，每每回沪，我不堪忍受楼上住户的声音。

因为我们小区靠近沪上一所著名的小学，楼上业主把房子常年出租。东北人一家六口搬走后，又住进一家上海人。白天小孩奔跑打闹的声响也就算了，但是在寂静的深夜，楼板隔音差到能听到起夜小便的声音，凳子挪动的声音，手机落地的声音……有时在梦中被楼上突发的一声巨响震醒，再也无法入眠。

去物业反映过，上楼敲门温婉哀求过，当面和颜悦色提醒过。然，无济于事，日复一日，无休无止。最终下定决心出租上海的房子，是在遇见了邓红之后。

作为在上海打拼了十年的新上海人，邓红大学毕业后先是南下深圳在酒店工作，之后来到上海从事涉外租赁服务行业。这些年专做新天地板块的地产租售，是一个敬业，诚实，靠谱的经纪人。

那些日子，我家被沪上各路房屋中介踏破了门槛。链家、中原、太平洋、我爱我家、信义、鼎铭、华乾、美凯龙爱家……最夸张的一天，我接待了12批中介。他们有的直接带着租客来看房，有的带着包租公司的老板，在房间里指手画脚，向我描述着把现有装修敲成毛坯，铺地暖换家具，更新灯具和软装，全面升级改造后的美好愿景。

我坠入云里雾里。细思总觉不妥：大金中央空调几乎没怎么用，每一盏水晶灯都是当年精挑细选的钟爱之物，房间里的门和门框六年前重新换过，是那种厚重的原木门，价格不菲。如果交给包租公司，这些东西统统都要被毁灭性敲掉，想想就不忍心。还有全屋的实木地板和家具，这十多年奔波在中美之间，上海的家住得少，地板和家具都保养得很好。一旦包租，就要被当作垃圾，三文不值二文清理掉。邓红说：索性把家具搬到镇江，这样镇江家具也不用买了。房子不要给包租公司，直租给本小区的邻居，我帮你把后期服务管理工作做好。

她很快帮我找到一户租客，是住在我家前面一排的邻居奈斯太太。

奈斯太太家境殷实，有一对可爱的儿女，孩子就读于附近的学校。她准备出售目前住的房子，置换一套大平层，却不想离开这个生活和交通都极其便利的地段，就委托邓红在本小区找套房让她过渡几年。眼缘真的很重要。奈斯太太第一次带着两娃来看房，就喜欢上我家。我也很喜欢她快人快语不造作的个性。

夜幕降临。窗外流光溢彩，室内咖啡飘香。在邓红的撮合下，我与奈斯太太一拍即合，各取所需，签下了租赁合同。

长途搬家

搬家公司的车

我在上海40度高温的桑拿天里，开启了搬家模式。

网上预约了搬家公司，预订了两部5吨的搬运车，谈好价钱，说好了搬家时间。

闺蜜厉老师来了，朋友文和敏也来了，易碎品打包，衣柜整理，书籍装箱，用掉好几个兵荒马乱的下午和晚上。家具除外，居然零零碎碎装了96只大纸箱和15个农民工进城用的格子包。为了更加稳妥，浦东的兄弟还派了一部私家车，把我准备托运回美国的行李和一些重要的私人物品先行送去了镇江。

搬家那天，厉老师和邓红都赶来帮忙，楼上楼下接应，看着一件件物品装车。从上海到镇江3个半小时，到了镇江把东西搬运到家里，把拆开的衣柜和大床组装好，前后也用了3个小时。

镇江家里准备了冰镇矿泉水，买了晚饭给师傅们吃。跟搬家公司结完账，看着堆满了客厅和过道的箱子，我如释重负。

用了10天时间，整理归置满屋的东西，几乎累瘫。一些家具隔板掉落，一些地方刮蹭了油漆，最抓狂的是物品的遗失。

最先想起来的，是一个从美国买的笔记本电脑，几瓶法国香水，几块烫金桌布。搬家之前，对箱子进行了编号，有两个下午是搬家公司来的人帮忙打包的。笔记本电脑属于书房物品，香水属于浴室物品，分别被装在不同的箱子里。搬家当天对箱子数量进行了核对，并未发现异常。

一个箱子一个箱子拆开，所有的袋子包包也都打开，就像拆盲盒，希望出现惊喜。然而，一直拆到最后一个箱子，满满的鞋子底下，倒是意外发现了那几块洗干净的烫金桌布。笔记本电脑和香水，就这样不翼而飞了！这让我郁闷了几天。

处暑之后，酷热的天气渐行渐远。

秋雨吝啬，下得极少。小区的荷塘却碧波荡漾，花瓣暗暗脱落，绿色的莲蓬无人采摘，风中摇摆。荷塘深处，长在淤泥里的莲藕，正悄然结着白胖丰腴的果。置身一大片绿肥红瘦之中，搬家的焦虑和疲惫，丢东西的失落和遗憾，渐渐消散。

在上海打拼，人的物欲会在不知不觉中变得很强。因为申城的花花世界里，蕴含着机遇和挑战，充盈着争夺和占有的欲望。

然而住在小城，古朴安宁，价格亲民，生活节奏慢悠悠，日子可以过得无欲无求。一点一点，把家打扫干净，把乱乱的小窝收拾出想要的样子。

回复了朋友们关心，约了发小捣蛋，应了老同学聚会，小心翼翼地把莉从上海快递来的湖绿色水晶花瓶摆放在茶几上，把迅儿和蓝儿给的茶叶塞进准备10月登机的拉杆箱里，把玲从贵阳寄来的油辣椒豆瓣酱枸杞等食物放入冰箱，用丹丹送的大红搪瓷烧锅煮了搬家后的第一顿饭……

这些来自天南海北的深情治愈着我，滋润着我，温暖着我。

回一趟国，装一次房，搬一次家，嗯，如果再能够按计划出一本书，这段旅程就太完美啦！

告别八月，秋意渐浓，岁月悠远。心事藏在盛夏的诗行，我们在彼此的眸光里安然无恙。

📅 | 2022年9月20日

魔都三日，我的新体验

再回魔都

前阵子去了一趟上海。计划检查一下牙齿，看一下中医，做个针灸拔罐，裱一幅油画，顺便拜访一下老朋友和老邻居。

九院地处黄浦区中心，门诊量大，常年人满为患。这次还好，只排了一个多小时就轮到我了。医生认真看过我的牙齿，说没啥大问题。从九院出来后，直接去了黄浦区中心医院中医门诊部。

我相信"冬病夏治"。这个夏天忙着装修和搬家，累坏了，本就不好的腰椎又开始隐隐作痛。三伏季节开过两个疗程的单子，做针灸和拔罐。医生说可以调和气血，通经活络，祛风除湿，促进局部血液循环，对于治疗腰椎间盘突出是有效果的。疗程结束，医生问：下次什么时候来？我却答不上来。即将返美，下次，或许是明年夏秋的某一天吧。

做了20年上海人，10年纽约人。每次回国，都欢欢喜喜回自己家。今年八月中旬，终于下决心把房子出租掉。

这次回沪，摇身一变成了游客，住了两晚酒店。

酒店是在携程网上订的，黄浦区丽园路上的唯庭酒店，这是一家连锁酒店，距离我上海的家，步行只有十分钟，周边环境我是太熟悉啦。

房间不大，却很智能化。房间里配备了智能"小度"，喊一声"小度"，说出你想要的服务，比如看电影，听音乐，需要矿泉水，开关窗帘，叫早服务等等，心愿都能达成。

酒店里还真有一个可爱的机器人，帮忙运送餐饮，为旅客提供智能化服务。

早晨醒来，推窗见绿，秋高云淡。远眺隐隐约约可以看见自己的家。

秋天的风，带着丝丝凉意扑面而来。洗漱完毕，下楼去酒店隔壁的"早安山丘"吃早饭。豆浆，油条，蛋饼，麻团，生煎，鸡汤鲜肉小馄饨，品种繁多。

油条不一定要配豆浆哦，我就常常油条配咖啡。咬一口酥脆的油条，喝一口香浓的咖啡，那种满足的滋味很难用文字形容。

推荐"早安山丘"的咸豆花。

一碗软滑香嫩的豆腐花，上面铺满紫菜，虾皮，香葱，榨菜，浇点酱油，再淋上一点灵魂的辣油，肤若凝脂的咸豆花，入口滑腻销魂，一天的美好心情，在这撩人的烟火气中悄悄开启。

唯庭酒店周边美食林立。旁边就是鼎鼎大名的老上海风味"金锚传菜"。

"金锚传菜"是我吃了20年的饭店，从新华路店吃到丽园路店，百吃不厌。除了金牌花雕鸡，外婆红烧肉，她家的熟醉大虾是绝绝子。独特的糟卤汁微微偏甜，大头虾是相当的新鲜，肉质紧实，被黄酒浸泡腌制过的醉虾冰镇一下上桌，那味道真是天下无敌。

附近还有好几家星巴克。

2022年夏天和上海亲友相聚　　　金锚传菜的熟醉大虾

这个夏天魔都之热，是我从未经历过的。40度的高温天一点胃口都没有，我常常去楼下的咖啡馆喝一杯燕麦拿铁，抹茶星冰乐或是焦糖玛奇朵。咖啡时间，会会朋友，刷刷微信，看看书，不要太惬意。

于我而言，一杯咖啡在手，足以慰风尘。

最最方便的是出行。步行5分钟可以走到地铁9号线和13号线的马当路站。散步20分钟至半小时，就能到新天地和淮海路。

出则繁华，入则安宁。

酒店附近的公交线路就更多了。福州路兜兜，徐家汇转转，田子坊看看，南京路逛逛，满足一下自己的小资和购物情怀。

乘地铁到来福士广场，往常这里的人流总是熙熙攘攘的，而今却空空荡荡的。走过天蟾逸夫舞台的大门时，不禁心生感慨。以前常来这里采访，上海最老的京剧剧场，梅兰芳大师曾在这里演出过。

上海书城正闭店装修中，要等到2023年才能重开。福州路上，只有几家食品店和火锅店比较有人气，门口排着长长的队。

走进书城隔壁裱画的店铺，我把一幅心爱的油画交给他们装裱。第二天，按照约定时间去取画。看到装裱完成的画，四个角都被细心地包好了，便没再打开检查，小心翼翼地拿回镇江了。

回到小城的家，高高兴兴把画挂到墙上。然而打开包装，竟然发现画框左上角其实是破损的，边框也被压扁了。想不明白为何给我一个坏框？第二天打了电话给裱画店，老板表示了歉意，让我拿回去重新装裱。认账就行，心情立马转好。说一时半会儿去不了上海，以后有机会再去换框吧。

生活中免不了这样那样的鸡毛蒜皮之事。偏偏这一地鸡毛漫天飞舞，牵动着神经，左右着情绪。我对上海的期望值一直很高。在我心里，文化底蕴深厚的上海，是中国最好的城市之一，希望她更加开放，包容，规范和诚信。

魔都三天两晚，住宿一共花费372元。这个价格对于单身人士出差旅行或者探亲访友实在是太友好啦！

当然，一米五的大床睡两人绝对没问题，也适合情侣和亲子出游。有了这次体验，以后来沪，可以不断变换挑选心仪的地段住酒店，用游客的眼睛看申城，能看到一些被自己忽略的风景呢。

来去匆匆。美中不足的是，因为各种原因，此行有几个朋友没来及相见。

月圆之夜

前几天，苏州全面取消了对外地人的限购政策。

这一重磅炸弹掀起地产圈巨浪，把江浙沪百姓等待台风梅花洗礼的心搅得乱乱的。新闻里说，外地人在苏州可以购买吴中区，吴江区，姑苏区，相城区，高新区和工业园区的房子，而无需开具社保和个税证明，但是限购一套。

然而，苏州取消限购仅仅是"一日游"。

9月16日，刚刚取消的限购政策紧急叫停，除了吴江区外地人可以购买之外，苏州又重启了限购政策。苏州是江苏省综合实力最强的城市，被称为上海的后花园。我镇江的发小和在南京工作的闺蜜如今都在苏州安了家。

发小因工作调动去了苏州工作。赶在房价普涨之前，当机立断在吴中区买了房。一方水土养一方人。一晃7年过去了，从穿衣打扮到行事做派，发小愈加温柔娇美、优雅贤惠，成为气质卓绝的苏州女子。

闺蜜去年买了一套苏州市区的公寓房，花了很多心思装修。选材考究，工艺上乘，简而不凡。家具配置更是轻奢灵动，古朴大气，满屋弥漫着法式的浪漫。

她说，苏州到上海，高铁最快的只要20分钟，去上海看个病，拜访个朋友，喝个下午茶，很是便捷。而且，苏州的菜点都是甜蜜蜜的，松鹤楼的松鼠桂鱼，黄天源牌苏州糕团，都非常好吃。无论在苏州，在南京，还是在上海，与发小和闺蜜约定的聚会地点，都放在了镇江。因为这座小城，是我们的童年和青春，是我们无畏远方、出发逐梦的地方。

长途搬家之后，我的江南小窝也捯饬得差不多了。

上海的旧家具放在小城的新家里，竟然毫无违和感，像是量身定做。看着用大花窗帘点缀的房间，心想会不会太艳丽了？

上海的家，透过每一扇窗都能眺望璀璨的夜色。而在小城，夜晚显得格外冷清。在这样一个中秋之夜，父亲寂寞凄凉地躺在医院，爱人在遥远的大洋彼岸，劳累了一天的母亲已经睡下，我悄悄下了楼，融入月光的相思中。

Ben发来一张照片。他说，中秋节孤单地吃了半块月饼，数着我的归期。然后去院子里拍月亮，无意间拍到一架飞机在月中穿行。我感到抱歉，却苦于分身无术。抬头看月亮，悲欢离合，阴晴圆缺，此事古难全。

镇江静谧，苏州柔和，上海魅惑，纽约喧嚣。这些年，奔波在中美之间，除了城市面貌，人文环境，最大的变化要属心态。

彻底放下一些人和事，坦然面对得失。减轻压力，抛掉烦恼，把时间和精力花在自己喜欢的事情上：做饭，掼蛋，旅行，睡觉，写字，发呆……

不见，不欠，不念，不怨。

📅 | 2022年12月10日

母校百卅芳华永驻！

　　读初中一年级时，第一次在《镇江日报》上发表诗歌，兴奋得一晚上没睡着。二十世纪八十年代，物资匮乏，生活远不如现在多姿多彩。十一二岁，做着文学梦的小女孩，以把文字变成铅字为荣。

　　我依稀记得那首小诗的名字叫《春阳》，描写的是肃杀阴冷的冬天过后，春天的太阳，带给人们怎样的欢欣鼓舞。后来，在语文老师的指导下，陆陆续续在报刊杂志上发表一些诗歌和小散文。彼时，一粒痴迷写作、热爱生活的种子，在我的心中悄悄萌芽。

　　初中三年，高中三年，从懵懂孩童到热血少年，从青春期到成年礼，在江苏省重点中学"镇中"，度过了6年最青涩的时光。如今回想起来，那段青葱岁月却是激发潜能、塑造自我的人生基石，弥足珍贵。

　　母校镇江中学的前身，是1892年（清光绪十八年）镇江知府王仁堪创办的南泠学舍，有"古润最高学府"之誉称，并于1992年被选介入《中国名校中学卷》。扎根于江南沃土，沐浴着千年智慧。百年来，学校牢记"一切为民族"的校训，培养的英才遍布海内外，一代又一代镇中学子薪火相传，铸就百卅辉煌。

　　他们中有革命先烈、爱国志士夏霖、王洞若、束春生等；有政坛精英李岚

清、蒋南翔、李崇淮、戴伯韬等；有著名学者周有光、邹仁鋆、吴良镛、陆元九、严加安、汪洋、于漪、于渌等……

此刻，远离故土，在距离镇江数万公里的纽约家中，翻看一张张蹉跎的老照片，循环一首首怀旧的老歌曲，那些年少轻狂的窘态，青春激扬的背影，朦胧压抑的初恋，羞涩稚嫩的脸庞，穿越时空的隧道，清晰地跃然眼前。

我想起已经过世的语文老师沈其亮，当年他最喜欢抽五毛钱一包的大前门香烟。上课站久了，他会抱歉地跟大家请求坐在板凳上讲课。直到毕业我们才知道，那时沈老师的身体抱恙，已经非常虚弱，但是他带着两个毕业班，每天硬撑着教学……沈老师常常给我的作文打高分，然后作为范文在全班朗读。高考前夕他鼓励我说，你虽偏科，但口才和文笔都不错，好好努力，坚持写作，也许将来可以吃这碗饭。

我想起俊朗帅气的数学老师贺明荣，一手漂亮的粉笔字赏心悦目！与他讲课时的急性子坏脾气相反，发放批改好了的试卷时，他会用一句"下次加油啊"，把令人汗颜的考分，反面放到我桌上。数学不及格的女生，总是被他温柔以待。

还有英语老师潘吉元，他的课总是在笑声中开始，笑声中结束。我喜欢听他带着伦敦腔的口音，更喜欢他的随性和幽默。一次潘老师让大家用英语说一动物的名字，不许重复。坐在倒数第二排总是那么倒霉，轮到我时，所有会的单词都被前面同学说过了。想了半天，不知怎么就冒出了一句：Bad Guy（坏家伙）。哄堂大笑后，潘老师说：嗯，很好，有创意！Bad Guy有时真的等同于动物呢！

而历史老师吉兆银，我一上他的课就开小差。他是我们文科班的班主任，上课时讲历史，讲着讲着就展望起未来，诸如：现在不拼搏，人生就白活！考上大学，献身祖国！今天你以母校为荣，明天母校以你为傲云云……在吉老师说过的很多很多话里，我只记住了一句：将来，不管你们官大官小，口袋里有钱没钱，在社会上混得好坏，抽空来母校看看，我永远是你们的老吉！你们永远是我的匣子！（镇江话：孩子）

还有我们的初中班主任王煜玲，物理老师张玉玲，英语老师石燕远，高中任课老师徐邦义，魏平，柏林，谢桂喜，蒋茂棣，解信鹏等等。在那些成长的岁月中，我们遇到的是一群责任感爆棚的好老师，青春得以绽放出最芬芳的花蕊。

如今，我们的老师都已年逾古稀，最年轻的老师也已步入花甲。而曾经的懵懂少年，已经是满腹经纶的中年大叔。曾经的黄毛丫头，已经是风姿绰约的半老徐娘。

镇中八七届，曾经在校史上写下浓墨重彩的一笔。那一年高考本科和专科的录取率，在与市一中纠缠胶着多年之后胜出，开启飞升模式。老师们夸赞八七届是为母校争光的一届，让母校骄傲的一届，也是活得最努力、最忘我、最精彩的一届。

我们这一届同学中，有国家高科技领军人才、博导教授、学院院长、海关关长、银行行长、医院院长、教育局长、著名律师、知名艺术家、各行各业的精英，还有身家数亿的董事长、集团主席……更多的，是爱岗敬业默默奉献的普通百姓。匆匆那年，岁月斑驳。那些清晰或模糊的青春往事，已经在记忆中拼凑不齐。

因为长得着急，个子高，初中时参加了校排球队，居然还混了个副攻手，学着当时风靡一时的电视剧《排球女将》中的小鹿纯子那样，天天在操场上练"晴空霹雳"，结果扭伤了小腰，在家躺了一个星期。

因为喜欢出风头，尤其热爱演讲和朗诵，经常和发小王学军一起代表学校参加市里的各种比赛。高二那年参加朗诵比赛，因为得奖心切，发挥失常，拿了个二等奖，当场哭花了脸。

仍然记得高中邻座的男生，常常操着浓重的句容口音，化学课上把"醋酸"说成"去酸"。坐在前排的男生来自扬中，喜欢用扬中话问我们女生借橡皮，总是把"借"念成"嫁"，每当他说"嫁我吧！嫁我用一哈子！"，我和同桌就笑喷，连声说"不嫁不嫁不嫁"。

八十年代是一个烟火与诗情迸发的年代，充满了理想和情怀。作为一枚热血沸腾的文学青年，在束瑞祥老师的指导下，我和几个志同道合的同学一起创办了"芳草文学社"，还担任了两学期的社长职务。

我们发行的油印校刊叫《芳草地》，定期发表不同年级学生的投稿佳作。因为条件限制，那时还是刻钢板的手抄报，散发着油墨味儿。就是把蜡纸置于特制的钢板上，用专用的铁笔在上面刻写和画画。如此古老的文学校刊，我们都视作珍宝，给最初的文学梦想，插上了翅膀。

那时的性教育封闭又朦胧。高三毕业前夕，空气变得紧张又兴奋，一些略显成熟的男生女生开始蠢蠢欲动，拉拉小手，写写情诗什么的。我好羡慕个别有了初吻体验的女生，却又非常担心万一接吻后怀孕了怎么办？哈哈哈。

承蒙母校的教育和培养，走上社会之后，我成为一个媒体人。从广播到电视，从节目主持人到一线记者，从文化娱乐板块到教育卫生条线，从镇江到上海再到纽约，从职场到家庭再到自由撰稿人……

在跌宕起伏的职业生涯中，我采访过许多专家学者和社会名流，其中就有我敬重的镇江中学老校友，人民教育家于漪老师。

那是在上海做记者的日子。因着跑教育条线的近水楼台，经常有机会采访于漪老师。我在杨浦区高级中学观摩过于漪老师上课，在上海市教委召开的不同主题的会议上聆听过于漪老师的发言。

每每谈到教书育人，于漪老师掷地有声，那种坚守"在讲台上用生命唱歌"，把毕生心血奉献给祖国教育事业的深情，令我深深敬佩和感动。

作为镇中八七届校友的一员，五年前我曾漂洋过海，回到阔别已久的母校，参加了高中毕业30周年庆祝活动。我惊讶于母校的巨大变化：高大茂密的树木，绿草如茵的操场，一排排高耸的教学楼，一间间宽敞明亮的教室……

每次回国探亲，与老同学相聚，吃饭、掼蛋、聊家常、故地重游，成为雷打

2024年6月，老同学聚会镇江

不动的内容。小学的友谊似乎太久远，大学的友谊多少带点功利心。只有中学时代的同窗友谊，鲜有沾染世俗的欲望和杂质，它是春天的小草，夏天的暴雨，秋天的爽风，冬天的凌雪，去伪存真，朴实无华，历久弥新，至真至纯。

令人欣慰和感慨的是，很多同学的孩子，后来也考取镇中，成为镇中学子，一家两代甚至三代都在母校求学并成为校友。为庆贺母校百卅华诞，我联系了美东地区几个老同学和他们的子女，他们目前都在纽约和新泽西读书和工作，大家抽空录制了视频，表达对母校的思念和祝福。

母校见证了我们青春的眼泪和欢笑，见证了圣洁的师生情感和纯纯的同窗友谊。

陌上花开，韶华不负。官场、商场、职场，无论达官显贵，还是草根百姓，无论腰缠万贯，还是一贫如洗，镇江中学，是我们梦想启航的地方，是我们难以忘怀的青春岁月。

光阴荏苒，130年风雨沧桑，母校培育了满园的桃李芬芳。漫漫人生路上，母校赋予我们的，不仅仅是探索未知的闯劲、不畏失败的韧劲，它还是我们求真务实、自强崇善的精神灯塔，更是我们不忘初心、追求卓越的力量源泉。

春华秋实，星辰璀璨，饱含着对四季的情谊；念念情深，百卅芳华，浓缩了对母校的祝福。

📅 | 2023年2月28日

从纽约到镇江，
穿越风霜雨雪的四季

01

叶良此生说的最后一句清晰而完整的话，是在10年前的上海，那个异常闷热的夏夜。

当时，他站在女儿叶子的卧室门口，面无表情地对叶子和外孙蛋蛋说：太晚了，你们怎么还不睡？蛋蛋明天还要上课呢！叶子敷衍地回应了一句：好了好了，马上就好，你先睡吧！等叶子帮蛋蛋收拾好作业、洗完澡上床休息时，她瞟了一眼墙上的挂钟，北京时间23点45分。

就在那天夜里，确切地说，是第二天凌晨，叶良突发脑溢血，摔倒在闵行区莘庄家里冰冷的地板上。这可吓坏了叶良的老伴儿邓兰。她急急地敲打叶子卧室的门，把睡得迷迷糊糊的叶子叫醒。可惜娘儿俩当时竟然连基本的医学救护常识都不懂，邓兰以为叶良的老毛病胆结石又犯了，于是和叶子一个人抱头，一个人抱腿，想要把叶良搬到床上去！叶良人高马大，邓兰和叶子又急又怕，两人满头大汗，折腾了20分钟也没成功。等拨打了120，救护车赶到，已经过去了半个多小时。

一个月后，叶良凭着他年轻时曾经带过兵打过仗的坚强意志力，在上海瑞金医院熬过了危险期，让一次次的病危通知书变成废纸。可是，叶良抢救过来后，再也讲不出一句完整的话，他失语、失忆、同时还失去了行走的能力。

上海瑞金医院承载着许多外地病人的抢救和治疗任务，小小的住院病房里总是人满为患。叶良的房间一共住了7个病人，男女混杂在一起，还有一些排队等病房的病人，就睡在走廊里。医生说，接下来就是漫长的康复过程了，建议家属把叶良转到老年护理院。

叶子打听了一下，上海好的护理院不多，费用却出奇的贵，而且并不适合叶良这种半身不遂的老人。家里开会商量的结果是，花钱租一辆120救护车，把叶良送回到江苏镇江，他离休前曾经工作和生活的江南小城。

回到小城，叶良被家人安排入住到康复医院。在之后很长一段时间里，邓兰常常自责：如果叶良摔倒后不搬动他的身体，如果早一点叫120来，如果抢救及时……或许叶良已经能够自己走着出院了。邓兰听人说，脑梗病人如果送医及时，恢复得好，是有生活自理能力的。

而叶子至今仍悔恨不已：把老爸送到医院抢救后，竟然还跑去完成了电视台当天的采访任务。这件事让叶子极度自责：工作与老爸的天秤为什么严重倾斜？为了工作而忽视亲情，为了新闻而放弃老爸，叶子认为自己做了一件没有人性的事情，愚蠢。

再后来，叶子送蛋蛋赴美读书，奔波于中美之间，奔波于儿子和老爸之间。叶子既想弥补蛋蛋从小缺失的母爱，又想弥补对老爸的无限愧疚。然而现实是：儿子羽翼渐丰，老爸的身体每况愈下……

在上海打拼15年，叶子买房，卖房，再买房，再卖房，她频繁地置换房子，终于把家从闵行区搬到黄浦区，从莘庄搬到新天地。每一套房都是经叶良之手精心设计装修的，叶子固执地实现了自己住在上海市中心的梦想。而梦的背后，是叶良为了让叶子安心工作，省钱还贷，默默付出的时间和精力。

叶良中风后，大脑神经、语言表达、四肢功能俱损。但是每次飞机＋高铁，当叶子突然出现在病房，叶良无神的双眼闪过一丝不易觉察的惊喜，微张着嘴，竟能含混地叫出叶子的乳名"多多"！有一次，叶子在书房偶然翻到一本叶良的装修笔记，看到上面记载工整的娟秀字迹，看到父亲为了节省每一分钱而做的预

父亲解放前就参加了革命

父亲（中）和战友

算、画的图纸，叶子再也控制不住自己的情绪，眼泪顺着脸颊滑落……

父爱如山。叶子自认为是个失职的母亲，她的儿子蛋蛋是叶良和邓兰一手带大的。那时，叶子把所有的热情和精力都投入到电视台的工作中。她疯狂地沉浸在自私的小我里，寻求着自我价值的肯定，以自己的刻苦和成绩为荣。

战士、军官、技术员、工程师、总经济师……叶良一生有过很多身份，但最让他骄傲的身份还是军人。叶良曾经是邓小平刘伯承领导下的中原野战军中的一员，参加过解放大西南的战役，年近40才有了叶子，对这个女儿非常疼爱。他对叶子说：你小的时候，我是工作狂，父亲这个身份做得很失败。如今你成年了，做母亲了，我也老了，希望能努力做一个合格的外公。

叶良生活节俭，一身傲骨。在位时无私地帮过很多人，却从未收受过任何人的好处，哪怕是一条活鱼、一块咸肉。叶子读小学时，有一年春节，一个受过叶良恩惠的上海人送来两盒大白兔奶糖，还没来及退还人家，叶子已经打开盒子往嘴里塞了两粒。为此叶良第一次大声训斥了叶子。后来，叶良把糖退还给上海人，还外加了两斤粮票。每年的端午节是叶良的生日。住院后，叶良的生日都是在病床上过的。没有蛋糕、没有鲜花，邓兰端着碗，小心翼翼地喂食着叶良米汤……和国内大多数夫妻一样，叶良和邓兰年轻时都很有个性。养家糊口，奔波事业。叶子的记忆里，年轻气盛的父母常常为经济问题和家庭琐事争吵不休。但是当他们年老时，感情却愈加深厚。特别是叶良病倒后，邓兰日日陪伴，悉心照料，不离不弃，让人动容。

1957年父母的结婚照

父母是这个世界上，你花的时间和功夫最少，但却对你付出最多爱的人。都说父母在，不远行。可是，成年后的子女各奔东西，各过各的小日子，又有多少能常伴父母左右呢。这些年，无论是顺境还是逆境，无论是在镇江在上海还是在纽约，叶子就是父母手里的风筝，无论飞多远飞多高，风筝线，永远攥在二老的手里。

隆冬时节，躺在医院的叶良经常出现发烧和肺部感染情况，家属时不时接到医院发的病重通知书。邓兰有基础病，行走在家和医院的两点一线上，步履蹒跚，动作越来越迟缓。嫁到美国十年了，叶子像一只候鸟，奔波于纽约和镇江之间。

康复医院是镇江市第一人民医院，也是小城屈指可数的三甲医院。住院十年，叶良的病情起起伏伏，苟延残喘，绝大部分时间都昏睡不醒。邓兰探视过叶良之后，焦虑平复了许多。她开始跟叶子唠叨家长里短，从大菜场菜价普涨，说到小区物业收费，从叶良的病情，聊到他们以前单位的老同事又走掉几个……末了，邓兰伤感地说："希望你爸能熬过今年，至少，熬到你回来。"

叶子沉默着，还没接茬，母亲那头已经挂断了电话。邓兰总是这样，她把想

母亲18岁的时候

讲的话讲完了，今天的谈话就到此为止。如果邓兰找叶子说话，叶子没有在第一时间接听，事后再拨打邓兰电话，邓兰就会烦躁和抱怨："刚才你去哪里了？怎么半天不接电话？"

邓兰从八十岁开始，听力就不行了，性子却愈发急躁。叶子每次与她对话，正常说话的音量，邓兰是听不见的，于是叶子扯着嗓子喊，聊上半个小时，只觉喉咙里冒烟，吃不消。不过叶子已经习惯了。隔着手机屏幕，看着母亲疲惫而苍老的面孔，只有心酸的份儿。

叶子开始关注机票信息。2020年以前，从纽约飞上海，买往返票的话，如果是三、四月份的淡季，只需八百美元。可是近期机票价格数十倍上涨，仍是一票难求。经济舱三千五百美元一张算是便宜的，而且是单程，要靠抢的，运气好的话，也许能抢到。商务舱倒是有，要一万五千美元。这已经不是一个美国普通中产家庭能够承受的价格了。

叶子的邻居玛丽是东北人，在纽约哥伦比亚大学医学院做病理研究。玛丽已经很久没回国了。前几天，玛丽住在沈阳的老母亲走了。玛丽一觉醒来，接到国内亲属的电话，得知噩耗，年近60岁的女人哭得像个孩子。她把给母亲买的衣服鞋子一件件拿出来，轻轻抚摸着，声音沙哑地说，来不及回国送母亲最后一程了。叶子也陪着落泪。她看见玛丽为母亲积攒的礼物中，那件碎花棉睡衣和藕荷色的小挎包，当初还是叶子帮玛丽挑选的颜色，可惜玛丽的老母亲永远用不上了。不知怎么安慰玛丽，叶子的心情就像那天的天空一样灰暗。回到家，叶子又是一通上网疯狂搜机票，打电话给曾经帮她订过几回机票的客服。结果，还真给叶子捡了个漏，抢到一张经济舱机票，彼时，正值2021年元旦，纽约人正沉浸在欢度新年的喜悦中。叶子开始整理箱子，和每次回国一样。吃的穿的用的，想起一样东西就抓起来往行李箱里放。给老妈买的花衬衫，给老爸买的蛋白粉……有些东西是之前就买好囤在家里的，叶子大声喊范本，让他去地下室搬东西上来。

范本是叶子的老公，美籍华人，纽约大学的教授。虽然叶子和范本是再婚，感情却一直很好。范本舍不得叶子回国，但也知道根本阻拦不了，只好帮叶子一起收拾东西。半小时不到，两只大行李箱就被塞满了。虽然每次回国都在父亲的病床前唠叨一下自己的工作和生活，叶子却从未告诉过叶良，自己已经嫁给范本10年了。当初为了和范本在一起，叶子还与父亲争吵过，因为父亲压根儿就不希望叶子远嫁异国他乡。

"吃饭啦！"范本在厨房里叫叶子。他烧了一锅排骨炖莲藕，香气袅袅飘进卧室，打断了叶子的思绪。看着范本长得酷似婆婆的脸，叶子想，躺在镇江医院里的父亲，完全不知道他的老战友亲家，范本的父母范军和玉梅，在这十年间，已经先后离世了。

相识于偶然，却是冥冥中注定的缘。范本的父亲范军和叶子的父亲叶良是老战友，原西南军政大学的同学，都是解放前参加革命的。因为范军比叶良年长四岁，叶子和范本恋爱时，称呼范军为"伯伯"，和范本结婚后也没改口。范军和叶良一样，一生坎坷，却又很不寻常。他们是大时代中的小人物，也是民族百年史无可替代的注脚。范军在云南军区司令部做参谋时，与云南军区总院做药剂师的玉梅相识相爱，然后是一路相依相伴，伉俪情深，风雨同舟，荣辱与共。云南、贵州、江苏、海南，走过金婚的范军和玉梅恩爱了一辈子，把两个儿子培养成事业有成的博士（范本是大儿子）。

范军离休后热衷于旅游绘画唱歌跳舞，就像一个老顽童。然而他90岁的坎没过去。从口腔溃疡到左颊鳞癌，再通过淋巴迅速转移到肝，一确诊就是肝癌晚期。范军走得匆忙，从住院到过世，仅仅一个月时间。

范军的遗体在南京火化后，范本和他的弟弟选了一个黄道吉日，把范军的骨灰送到上海入土为安，范军和玉梅合葬在一起了。玉梅比范军早走了四年，叶子相信两个老人已经在天堂相会了。

02

房子和票子，永远是琐碎生活里的主题。在为碎银几两奔波劳碌的日子里，房子是每个家庭支出的重头和软肋。邓兰常常在无意间谈起当年在上海的生活。叶子知道，闵行区的那套房子里，承载了她和父母以及蛋蛋太多的回忆。

那年回国探亲，叶子挑了一个空气清新的早晨，从黄陂南路乘地铁去了一趟莘庄，去了她和蛋蛋以及父母共同生活多年的那个位于莘庄地铁北广场的小区。顺着熟悉的路径，走近曾经的家，坐在小区的石凳上，叶子足足发了半小时呆。房子还在，只是换了新主人。儿子童年时亲手种植的海棠也在，如今长得高大茂盛，弯曲的玫红色花瓣似彤云密布。依稀，叶子看到健硕的父亲牵着蛋蛋的小手，在门口嬉戏玩耍……不过离开数年，一切竟恍如隔世。

这套三室两厅的房子是叶子在上海打拼的第一个家，叶良病倒后的第二年，2013年的春天，邓兰听从叶子的建议卖掉了。接下来，就是上海房价令人咋舌的一路飙升。可当时，邓兰和叶子急于出手，才卖了两百万啊，如果放到今天，少说也能卖到一千两百万！这件事俨然成为叶子内心深处的隐痛：当时家中并非着急用钱，房子也没到非卖不可的地步。如果能等几年处理，价钱至少翻几番，父母养老的保障金会更加充裕。

唉，消化一个错误的决定带来的负面情绪，如同消化一段背叛的感情带来的心灵冲击，叶子需要的不是伤心和悔恨，而是时间，是静静流淌的光阴。躺在镇江医院里的叶良，至今也不知道，邓兰和叶子背着他，卖掉了莘庄的房子，卖掉了他上海的老窝。

说起卖房，邓兰心里有气。她对叶子说，"这都是命啊！如果当初你爸听我的话，去医院检查一下心脑血管，就会避免之后的突发脑溢血。上海的房子说什么也不会卖，我们晚年也绝对不会回镇江生活！"叶子明白老妈的心里的遗憾。因为上海这座城市于邓兰而言，是一个特别的存在。

邓兰18岁的时候，出落得亭亭玉立，清纯可人，书香门第的气质很是吸引人。然而邓兰却在众多追求者中，独独选中了叶良。据说是当年叶良的一句话打动了邓兰。叶良说："如果你嫁给我，婚后每月我会从工资中拿出十五块钱寄给你娘家。"邓兰祖籍上海，娘家家境殷实，是当地的大户人家，最风光时开过绸缎庄、五金店和当铺。后来邓家历经战乱风雨，病痛磨难，家道中落。出生于二十世纪三十年代末的邓兰，从小在上海崇明岛长大，性格烂漫率真。邓兰的青春，淹没在那个讲究出生成分的年代。资本家背景的大家庭没有给追求进步的邓兰带来任何政治上的好处。作为家中长女，邓兰下面还有五个弟弟，她早早地承担起了养家的重任。

叶子在成年后曾与邓兰闲聊，叶子问母亲："如果当年我爸没说那句话，你还会嫁他吗？"邓兰沉思片刻，说："也许还是会选你父亲，谁知道呢，我们那个年代的人，互相看一眼，爱就爱了。"

邓兰事业心重，是个要强的人，她和叶良都在电力公司工作。45岁时，邓兰面临转岗，她去南京大学进修了金属质量检验课程，考出了江苏省第二名的好成绩。颁发证书时，全体师生为她鼓掌。要知道，邓兰当年在南大学习时，年龄比她的任课老师还要大两岁。生活中，邓兰也是个女汉子，特别能吃苦。步行能抵达的地方坚决不乘公交，能乘地铁绝不打车。买菜专挑菜市场快收摊的时候去，她说那是一天中菜价最便宜的时候。叶子和父母以及儿子蛋蛋住在莘庄时，由于媒体工作早出晚归的特性，叶子有时一连几天跟邓兰竟说不上几句话。邓兰就用写纸条的方式与叶子交流。纸条通常会放在餐桌上，内容则是五花八门：鸡蛋和花卷在锅里趁热吃；萝卜干用辣椒炒过了；裙子拉链修好了；隔壁菲菲的婆婆今天要来家里借擀面杖，你拿给她……

从江苏到上海，叶子在职场打拼的二十五年间，事业和感情经历了N次坎坷和低潮。邓兰的留言给了叶子无数的感动和鼓励。邓兰说："世上没有过不去的坎，不要为了讨好别人丢掉你的自尊，更不要拿别人犯的错惩罚自己。"

叶子28岁时嫁给一个香港人，第二年便有了身孕。经历了十月怀胎，叶子在59岁老妈的陪护下，从镇江乘火车到了深圳，然后从罗湖口岸过海关去香港生娃。一路上，邓兰像壮汉一样，身背肩扛，把所有行李都捆在自己身上，为的是不给挺着肚子的叶子增添任何负担。蛋蛋从出生到长大的岁月里，邓兰包揽了全部家务，负责蛋蛋的吃喝拉撒，叶良则负责蛋蛋的教育，叶良和邓兰为叶子营造了一个坚强温暖的后方。住在莘庄的那十年，是叶子母子与老爸老妈三代同堂和谐共处的十年，日子过得朴素又温馨。

邓兰不懂金融和市场，却颇有战略眼光，比如购房。2000年的时候，邓兰就预言，上海未来房价一定会涨。2003年伊始，叶子手上有了一些积蓄，邓兰开始陪着叶子满世界看房。叶子相中了新华医院对面一个新开盘的小区，叫华元豪庭，当时单价每平方四千元，距离叶子工作的电视台只有一站公交，走路上班也才20分钟。叶子当即订下两套，琢磨着一套老爸老妈住，一套她和蛋蛋住，一碗汤的距离，彼此照应起来也方便。在售楼处，每套房付了一万元订金后，叶子和邓兰在控江路上的美食广场美滋滋吃了一顿，以示庆贺。

然而这件事立刻就被叶良全盘否定了。叶良骂邓兰："简直疯了！莘庄有一套房住住已经蛮好了，还想在电视台附近买两套！虽然付得起首付，但让叶子背负这么重的贷款，怎么吃得消！"

这件事就这么黄了。因为在叶子家，一直都是老爸叶良管钱，老妈邓兰说话不作数。其实叶良骨子里是不想借钱给叶子，叶良知道叶子的首付不够，要跟他借十五万。

房子没买成。叶良从此得了一个外号"老葛朗台"。邓兰和叶子揶揄叶良：钱只进不出，想借没门。后来的十多年时间里，邓兰无数次陪叶子看房。从徐汇到黄浦，从虹口到静安。只要叶子喜欢，邓兰都点头。大多数时候，邓兰和叶子也只是看看而已，因为房价上涨的速度总是远超叶子存款的速度。然而邓兰传递给叶子四两拨千斤的勇气，以及为了梦想去打拼的精神，让叶子在未来的工作和生活中受益匪浅。做了15年房奴，叶子终于如愿以偿搬进黄浦区新天地板块，她在心中一遍遍感叹邓兰的睿智。

2010年，离异多年的叶子认识了范本，有了移民美国的打算。邓兰抱怨说，自己越来越老了，女儿却越跑越远了。一开始邓兰心里不乐意。但是她考虑到叶子带着蛋蛋，再嫁也不是件容易的事，关键是蛋蛋可以去美国读书，这一点甚合邓兰的心意。邓兰最终松口，她对叶子说："既然决定去，就早些兑换美金吧，人民币以后会贬值的。"这十年汇率起伏不定，邓兰却比很多专家更准确地预测了人民币兑美金的汇率走向。从三十万元人民币兑换五万美元，到后来三十五万元人民币兑换五万美元，从未学过金融的邓兰，跑赢了大盘。

邓兰一生走南闯北，去过很多地方。然而她说，这一生最爱的城市是上海。叶子还在电视台工作的时候，有一次去崇明采访高考新闻。工作时间从不打叶子手机的邓兰突然给叶子来了一个电话。她问："你是在崇明吗？没什么事，就是想让你帮我看看民一中学旁边的那块地，那里就是我小时候生活的地方啊。"叶子明白，上海是邓兰心中的一抹乡愁，它留存在邓兰童年的记忆里，更留存在邓兰的血液里。

邓兰老了，却依然有着一颗少女心，只因岁月蹉跎，她把浪漫装在了心底。有一次邓兰生日，叶子正好在国内。她给邓兰买了一大捧鲜艳的红玫瑰。邓兰说："太浪费了！能不能把花退掉，去门口吃一碗锅盖面不好吗？"叶子说："钱付了，花剪了，不能退。"邓兰低头嗅了嗅花香，转身把玫瑰花放在客厅最显眼的地方。其实邓兰很少过生日，叶子不提醒，邓兰总是错过了才想起。每天朝六晚五风雨无阻照顾叶良，邓兰忙得晕头转向。

她总是说："就让老天爷忘记我吧！"

03

邓兰很想和叶子一起去美国，可是她放心不下叶良。事实上，住院后的叶良根本离不开邓兰。每次叶子返美，邓兰问得最多的，是叶子家的后院。她看了叶子发的微信朋友圈，看到叶子家后院那片土地时，目光久久不肯移开。叶子纽约郊外的家，后院足够大。养花种菜，赏秋戏雪，可以任性妄为地折腾出一个五彩的四季。有一年秋天，叶子的上海闺蜜来她家做客，看着满地金黄的落叶不禁感叹："噶大一块地方，侬哪能不盖个大些的房子？"是的，买一个老破旧的house，推倒后重建成一个大豪宅，自住或者高价出售，是当地的华人喜欢的生活方式或者赚钱方式。叶子说："房子没有后院和草地，也就没有了灵魂。"邓兰自幼喜欢土地，说等将来去了叶子那里，一定把后院种成鲜花盛开硕果累累的伊甸园。可是邓兰不知道，这些年来，她的坚韧她的豁达她的柔情，早已照亮了叶子生命的伊甸园。

读书时，叶子万分崇拜那个写了《桃花源记》的东晋大诗人陶渊明，他在《归园田居》里描述了让叶子艳羡不已的景象：方宅十余亩，草屋八九间。榆柳荫后檐，桃李罗堂前。暖暖远人村，依依墟里烟……历经沧桑，漂洋过海，终于真切感受到了"久在樊笼里，复得返自然"的意境，叶子怎舍得放弃？春天的时候，叶子和范本一道开垦土地。他们施肥撒种，种植了辣椒、茄子、西红柿、黄瓜、豆角和南瓜。当秧苗一片绿油油，当爬墙虎呼啦啦攀上后院那棵大树，叶子就开始跟邓兰描述自家的花园有多美，希望邓兰早点赴美。叶子坚信：终有一天母亲会来纽约，过上梦寐以求的田园生活，与小松鼠作伴，与小鸟对话，与泥土交心……那是邓兰最渴望的晚年。然而一想到要实现这么一个小小的愿望，竟然是以瘫痪在床的叶良不再需要邓兰的照顾、不再捆绑邓兰的时间为前提：要么把父亲彻底交给一对一的护工24小时照顾，要么等到父亲不在人世。邓兰说，那时，她才能真正放下一切来美国生活。叶子在后院给花草浇水时，每每想到这些，心中一阵悲凉。

邓兰是个聪慧的人，可是一旦犯错，也很固执，一条道走到黑，十头牛也拉不回。因患糖尿病，邓兰在火车站附近的一家中医养生会所花费三千五百元办了一张会员卡，买了据说能治疗糖尿病的泽糖米。经理体贴地告诉邓兰，老人家一次只需取走一小盒米，吃完了再来取，没取完的米，会所帮客户存着。邓兰听罢，高高兴兴走了，之后又来过两次，取米都很顺利，一共取走了两百多元的米。过了些日子，邓兰又去取米，却见养生会所大门紧闭，人去米空。门口围了一群义愤填膺的老人，都是已经付过款来拿米的。有个老人气得捶胸顿足，说刚办了张五千元的卡，只拿走了一盒米。邓兰报了警。警察问："既然付了钱，为啥不把米都拿走呢？"邓兰傻了眼。从此天天拨打泽糖米的售后服务热线，电话那头再也无人接听。

这不是邓兰第一次上当。邓兰家的小区门口有一家关爱中心，里面有几个嘴巴特别甜的营销人员。邓兰特别喜欢去那里，营销人员是一群年轻的女孩子，以送鸡蛋为诱饵，每次都能成功劝说邓兰买一堆保健品。什么灵芝胶囊啊，降糖药啊，强筋健骨粉啊，花头多得很。少则三五千，多则一两万，邓兰消费了五六万之后，叶子回国，发现了其中的猫腻。为了几个免费鸡蛋，邓兰实际上吃了一堆对健康无用的高价保健品。叶子："你觉得有用吗？"邓兰："我知道没用。"叶子："那你还买？"邓兰："都是心理作用。我太寂寞了，那些孩子经常陪我聊天。"叶子："我不是也经常陪你聊天吗，你怎么相信外人？"邓兰："她们几个小姑娘刚参加工作，要冲业绩。我就帮帮她们。"叶子无语了。

叶良的病房隔壁，一位80多岁的邱姓老人住院多日，身体已无大碍。可邱老的儿女却迟迟不肯为老父亲办理出院手续。问缘由，原来邱老也是被家门口保健品店里的几个销售小妹洗了脑。这些年，邱老省吃俭用，却花费十多万买了一堆所谓"延年益寿"的保健品，把书房和卧室堆成了小山。只要邱老回家，那几个热情的小妹总能让老人心甘情愿地买下一堆堆吃不死人，也没有任何疗效的保健品。邱老的儿女劝阻无效，只好把邱老圈在医院里，不让邱老回家。叶子看见邱老的儿子冲着邱老激动又无奈地说："我不晓得要怎样做，才能让你明白，这些保健品都是骗人的！"

保健品风波之后，邓兰消停了很久。倒不是因为邓兰听了叶子的劝，而是因为邓兰认识的一个老朋友突然去世了。这位老兄比邓兰还年轻5岁，生前保健品吃了一堆又一堆。邓兰恍惚地看着自己买的保健品，自言自语道："看来这些东西对治病无用，也没起到保命的作用啊。"

又逢母亲节，微信朋友圈被"母亲"刷屏。叶子把朋友发的一篇振奋人心的文章念给邓兰听，主题是"十年之内不能死"。叶子告诉邓兰，只要再熬过十年，医学科技的发展，一定能够帮助人类活到100岁。邓兰信了，就像叶子小时候信她一样。

邓兰年轻的时候很强势，碰上同样得理不饶人的叶良，就是针尖对麦芒。晚年的叶良，还没来及好好享受离休生活，就一病不起。叶良没了声音，邓兰同样没了声音。人老了，收起了锋芒，与人相处变得谨小慎微，邓兰跟叶子说话没了以往的直来直去，当她用讨好的眼神去看世界时，内心是寂寞恐慌的。

住院头两年，叶良尚有一丝力气发发脾气，用可以伸展开来的左手拍打病床一侧的护栏，表达抗议、发泄内心的不满。随着日子一天天过去，叶良的反应越来越无力，到后来，就只剩下摇头和叹息。目睹着叶良一天天衰弱，邓兰流光了眼泪，磨光了脾气，行动变得机械麻木，日子变得了无生趣。

叶良住院这些年，历经数次凶险，被送到ICU抢救。医生每次都对邓兰说，这次很危险，估计回不来，你们家属要有心理准备。死亡线上几番争斗，最终叶良就像打胜仗一般，有惊无险被推回病房，邓兰每每喜极而泣。

邓兰对叶子说："如今你爸已经说不出话，我回到家里也没人说话。没想到人老了越来越孤独。如果你爸身体好，我们老两口还可以一起旅游旅游，或者像以前一样，在上海过过也蛮好。"叶子听罢，黯然神伤。父母中，一个先倒下来，辛苦的是另一个。可是人人都会老的。人老了，不能动了该怎么办呢？
去养老院吗？叶子曾陪着邓兰去参观过镇江两家口碑不错的养老院，邓兰回来直
摇头，说就是死在家里也不会去那个鬼地方。叶子认为邓兰对养老院是有偏见
的。叶子发小的父亲就住在养老院里，一个房间，包一天三顿，一个月七千元。
发小对叶子说，里面有吃有玩，有护工伺候，老人们一起打打牌，聊聊天，看看
电视，一天时间很快就打发了。可是邓兰并不合群，独来独往惯了。叶良病倒之
后，她变得更加特立独行。几点起床，几点煲汤，几点去公交车站，几点到达医
院，几点叶良喂汤，几点给叶良翻身，几点给叶良导尿，几点返家……邓兰的
生物钟异常规律，每天都像打了鸡血似的，硬生生把自己逼成了一个合格又称职
的护工。

邓兰没时间跟不熟悉的老人们在一起闲聊，也不喜欢参加任何社区活动。
叶子当然不会让母亲去养老院终老。她鼓励邓兰学一点基本的英语对话，为以后
赴美生活打基础。去年，在护士台的小护士反复指导，手把手教学之下，邓兰终
于学会了用手机拍照和转发图片。虽然大部分时候，她发给叶子的照片都是晃动
和模糊的。那天，邓兰发来一张照片，叶良在黄昏斑驳的光影中睡着了。病房里
白色的隔帘，白色的床单和被子，映衬着叶良带着病容的苍白皮肤。叶子不忍目
睹叶良藏在被子底下孱弱的身躯。他的两条腿由于常年卧床，肌肉已经萎缩。头
顶的白发稀稀拉拉，曾经英俊无比的面孔，被病痛折磨得已经变形。邓兰告诉叶
子，这一年来，叶良醒着的时间越来越少。之前叶良是能喂些流食的，后来因为
咳不出痰，肺部总是发炎，吞咽功能也不行了。医院就给他上了鼻饲管，将营养
液直接打入胃里。从此，叶良连吃饭嚼香的乐趣也失去了。邓兰每天像个老中医
一样观看叶良的脸色，担心他营养不够，征得医生同意后，隔三差五去超市买些
新鲜大梨煲成汤，和营养液一起打进叶良的胃里。叶良常年卧床，身体却没有异
味，这与邓兰的精心看护分不开。

特殊时期，医院规定家属不能随便探视。邓兰有些日子没能去医院。可怜
的叶良，天天眼巴巴地望着病房门口，却等不来老伴儿，也不知道外面发生了什
么。邓兰打通护工的手机，费力地跟叶良解释了突如其来的变化。她央求护工拍
一些叶良躺在病床上的照片转发给叶子。叶子看了之后，心里非常难过。叶良脑
溢血后，大脑神经损伤，已经不能表达他的思想。曾经身强力壮思维敏捷，带过

兵打过仗，曾经才华横溢心思缜密，做过总经济师的父亲，晚年被病痛折磨至此，老天实在残忍。但是老爸有老妈不离不弃的陪伴，也是不幸之中的安慰。叶良睁着眼的时候，面无表情。叶子无法知道，父亲在失语的这些年里，脑子里究竟想些什么。可是，邓兰仅凭眼神就能明白叶良的意思。

又是周末。邓兰准备了一件格子外套去医院见叶良。视频中，邓兰问叶子："我穿这一身好不好看？"叶子连声夸好看，邓兰的笑容里竟浮现出少女般的羞涩。

挂了邓兰的电话，对故土的眷恋，对父母的思念，千言万语涌上叶子的心头。

04

朗费罗在《雨天》中说：生命中有些雨必将落下，有些日子注定阴暗惨淡。

2019年夏天，邓兰在镇江一家解放军医院进行了膝关节置换术。邓兰准备手术的时候，叶子还没回国。叶子让邓兰等一等再做。可邓兰是个急性子，认为这是个小手术，她自己能应付。邓兰对叶子说："我去见过你爸了，我告诉他，一个月不能去医院看他。"叶子问："那老爸听得明白吗？"邓兰叹气："唉，反正你爸说不出话，但他心里应该明白。我已经跟护工打过招呼了，这个月只能靠小刘了。"

护工小刘其实是老刘，已经58岁了，来自苏北农村，一直负责老爸这个病床。邓兰为了让小刘对叶良多用心，经常炒个时蔬，烙些发面饼给小刘送去。邓兰说："将心比心吧，你对人家好，人家才会对你好。"小刘还算负责的，至少叶良这些年身上没长一块褥疮。可是，邓兰的膝关节置换术做得并不成功。术后常常疼痛难忍，滑膜也总是发炎。即便如此，她仍然拖着病腿，一瘸一拐地坚持去医院照顾叶良。

2020年叶子没回国。2021年春天，叶子克服重重困难回国了。探亲期间，叶子陪邓兰去了南京、上海、合肥。逛了公园、商场、大街……她发现邓兰行动迟缓，上楼梯胸闷，多走几步就胸痛。叶子找到上海的医生朋友，邓兰顺利住进了以心血管内科著名的中山医院。邓兰看的是专家门诊，确诊是冠心病。因为局部管腔中重度狭窄，需做冠状动脉造影，医生说，必要的话就得装支架。

办入院手续时，一个年轻的护士对叶子说："病床一直都紧张，来得早不如来得巧，你母亲运气好，分到一个靠窗的床位。"

这间病房一共四个病人。隔壁病床是一个70多岁的老阿姨，儿媳和女儿分别从温州和广州赶过来照顾老人，在中山医院附近租了间小屋，每天三百元房租。一对中年夫妻来自河南安阳，女人之前在老家做了心脏支架，感觉不太好，这次是来上海复查的。男人买了一个行军床摆在病床旁，夜夜陪伴，很是体贴。还有一个白发苍苍的上海老人身体非常虚弱，女儿小心翼翼地伺候左右，女婿下了班就过来照应。透过病房的窗，能看见医院周边昼夜不同的风景。斜土路上绿树成荫，行人接踵，车流穿梭……叶子一边发呆，一边祈祷着老妈的手术顺顺利利。住院的头两天，邓兰做了各种术前检查。第三天傍晚，护士台终于通知邓兰把病号服反穿，去一趟卫生间，等待手术。等到晚上八点半，邓兰终于从病房被推进手术室。走过长长的走廊，叶子的心情不免紧张。两个多小时漫长的手术时间对叶子来说是一种煎熬。期间，叶子被叫进家属谈话室，医生对着电脑屏幕，简明扼要地讲解了一下病情，说邓兰心血管堵塞比较严重，前降支中段狭窄90%，必须装支架。

老天保佑，手术顺利！回到病房，大约晚上11点半左右，出了一点小状况。邓兰的手腕上紧箍着腕带，需要每隔两小时松一次，一个年轻的值班医生对叶子说，两小时去喊一下护士。然而护士说她不会弄这个，对叶子：你们夜里有事还是喊值班医生吧。夜深。值班医生说他有些疲劳，要去睡一觉，于是提前把邓兰桡动脉穿刺部位的腕带放松了。结果一刻钟后，邓兰手腕处的血汩汩流出，渗透了枕头，染红了床铺、流淌到地面……靠在床边打盹儿的叶子吓了一跳，赶紧去护士台喊人，护士又跑去找值班医生。值班医生看了一惊，睡意全无，夜里多次来邓兰的病床前检查。邓兰反倒有些过意不去，小声说："我没事的，医生辛苦了，去睡吧。"虽然疲惫不堪，这一夜叶子却没有合眼。术后第二天，邓兰就被通知可以办出院手续了。叶子知道，后面等床位的病人很多。

如今江浙皖沪平台互通，实现医保一卡通。邓兰住院直接刷医保卡结算。不用像以前那样，垫钱后再回参保地报销。来沪之前，叶子已经帮邓兰在镇江医保局备了案，邓兰只需支付自费部分，大约是总费用的20%。好消息是，曾经动辄过万的冠脉支架价格，如今已降至千元以下。

那次手术伤了元气，邓兰走路速度更慢了。可她根本不当回事儿，每天自己洗衣做饭去超市买菜，还时不时给住院的叶良煮汤送去。叶子陪邓兰去医院，忍不住告诉父亲邓兰心脏做过手术的事情，可是父亲却一脸茫然。

事实上，这两年叶子回国探望叶良，叶良眼神黯然，除了点头，就是摇头，再无其他表情。叶子却坚信，父亲是认识她的。叶子关照做过心脏支架的邓兰：休息休息再休息。说也没用。邓兰要强，出院后一刻也闲不住。然而做一点事就累得不行，只好回到床上躺一会儿，起来后再干。

邓兰心脏手术后，生活又恢复了往日的平静。邓兰每天吃药、睡觉、看电视、跟叶子唠叨从前的人和事……

2021年夏天，邓兰已经无法做到天天跑医院了，就全权委托护工照顾叶良。邓兰对智能手机的使用一向笨拙，却努力学会了与护工视频对话。每天早上雷打不动要看一眼病床上的叶良才安心。叶良长期卧床，肺部感染和尿路感染频繁，

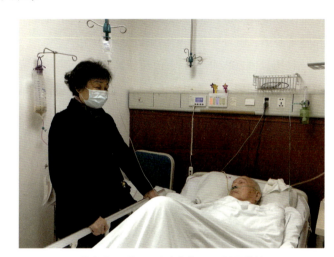
父亲中风后，母亲十年如一日照顾陪伴

胆囊发炎，身体状况一年不如一年。负责叶良病床的医生对叶子说："来日不多，能多陪陪老爸就多陪陪吧。"

父母老了，叶子也不再年轻。但是叶子觉得历经千辛万苦回国，仍是一件无比正确的事。

又是一年母亲节。叶子问邓兰想要什么礼物。邓兰说："买个落地电风扇吧！江南的夏天没那么热，开空调还要关窗子，家里空调也不怎么用。"邓兰一贯节俭。劝也白劝，每次回国，叶子都反复给邓兰洗脑，让她该吃吃该喝喝，心情要保持愉快，都这个岁数了，要懂得享受生活。邓兰说，人生几多风雨，悲喜

都是自己。走到山穷水尽，亦会柳暗花明。看着日渐消瘦却依然乐观的老妈，叶子内心满满的心疼。

回国后的大部分时间，叶子都穿梭在上海和镇江两地之间。江南多雨。风儿吹过，花枝乱颤。晚饭后，邓兰提议去附近的西津渡散散步。叶子牵着邓兰的手，缓慢地走过青石板铺就的小路。邓兰穿着新买的雨鞋，踩过的地方，发出哒哒的声响，在黄昏的雨巷里悠悠回荡。叶子看着母亲欢喜的模样，不禁感叹：我们卑微又渺小的命运，总是被时代裹挟着走走停停，无力的抗争总是被岁月打磨殆尽，除了迷惘、伤感和遗憾，还有欣慰、温暖和期盼。父母老了，能够陪伴他们的日子屈指可数……这世界那么多人，在苦短的人生中相遇、相亲、相爱，是一件多么幸运的事。父亲的坚强，母亲的坚守，他们相濡以沫不离不弃的爱情，在叶子心里，就是穿越江南烟雨的一米阳光。

日历翻到2022年底。正值流感高峰期，医院人满为患。想着邓兰没打过疫苗，又有基础病，叶子担心得不行。她对母亲说："买些食物囤在家里，千万不要外出！"邓兰倒是镇定。她说："该来的挡不住。你爸在医院里，隔三岔五还是要去看看的。"拗不过邓兰。叶子只好一遍遍叮嘱母亲各种注意事项，在家里备好感冒发烧的药，即便感染，最好也熬到开春之后。

光影斑驳，记忆婆娑，泪水昏花了纽约的夜。作为家族里的第一代移民，背井离乡、人到中年的叶子，对父母终将亏欠。她希望自己和范本能够像父母那样，在渐渐老去的岁月里，彼此珍惜，不离不弃。

冬至大如年，人间小团圆。纽约又飘雪了。叶子把行李箱装进了汽车，范本在导航仪上设置了目的地：纽约肯尼迪机场。

叶子目光坚定，满怀期待。她将再一次飘洋过海，踏上回家的路。

采写手记：

这几年，叶子生活在南京的公公婆婆先后因病过世了。她的父母尚在镇江小城，父亲叶良脑中风住院十年，瘫痪在床，苟延残喘着，身体每况愈下。母亲邓兰有基础病，奔波在家和医院两点一线上照顾着老伴儿。嫁到海外的叶子在纽约和镇江之间来回穿梭，疲于奔命。她明白，每年回国探亲的日子，只能帮母亲买买菜、陪着说说话散散步、去医院看看父亲，解决不了根本问题。但只要母亲高兴，一切都值得。

2022年12月下旬，叶良发烧反反复复，医院又一次给家属发了病重通知。邓兰夜半打来电话，让叶子做好随时回国的准备，并再一次谈及墓地及叶良的身后事。养老送终是晚辈对长辈义不容辞的责任。按照镇江当地的风俗，老人的墓地需提前准备好。在叶良突发脑溢血的2012年，叶子就回小城给父母买好了墓地，但她没告诉邓兰，邓兰也从未去看过墓地。2022年夏天，趁着叶子还在国内探亲期间，顶着38度的高温天，邓兰让叶子带她去看了一眼位于镇江城郊的墓地陵园。

任何时候谈论死亡，在叶子家都是忌讳的事情。邓兰之前很怕去墓地这种地方，但是叶良生病这十年，在医院里目睹了太多死亡，邓兰的心态渐渐变得平和。骄阳似火，草木萎靡。走到叶子为父母买的那块墓地前，邓兰注视良久，没发一言。墓园管理员小芳恰好是叶子的旧相识，承诺如果将来老爷子办后事，他们将竭尽全力办得简朴庄重。小芳挽着邓兰说："阿姨，这里很清净，别人都当这里埋着死人，其实这里没有孤魂野鬼，每一块墓碑下，都是一个家庭的挚爱，都是别人心中日思夜想的亲人。"

知道了自己的归处，邓兰开始直面死亡。

生老病死，是这个世界永恒的话题。死亡不是终点，遗忘才是。竞争、打拼、挫败、孤勇、磨难、考验……没有比活着更艰难的事情，为什么我们还要努力地活着？因为亲情、善良、正义、奋斗、传承、创造，总在无形中激励着我们，给予我们活下去的勇气和力量。说到底，人活着，是为了让这个世界变得更美好。叶子和父母的生活碎片，记录了子女在海外打拼，父母在国内养老的中产家庭所经历的悲欢。

又是纽约飘雪的季节，叶子即将启程回国。她说，不管多难，穿越风霜雨雪，也要回到家乡，陪在父母身边。

📅 | **2023年3月22日**

003218，好好睡一觉吧

003218，写下这串数字时，我心痛无比，泪水模糊的视线里，出现一个高大帅气的身影。

003218，这不是一串冰冷的数字，而是我的表弟华杰的警号。

他生前是合肥市公安局交警支队庐阳大队一中队中队长，一级警长，是我大舅唯一的儿子。

我和华杰的初见，始于上个世纪70年代后期的孩童时代。

当年我家从大西北南下搬迁到江南的途中，母亲把我寄放在安徽一个小县城里一段时间。那个地方叫五河县，是外公外婆的暂住地。

在五河县那个炎热异常的夏天，我第一次见到我大舅家的三个孩子：表姐华伟、表妹华玲和表弟华杰。

表弟华杰，小名大三子，是个面庞清秀，机灵可爱，长着一双大眼睛的男孩子。年龄相仿，气味相投的姐弟四人很快就打成一片，玩闹到一起。大三子乖巧听话，出去玩的时候，总是屁颠颠地跟在几个姐姐后面。

河边捉鱼摸虾，采摘桑叶，和外婆一起剥虾壳做虾圆子，帮外公捆扎草垛子，别看大三子小小年纪，干起活来却有模有样。

从左到右：华伟，华玲，华杰

2021年春天，和表弟竟是最后一面

偶尔他也跟着姐姐们做坏事，比如偷拿几粒隔壁邻居奶奶送给外婆补身子的红枣给姐姐们解馋，在外公养的一群小鸡娃里抓一只出来到田野里放飞……

其实坏点子都是姐姐们出的，他只是被迫执行，然而后果却是他一人承担，即便是挨打受骂，他也不吭声，不辩解，从来不打小报告。那个夏天，快乐，短暂，却难忘。

分别后的岁月，我们各自成长。读书，工作，成家……在之后漫长的时光里，我与表姐弟们之间的联系先是通过电话和书信，后来是微信，却鲜有见面。前年春天，我回国探亲期间，陪母亲从镇江去合肥看望几个舅舅。表姐华伟召集合肥的亲戚们聚餐。那一次，在相隔40多年之后，我见到了已经人到中年的交警表弟大三子。

当晚他迟到了，因为要替一个生病的同事带班，一直到上岗执勤完成任务，他才脱下警服匆匆赶来吃饭。人生无常。没想到2021年春天的那次聚会，竟是我与大三子生命中的最后一次相见。

1996年入警，2001年入党，迎着初升的旭日，穿着警服和反光

背心，头顶交警标志白帽，有着1.83米大高个儿的华杰，是贯通合肥东西方向的长江路上最闪亮的"路标"。

从守护安徽第一路长江路开始，华杰的从警生涯，就是从一段道路到另一段道路，他的职责就是为这座城市保驾护航。

6点40分，准时到岗；7点05分，列队开晨会；7点20分，路口执勤……这是华杰寻常的每一天。寒来暑往，朝朝暮暮，在这张雷打不动的"行程表"里，他兢兢业业，恪尽职守，从警27年来，一直坚持留在路面一线。

3月16日中午12点，华杰在执勤过程中突发心脏骤停，倒在了自己心爱的岗位上，经抢救无效，因公牺牲。

第一个发现华杰倒下的人，是华杰的"徒弟"王睿。

"16号一大早见到华队时，他已整理好内务，烧好热水，正在安排当天的勤务。早会后，我们各自上执勤点工作。9时20分左右，我返回岗亭时发现华队晕倒了，怎么叫都没有反应，我想把他扶起来，却怎么都拽不动……"

回忆事发早上的这一幕，王睿紧握着双手，又一次哽咽了。

就在前一晚，按照勤务安排，华杰带领交警庐阳大队一中队警力在天水路与天河路开展查缉酒驾专项行动。当晚，乍暖还寒的合肥，寒风阵阵。吹了一晚上冷风的华杰，感觉身体有些不适，他和身边的李兵兵说了一声："天气冷，大家都辛苦了……"

3月15日23时许，同事的执法记录仪留下了华杰生前最后的影像。

惊悉噩耗，合肥市安庆路第三小学副校长王燕含泪说："老城区停车位比较紧张，有些居民周末会把车停在校门口附近，周一上学还未及时驶离。华队每次来到现场后，都会第一时间打电话通知车主尽快驶离，不是贴张罚单就了事。"

华队让群众在法律的刚性之外，感受到另一种温度。

作为招商引资企业，刘晓君所在单位负责重新开发位于环河路与长江路交口的中财大厦。华杰了解到刚入驻的企业还面临一些难题，忙前忙后帮着装修车辆办理登记手续、协调解决单位停车难题。

刘晓君说："华队是我来单位后接触的第一位警察，也是一个特别热心肠、特别好沟通的警察，有难事找他，他一定会尽心帮你。"

一线交警的工作又苦又累，华杰在职业生涯中也曾有过调动岗位的机会，但他最终还是选择留下。看着道路越变越宽，看着城市越变越美，看着孩子们长大成人……而他自己，也从"民警小华"变成了群众交口称赞的"华队长"。

政治坚定，作风过硬，爱岗敬业，恪尽职守。华杰因工作成绩突出，曾先后荣立个人三等功1次，荣获个人嘉奖4次，多次荣获优秀共产党员、优秀公务员等荣誉。

华杰的告别仪式于3月18日举行。当地许多老百姓特意赶去，要送华队长最后一程。灵车途经三孝口，正在岗位上执勤的中队同事列队，最后一次向华队敬礼。

送别厅内，华杰生前服务的辖区群众赶来了，部队的老战友赶来了，并肩战斗多年的同事们赶来了，还有一些素不相识的人也赶来了。安徽社会各界代表共500余人怀着沉痛的心情，与华杰作最后的告别。

公安部、安徽省委省政府、合肥市委市政府和安徽省公安厅各级领导对华杰同志因公牺牲致以沉痛哀悼并向其亲属表示慰问。

春分过后，天气变暖，三孝口一如往常的繁华热闹，车水马龙，行人如织，然而这里再也看不见交警华杰高大挺拔的身影了。

从此，天堂多了一位为大家守护平安的好交警。

华杰猝然离去，英年早逝，给亲人们留下了难以愈合的伤痛。

表姐华伟说，弟弟生前重情重义，忠孝两全，是单位的好民警，是父母的孝顺儿子，是孩子的好爸爸，是她和华玲的好弟弟。他身上集聚了太多的美德，给大家留下了太多的念想。

华杰的大儿子华博昂是安徽警官职业学院的一名大二学生。他说，等弟弟长大了，我会告诉他，我们有一个平凡但受大家尊敬、怀念的好爸爸。

华杰的从警生涯没有惊天动地的伟大壮举，只有勤勉踏实的努力耕耘。他的一生很平凡，善意和温情却如细水长流，带给人们深切的抚慰和无限的思念。

据公安部统计，2022年，全国公安机关共有308名民警、179名辅警因公牺牲，4334名民警、3470名辅警因公负伤。

他们并非天生的英雄，只因为头顶国徽、身穿警服，承担使命，却用生命与热血生动诠释了新时代人民公安的忠诚与担当。

"英雄未逝，只是长眠"。003218，你太累了，好好睡一觉吧。

华杰，大三子，我亲爱的表弟，一路走好。

南京，那一棵棵 爱恨纠缠的树

秦淮旧梦

每次回国探亲，在必走的行程里，南京是无论如何也绕不开的地方。

作为沪宁线的一端，南京距离镇江的距离，是高铁20分钟，距离上海的距离，是高铁2小时。

三月的南京，杏花微雨，乍暖还寒，早樱初绽，燕雀呢喃，美得令人目不暇接。亲戚开车载着我驶过太平门，眼前出现一片规模宏大、保存完好的古代城垣。太平门始建于明朝洪武初年，是南京明城墙十三座明代京城城门之一。南京明城墙始建于1366年，至今已有600多年历史。

在六朝建康城和南唐金陵城的基础上，明城墙依山脉和水系的走向筑城，得山川之利，空江湖之势，在钟灵毓秀的山水之间蜿蜒盘桓达35.3公里，它的外廓城周长更是超过60公里。

南京明城墙是中国礼教与自然结合的典范，是继秦长城之后的又一历史奇观。从玄武门经解放门再到太平门的明城墙，是南京城现存最完好最壮观的一段城墙。其中，明城墙台城段的景色绝佳。

南京鸡鸣寺

门票每位30元。徒步游览，拾级而上，可以俯瞰整个玄武湖。鸡鸣寺、紫金山、紫峰大厦等景观尽收眼底。

蓝天碧水，游人如织，这里的风景最是曼妙。

鸡鸣寺建于西晋永康元年，香火旺盛不衰，被称为南朝第一寺，至今已有1700多年的历史，是南京最古老的梵刹和皇家寺庙之一。

南北朝时期梁朝的君主梁武帝萧衍曾四次出家为僧，是历史上最信佛的皇帝，这个王朝在南京创下最鼎盛的佛教辉煌。

到了现代，一些年轻人喜欢去鸡鸣寺求姻缘。高人指点说，要向寺里供奉药师佛的佛塔许愿才灵。

用心专一，恭而敬之。从鸡鸣寺祈福出来的人们，放下心事，带着一脸满足，顺道在玄武湖畔散散步、在古城墙边拍拍照，轻松地度过慢时光的一天。

夕阳西下，逆光剪影，南京著名的地标建筑，高度达到450米的紫峰大厦，巍峨仁立在湖岸边。六朝金粉之地，历史与现代融合，古迹与潮流交汇，最能体现南京城的风韵。

南京紧邻镇江，双城关系自古以来就微妙：古代的孪生姐妹，近代的难兄难弟，现代新发展格局中的依存互助、携手共赢。

对镇江老百姓来说，南京是一个说走就走、抬腿就到的地方。

在南京，无论是问路还是购物，不管是闲聊还是约饭，扑面而来的豪爽大气和坦率真诚，让你立马对"大萝卜"卸下心防。

被苏锡常称为"北方人"的南京人，是无愧于"大萝卜"这个称号的。这与南京人大大咧咧、不拘小节、不爱计较、吃亏占便宜都无所谓的生活态度分不开。"多大的事?"这是南京人的口头禅,传神地体现了大萝卜的性格。

南京城内的梧桐树,像极了南京人的个性,长得粗犷豪迈,茂盛伟岸。茂密的树叶挡住了似火骄阳和绵绵细雨,庇佑着每一个路过的人。

自1872年法国传教士在南京城种下第一棵梧桐树起,至1929年两万株法国梧桐落户南京,从此梧桐树便在南京城内安了家。

多年未见的老友约我在"丹枫雨露"喝咖啡。当她说出"傅厚岗"三个字时,我竟有一瞬间的恍惚。

乘车前往。望着窗外一排排连绵不绝的梧桐树,仿佛穿越了时光隧道,日历翻回到二十多年前。

傅厚岗,那里有我在南京的第一个居所,那里曾经是我在南京的家。

傅厚岗是介于鼓楼区和玄武区的一条道路,被中央路拦腰截断。东起百子亭,西至湖北路,连接厚载巷、高云岭、中央路、高楼门等。

历史典故里说,由于明朝时,府军后卫驻扎于此岗南麓,故而得名"府后岗",后讹传为"傅厚岗"。

上个世纪30年代起,那里陆续开始建造一些高级住宅。有徐悲鸿、傅抱石、吴怡芳等名人故居,有李宗仁公馆,有奥地利驻中华民国公使馆旧址等,见证了民国时期的跌宕起伏和风雨飘摇。

25年前,新婚燕尔的我,寻思着在先生的老家南京买一套房,先生的公司在南京,我要为自己将来赴宁工作做一些准备。

有一个周末,我们在鼓楼逛街,走到傅厚岗,恰巧有一个新开的楼盘在搞促销,我一看,位置极好,距离江苏电视台不远。在售楼小姐的带领下,我们乘坐电梯,进入高层宽敞明亮的样板房。

正是金秋时节。漫天的红叶绚烂绽放,细密地缠绕在一栋栋灰白色小楼的屋顶上,远处的湖水泛着银色的波光。霞光倾泄的傍晚,天空瑰丽无比,裙楼下面有茶馆、咖啡厅、包子铺、水果摊,闹中取静,氤氲着烟火气。

我非常中意那个地段,想象着自己如果调到省台工作,就可以步行上下班了。于是兴奋地跑去跟售楼处的主管谈价钱。记得他给我的优惠价是4250元一平方,摆在今天就是白菜价,可在当时,相较于才几百元单价的镇江楼市,那可是天价啊。

又谈了几个回合，带着媒体人的执着，我找到了开发商老总，人家又给降了100元。眼看再也谈不动了，于是跟银行贷了款，咬咬牙拿下。

然而我在傅厚岗的幸福生活，只维系了短短1年。

奔波于宁镇两座城之间，小别并没有胜新婚，感情出了问题。和许多普通家庭一样，鸡毛蒜皮和鸡零狗碎，颠覆了我对爱情的幻想和对婚姻的认知。

没有狗血的哭闹，补偿也不屑一顾，房子没分，票子没要，二十几岁的白羊女，气血攻心，行事冲动，一意孤行，无人能挡。

带着一颗破碎的心，乘绿皮火车从南京回到镇江。

再然后，决绝地去了上海。

之后很多很多年，傅厚岗这个地方被我尘封在记忆深处，再也没有回去过。

逃离南京许多年后，我才明白，这座六朝古都，坚韧地生长着我今生今世避不开的桃花。

13年前在上海遇见Ben，起初以为这个说话腼腆、爱喝咖啡、擅长买汰烧的男人是上海宁。

我们第一次外出旅行，他买了两张去南京的高铁票。他说，南京有他的父母，有他夫子庙的童年和珠江路的青春。天呐。我以为这辈子不会再跟南京有什么牵扯了，绕了一大圈，过去了十多年，居然又找了个南京人！

在南京长大的Ben，祖籍其实是常州。比起咖啡，他更爱吃鸭血粉丝汤。论年数，留学+工作+生活，他待在纽约的时间最长，所以严格意义上说，他是纽约人。

再次遇见爱情，我举棋不定。

纠结了一段时间，下决心离开上海，离开职场，跟南京人去纽约郊区，做一个散漫的农妇，开启后半生闲云野鹤的日子。

临行前，好友无比担忧地问了一句：他会不会骗你？

我笑了。青春、深情、痴心、尊严……前半生，我在婚姻里输得那么彻底，已经没东西可骗了，当然也就没啥可怕的。

悲伤过，绝望过，欢喜过，得到过，最终放下执念，过自己想要的人生。

秦淮河的两岸竹叶青青，闰二月的桃花灿若朝霞，暖风吹开记忆的闸门，刹那芳华是一地的姹紫嫣红，谈笑间已是云淡风轻。

一颗被咖啡、红酒、亲情和友谊浸润的心，在春天里，变得格外温柔。

金陵美景

感情线在南京缠夹不清，我对金陵熟悉又陌生。近十年来，这座城市的发展之快，变化之大，令人惊艳。

笃信佛教的南京闺蜜极力推荐我游览一下牛首山。

她说，这是一座斥资40亿人民币建造、创下多项世界纪录的佛教圣地。

作为金陵四大名胜之一，牛首山位于南京市玄武区中山陵附近。主要景点包括牛首山城墙遗址、梅花山、万寿宫、藏经阁、博物馆等。

牛首山因山顶东西双峰对峙，形似牛头双角而得名。

这里是岳飞抗金之地，郑和长眠之地，文化底蕴深厚，是当世仅存、世间唯一的佛顶骨舍利的长期供奉地，佛禅文化源远流长。

牛首山的标志之一是佛顶塔，塔高88米，登塔远眺，可以俯瞰牛首山四季全景。佛顶塔第八层安置有一口全铜铸的佛顶金刚钟，是网红拍照打卡地。

牛首山上最震撼的景点要属佛顶宫。它最早建于东晋，修缮于唐朝，明代重修，占地面积约8000平方米，里面常年供奉着释迦牟尼佛顶骨舍利，是一座历史悠久、建筑精美、文化内涵丰富的佛教寺庙。

佛顶宫里的卧佛

佛顶宫的主殿大雄宝殿内供奉着佛祖释迦牟尼、文殊菩萨和普贤菩萨等佛像。走进大雄宝殿，可见屋梁上雕刻着精美的龙凤图案，殿内的彩绘和雕刻工艺精湛，栩栩如生。藏经楼内收藏了大量佛教经典和佛教文化遗物，是研究佛教文化的重要场所。

建筑恢弘独具匠心，壁画彩绘精美绝伦，艺术感的设计精品荟萃，佛顶宫荣获"鲁班奖"和"詹天佑"奖，实至名归。

树木葱茏，鸟语花香。

佛顶宫周边自然环境优美，后山还有一个叫"百龙观"的著名景点，里面有一幅巨大的百龙图，绘有不同形态的龙，栩栩如生，非常壮观。

充满历史文化底蕴的景区令人流连忘返。来南京，去牛首山打卡，绝对不虚此行。

这些年游走于中美之间。每次回国探亲，故地重访，走走看看，感受金陵四季的古韵。

除了牛首山，我还去了莫愁湖、南朝时期梁代灵谷寺、三国时期孙权墓、明朝开国皇帝朱元璋及马皇后合葬的明孝陵、民国时期中山陵、紫金山天文台、美龄宫等地方。

黄墙红柱，花窗黛瓦，绿色琉璃，凤凰彩绘，宫殿式的富丽堂皇中，封存着老南京的记忆和故事。

饱览美景之余，感慨时光荏苒，回眸间已物是人非。

秦淮河的旧爱新欢，上海滩的打拼轨迹，纽约客的逍遥随性……

曾经住在傅厚岗的少妇，在经历了愤懑失落和孤独恐慌之后，最终走向人生更大的舞台，获得了心灵的解脱和自由。

那段不堪的过往早已淡出我的生活，却始终无法淡出我的记忆。

年少轻狂的心伤慢慢结痂，慢慢长成枝叶和躯干浑然一体的树。如同南京城里那一排排高大挺拔的梧桐，情仇爱恨，纠缠不休，离合悲欢，交错纵横。

时间治愈了一切，时间也埋葬了一切。

许多人许多事，在岁月的蹉跎中渐渐消散，曾经的痛已经没那么痛，只有那些往日时光里的真心和真爱，被深深铭记。

村上春树说，爱情里有两种遗憾，一种是你曾经那么认真地爱过，最后发现那个人根本不值得。另一种是你没有好好去爱，失去了才发现，那是一个真正值得去爱的人。

| 2023年6月30日

回国后的日子，走入烟雨江南

我从小生活在镇江，江南水乡的缠绵灵秀、苍茫婉约，早已铭刻于心。

我的美国邻居凤伟和娜娜是福州人，此前从未游览过江南。这次回国，他们特意抽出时间，先到镇江与我和Ben汇合，然后两家人一道，开启了江南六城之旅。

第一站：镇江

立夏之后，风吹在脸上痒痒的。小区的荷塘绿得动人心魄，粉嫩的花苞已经蓄势待发，波澜不惊的水里，隐匿着一片万紫千红。

镇江，春秋时称为"朱方"，战国时改称"谷阳"，秦朝时称"丹徒"，三国时为"京口"，南朝宋在京口设"南徐州"，隋统一后改置"润州"，北宋至今叫镇江，民国时期是江苏省省会。

这是一座美得让人吃醋的城市。

有白娘子水漫金山的神话，有甘露寺刘备招亲的故事，有东汉末年焦光弃官隐居的三诏洞传说，有"昭明太子"南山编纂《昭明文选》的典故……

焦山，江中浮玉

作为地主，我当仁不让地成为我们这个小团自由行的导游。真山真水的镇江，可玩的地方很多，焦山成为我们的首选。

焦山曾是乾隆下江南的行宫，乘坐游船才能抵达。它四面环水，林木蓊郁，满山苍翠，被誉为万里长江中的一块浮玉。焦山山顶的万佛塔是一座明清式的、具有江南风格的仿古塔，高42米，不仅具有历史的底蕴，绿意葱茏中，更为这个江中小岛增添了一抹神秘的色彩。

登高远眺，烟波浩渺，水天一色。

焦山的定慧寺为我国佛教江南名刹，以佛学研究闻名，在古代禅寺中具有显赫的地位，明代为全盛时期，有殿宇98间、和尚3000人，参禅的僧侣达数万人。当时定慧寺两旁还有18个庵寺，称"十八房"。

著名景点还有焦山碑林，给这块浮玉增添了无穷雅趣。乾隆皇帝下江南时，在焦山行宫留下了大量笔墨碑刻。

瘗鹤铭

我们驻足在旷世奇碑"瘗鹤铭"前细细观赏。瘗鹤铭有"碑中之王"、"大字之祖"之称，六朝时被镌刻在山岩上，后因岩石崩裂，坠入江中。康熙五十一年（1712年），镇江知府陈鹏年派人从江中捞起5块原石，仅存86个字。

来焦山一定要去看看气势磅礴的古炮台。

古炮台建于1840年，八座暗堡呈扇形排开，面向东侧外海方向。1842年7月，英军舰侵入长江，遭到金山和焦山炮台守军英勇抵抗和沉重打击。

作为南京的门户，镇江的地理位置极其重要。镇江军民抗击英军侵略是第一次鸦片战争最惨烈的一次战役。当时英军集中海陆军1.2万余人，船舰76艘，炮725门进攻镇江。清军将领海龄率领2400名守城旗兵抱着"誓死守镇江，与城共存亡"的决心抵抗，终因力量悬殊，守军全部壮烈牺牲。

镇江军民英勇抗英的战斗震动了当时的欧洲。伟大的无产阶级导师恩格斯指出：驻防旗兵殊死奋战，直至最后一个……如果这些侵略者到处都遭到同样的抵抗，他们绝到不了南京。

闺蜜妙滟听闻我们和美国邻居一起看镇江，特地从南京赶回来，全程陪同我们游览焦山并进行讲解。妙滟早年皈依受戒，成为佛家弟子。礼佛多年，妙滟夫妇俩在焦山供奉了静尘罗汉。

午饭是特色素斋，虽然全是素菜，味道却极好。因为妙滟的缘故，我们有幸见到了焦山住持。喝茶时，我问了住持一个困惑我许久的关于"今生和来世"的问题。住持笑道：不要想那么多，把今生过好，广结善缘，多施善行，来世就会投生到善道。这世界终归是讲究因果的。

妙滟供奉的静尘罗汉

游历过镇江这座历史文化名城的文人墨客众多。王安石曾写下流传千古的七言绝句《泊船瓜州》：

京口瓜洲一水间，钟山只隔数重山。春风又绿江南岸，明月何时照我还？

那是王安石辞官的第二年，宋神宗下诏恢复王安石的相位。一日，王安石从京口渡江，抵达瓜洲。小憩时，他立于船头远眺，看到京口和瓜州就隔着一条长江，钟山也只是相隔着几座大山，春风已经吹到了江南，大地又是一片春光。联想到自己推行变法之艰难，时局之动荡，朝廷内部斗争之尖锐，深感前路迷惘，仕途险恶，不禁触动了对家乡的思念。

当年王安石罢相，沈括作为变法的支持者也被以"依附大臣，巧为身谋"等理由弹劾而遭贬。随着从政热情的消退，沈括在元祐四年（1089）举家搬迁到润州(今镇江)梦溪园，开始了巨著《梦溪笔谈》的创作，毫无保留地将自己一生的学识和见解记录了下来。

《梦溪笔谈》涉及物理、化学、数学、天文、地理、生物、音乐、医药、军事、艺术等多个门类，甚至还包括了典章礼仪的相关知识，被誉为"中国科学史上的里程碑"。

沈括是杭州人，却在晚年归隐润州，把镇江当作自己的故乡。还有一个叫赛珍珠的美国人，4个月大就被父母带到中国，在镇江居住到18岁，也把镇江当作自己最爱的故乡。

凭借对中国文化的热爱和对中国农民的悲悯心，赛珍珠用英文撰写了后来获得诺贝尔文学奖的《大地》三部曲《The Good Earth》。

电影《大地》剧照（1937年），图片来自网络

这部塑造了有血有肉的、全新的中国农民形象的书，让当时的西方世界对中国人民有了更多的理解和认同。

《大地》于1931年在美国纽约出版。1932年被改编成戏剧在百老汇上演。1936年被米高梅公司拍成电影并获得了极大成功。1937年该片获奥斯卡最佳影片奖，路易丝·雷纳因成功扮演阿兰而荣膺奥斯卡最佳女主角奖。

白天游三山，夜逛西津渡。

金陵津渡小山楼，一宿行人自可愁。潮落夜江斜月里，两三星火是瓜州？

这是唐代诗人张祜写的《题金陵渡》，记录了他夜宿西津渡时看到的星星点点的烟火，极其萧瑟清冷，还有无穷的愁绪。

我想，如果让张祜穿越到今天，他一定会惊讶，西津渡竟是如此繁华和热闹！灯火辉煌、游人如织的江南之夜，竟然如此摩登和现代！

西津渡始创于六朝时期，有一眼千年的青石板古街，有中国唯一保存完好的元代昭关石塔，有同治年间修建的英国领事馆……

镇江早茶：香醋，水晶肴肉，蟹黄汤包，翡翠烧卖，锅盖面

灰墙青瓦红灯笼，入夜的西津渡煞是好看。尚清戏台的戏曲，酒吧的爵士乐，小巷深处的歌声，历史与时尚完美地交融。步行街两旁，开满了各色商铺、茶馆、咖啡馆、面馆、工艺品小店等等。

五十三坡、石塔、救生会、观音洞、待渡亭，述说着千年古渡的风雨历程。李白、孟浩然、王安石、陆游等文人雅士

与南通和哈尔滨的亲戚相聚镇江

都曾在此候船，并留下许多动人诗篇，乾隆皇帝六下江南，也曾在这里摆渡过江。

有朋自远方来，镇江三怪必须统统尝一遍：香醋摆不坏，肴肉不当菜，面锅里煮锅盖。蟹肉狮子头、清蒸鲥鱼、拆烩鲢鱼头、百花酒焖肉、白汁鮰鱼、红烧甲鱼、央草河豚、蟹黄汤包……品尝过佳肴后，美国邻居说：镇江美食集南北之精华，特别是锅盖面，碗大如盆，面条筋道，浇头风味各异，齿口留香久远，令人难以忘怀。

丹青水墨，山遥河阔，风光旖旎，美人如画。在我心里，古城镇江，称得上人间绝色。

和发小逛平江路

打卡寒山寺

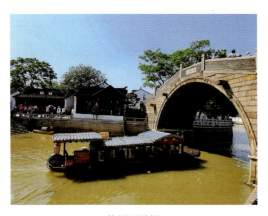

苏州环秀桥

第二站：苏州

"上有天堂，下有苏杭"。从记事起，苏州在我的印象里就是小桥流水、白墙黛瓦、吴侬软语。

以拙政园为代表的众多私家园林，为苏州赢得了"园林之城"的雅号。苏州园林之美，是其他地方无法比拟的。狮子林、姑苏水上游、寒山寺枫桥夜泊、盘门景区……苏州一日游，我们走马观花，品味到不一样的江南烟火色。

作为一门地域性的说唱艺术，苏州是评弹的故乡。

苏州评弹中隐藏着苏州文化的基因密码。虽然几经兴衰，直至今日，苏州评弹文脉未断，传统犹存。我们在茶馆听了一段评弹表演，轻松、幽默的说书风格，令人陶醉。苏州当地人告诉我们，听评弹可以去平江路，山塘街，也可以去梅竹书苑，喜欢的话可以在评弹博物馆听一下午。书馆晚上营业，点唱要大几十元，别人点，你听着就好了，前提是要点一壶茶慢慢喝着。

去苏州之前，我是做了攻略的。住宿一定要在平江路附近，晚上可以会会苏州的老同学，逛吃逛吃。

携程网上订了两个日式榻榻米房间，坐落于观前街地区，每间200元人民币的价格很亲民。地段绝佳，周边旅游点众多，出行非常便捷。惊艳的还有智能马桶和一次性毛巾，除了房间小小的，进门就是床，其他没毛病。

苏州一日游的晚餐，我的镇江发小邀请我们去了平江路附近一家叫"听香堂"的私房菜馆。这家私房菜没有固定菜单，上什么菜，根据当日食材而定。龙井虾仁、响油鳝鱼、蜜制酱方、荷塘小炒、毛蟹年糕、松鼠桂鱼、桂花小圆子……苏邦菜甜而不腻，量不大却很精致，味道超赞。

发小多才多艺，文雅秀气。我们是儿时的伙伴，是中学的同窗，是成年后的闺蜜，相处了近半个世纪。

当年发小的女儿考取苏大，她也从镇江调到苏州工作。一晃八年过去，时光荏苒，发小融入苏州一方水土，愈发妩媚动人、温婉谦和。忆故土亲人，述青春往事，说职场风云，聊中美关系……晚餐在欢声笑语中结束。发小说，今晚的月亮很美，不如平江路上走一走，体会原汁原味的姑苏风情。

北接拙政园，南眺双塔，全长1606米，一条平江路，半座姑苏城。平江路不仅是一条历史文化老街，更是苏州古城的缩影。

小桥流水、粉墙黛瓦、水路并行、河街相邻。与山塘街相比，平江路保住了市巷旧貌，更大限度地留住了民情风貌。走在沿河而建的青石板路上，逛逛古迹和特色小店，瞅瞅路边身着汉服的姑娘，很出片的感觉。

漫步街头，当地原住民烹饪的美食连绵不绝地展现在眼前：大碗茶、卤猪蹄、桂花糕、酒酿丸子、鲜肉月饼、海棠糕、竹筒糍粑等等。

我们还打卡了电视连续剧《都挺好》的外景拍摄地翰尔园，那里也是文艺青年喜欢闲逛的地方。斑驳的光影，营造出神秘的氛围。

"撑着油纸伞，独自彷徨在悠长、悠长又寂寥的雨巷，我希望逢着，一个丁香一样的结着愁怨的姑娘。"这里，还是现代诗人戴望舒创作《雨巷》的灵感之地。那晚，我们在平江路上漫步，邂逅了一个又一个如丁香一般的姑娘。

坐一回乌篷船，会一位故友，喝一壶碧螺春，听一曲评弹。我想人生之快意，不过如此吧。

鼋头渚震泽神鼋

第三站：无锡

苏州到无锡的高铁只需17分钟。仍是一日游，我们在无锡众多旅游名胜当中，选择了鼋头渚和惠山古镇。

鼋头渚因巨石突入湖中形状酷似神龟昂首而得名，有"太湖第一名胜"之称。虽然我们错过了春天最美的赏樱季节，但夏日的鼋头渚，依山傍水，树木郁葱，花开绚烂，船儿随着微风荡漾，别有一番风情……

鼋头渚景区作为江南地区规模最大的山水园林胜境，拥有充山隐秀、鹿顶迎晖、鼋渚春涛、万浪卷雪、湖山真意、十里芳径、江南兰苑、太湖仙岛、横云山庄、广福古寺等许多景点。

远处隐约传来《太湖美》的动人旋律，那是我童年就会唱的歌，一路上却没有听到阿炳的名曲《二泉映月》。

悠闲、文艺、精致的惠山古镇，非常值得一游。

惠山古镇作为免费的5A景区，有数不清的名人祠堂，也是无锡老街坊风貌保存完好的唯一街区，彰显着古镇的文化底蕴。其中寄畅园是康熙和乾隆当年多次游玩的地方。

茶馆沿河而建，走累了，河边椅子上坐一坐，我们要了一壶88元的花茶。说实话，茶很一般，但是河边景色宜人，清风徐来，一下子吹散了旅途的疲惫。

惠山古镇的特色小吃有惠山豆腐花、梅花糕、小笼包、大馄饨等。晚餐时，我们在古镇门口随意找了一家无锡本帮菜饭店，凤伟和娜娜第一次品尝到甜蜜酥烂的无锡排骨和汤汁鲜美的无锡小笼，真是赞不绝口！

无锡当地特产还有手推馄饨、油面筋、惠山泥人、阳山水蜜桃……我无锡有个美女同学，是一所重点高中的生物老师，曾经给我往镇江寄过两大盒圆胖多汁的水蜜桃，她说，有机会来无锡的话一定要告诉她，她陪我去拜一拜灵山大佛，游一游拈花湾。

惠山古镇

可惜这次时间太紧，只能留有遗憾了。祖籍无锡的我，此行也挤不出时间去无锡荡口古镇的华氏宗祠看看。据记载，无锡华家的祖先可以追溯到周代，汉魏时居大梁，已是望族。东晋末，华姓中已有很多人居住在无锡。几百年来，荡口华氏家族深受吴地崇文重教之

摘星亭

风的浸染，无论顺境还是逆境，教养子弟知书明理一直是华家毫无懈怠的追求。

明代翰林院太史华察，明代大收藏家华夏，近代著名数学家教育家华蘅芳，当代著名漫画家华君武，还有多才多艺的琵琶艺术家华秋苹，近代教育家华鸿模，实业家华绎之等多个领域的翘楚，都出自荡口华氏。

从镇江到苏州再到无锡，外出旅行的那几天，天气给力，阳光灿烂。

我把出行计划里，唯一可能下雨的那一天留给了扬州。在我心里，下雨的瘦西湖才有别样的味道。

Ben问："扬州那么美，不知雨天啥模样？"

我笑道："人生不就是一场未知的旅行嘛。"

第四站：扬州

下扬州不一定要在柳絮如烟的春天，繁花似锦的夏天也不错啊。

早上皮包水，晚上水包皮。本来想乘坐镇江到扬州的高铁，后来一算，四个人买票到扬州东站，再打车去瘦西湖，价格已经超过了从镇江直接打车去扬州。

于是那个下着绵绵细雨的早晨，我们滴滴打车直奔扬州著名的富春茶社，它隐匿于扬州城区一条不起眼的巷子里。没吃过扬州早茶，就不算来过扬州。蟹黄汤包、五丁包、千层油糕、乌米松子烧卖、海鲜饺、双麻酥饼，尊品魁龙珠茶……我们把富春茶社的点心统统点了一遍。

对于吃着镇江面点长大的我而言，富春茶社包子的口感不及镇江的宴春酒楼。但是入口清甜的魁龙珠不错，著名作家莫言曾点评魁龙珠："两代名厨四季宴，一江春水三省茶"，令人叫绝。

雨中漫步瘦西湖，是不是很浪漫？

镇江和扬州挨得太近，在镇江百姓眼里，去扬州城玩一圈，如同在家门口遛弯儿，是一件稀松平常的事儿。

犹记得读高中那年，我骑着父亲的二八杠自行车，与老师和同学们汇合后，一起登上长江摆渡船抵达瓜州，游览瘦西湖和个园。中午在公园门口吃碗飘着葱花的虾籽酱油小馄饨，别提多满足了，傍晚再骑自行车乘渡船回家，那份青春的记忆和泛黄的老照片一起留存于心。

其实在地理位置上，扬州并不属于江南，而是江北城市。"江南"一词，代表了江浙沪地区富庶柔美的某种特性，而扬州这座城市的气质，恰好符合"江南"的特性。在人们心中，扬州是文化意义上的江南，是历史意义上的江南。

镇江和扬州隔江对望，自古以来就是水上交通要道，连接钱塘江、长江、淮河、黄河的隋唐大运河就经过这里。她们分别占据长江和大运河交汇口的南北两岸，南来北往的船只都要经过这两大码头，想不繁华都不行啊。

酒肆巷陌、青石小路、桃红柳绿、烟雨迷离……赞美扬州的古诗词甚多，然而最霸气的一首，却出自元和年间一位叫徐凝的名气不那么大的才子，他写了首《忆扬州》的小诗，短短四句，却惊艳了千古：

萧娘脸薄难胜泪，桃叶眉头易觉愁。天下三分明月夜，二分无赖是扬州。

扬州之行于我而言，是数十年后的故地重游。我们从瘦西湖南大门出发，沿着乾隆皇帝当年游船的线路，一路到达熙春台二十四桥景区。二十四桥源于唐代诗人杜牧的一句诗：青山隐隐水迢迢，秋尽江南草木凋。二十四桥明月夜，玉人何处教吹箫。

正在拍摄视频的情侣

这首诗使二十四桥名扬天下，成为昔日扬州禁苑繁华、风流盛事的象征。那么，二十四桥是二十四座桥，还是一座桥？答案在风中。于是众说纷纭：有人说二十四桥泛指桥多，又说二十四桥是扬州城里排序编号为第24座的桥……

《扬州画舫录》写道：二十四桥即吴家砖桥，又称红药桥。按照这个说法，二十四桥是指那一座立于熙春台后的吴家砖桥。

五亭桥

长堤绿柳，荷蒲熏风，粉墙黛瓦，芍药盛开，锦绣婀娜，欲说还休。穿过玉板桥，前往五亭桥白塔区域。

五亭桥建于1757年，是乾隆皇帝第二次南巡时，扬州的巡盐御史高恒出资修建的，空中俯瞰，宛如一朵盛开的莲花，所以又名莲花桥。

个人觉得五亭桥是瘦西湖最美的桥。五亭桥横卧波光如莲花出水，白塔在侧，一彩一素，相得益彰。白塔建于1784年，当年乾隆皇帝下扬州的时候，由扬州盐商出资修建，扬州民间流传着一夜造白塔的故事。

瘦西湖一点也不"瘦"，我们转悠了大半天，也没有把里面的景点走完。

文昌阁

从瘦西湖出来，碰见一个骑载客小三轮的扬州阿姨，她说每位20元，带我们去看几个旅行团不会带我们去的景点。我还在犹豫不决，两个男士很快点头答应了。在纽约生活多年，也许他们觉得坐三轮车出行更有意思吧。

坐上阿姨的车，穿行于古色古香的东关街，烟火气浓郁的彩衣街，去著名的冶春茶社，在红桥飞跨的水边拍照，去打卡康熙帝南巡时下榻的天宁寺西园行宫，还有乾隆帝下江南的御码头，去参观朱自清故居，史可法纪念馆……

在天宁禅寺后花园，恰逢几个年轻人在拍小视频，穿着华丽、古装打扮的一对情侣入戏深沉、情意绵绵，让我瞬间有了穿越感。

扬州的桥文化博大精深、源远流长，可以说每座桥都有自己的特色和故事。在扬州，我们看见许多红色的桥，端庄艳丽、伟岸大气。具有代表性的当属冶春园的红桥，再现了清朝诗人王士祯笔下的《冶春绝句》：红桥飞跨水当中，一字栏杆九曲红。日午画船桥下过，衣香人影太匆匆。

雨停了，沐浴着柔和的夕阳，心情格外明朗。

晚餐是凤伟住在扬州的大学同学招待的。我们去了一家叫"双东"的古色古香的饭店，吃了一顿经典的淮扬菜。嗯，扬州老鹅的味道完胜镇江老鹅。席间觥筹交错热闹无比，青涩鲁莽的学生时代以及瘦西湖的烟柳芳华在谈笑间飘散。

文昌阁、宋夹城、国际博览中心、万福大桥、体育公园……扬州城市建筑很有特色，颜值很高。我还发现扬州城内的电动车特别多，几乎是普通家庭的代步工具，满大街跑。

市井的烟火气，老百姓慢生活的笃定和随意，赋予扬州这座古城更多的魅力。

第五站：南京

南京是两日游。这回轮到Ben当导游了，由他这个"老蓝鲸"带着大家兜兜转转。

早晨先去了中山陵。

中山陵位于钟山中茅峰南麓，是伟大的民主革命先行者孙中山先生的陵墓，占地两千亩，依山而筑，平面呈"自由钟"形。

祭堂为仿宫殿式的建筑，建有三道拱门，门楣上刻有"民族，民权，民生"横额，祭堂内有孙中山先生大理石坐像。

中山陵附近有音乐台、流徽榭、行健亭、永慕庐等建筑，众星捧月般环绕在陵墓周围，构成中山陵景区的主要景观。

钟山风景区的明孝陵、灵谷寺、音乐台和美龄宫，每个景点都单独收费，建议网购钟山风景区套票（100元左右），比单独购票划算。

因为是周末，游客非常多，一些学校组织学生前来参观。我从小到大，爬中山陵的次数太多了，于是偷了懒，找

夫子庙

景区门口的人力车

夫子庙小吃

个地方坐下来，边喝咖啡边等凤伟和娜娜从山顶游览一圈下来。

娜娜说她对南京的小吃很期待。于是从中山陵出来，我们直接去了夫子庙。

牛肉锅贴、荠菜烧饼、开花馒头、蟹黄烧卖、萝卜丝饼、豆腐脑、回卤干、汽锅乌鸡、油炸臭干、鸭血粉丝汤……夫子庙的小吃花样繁多，但不是每家都好吃。

如果不想翻车，奇芳阁是一个不错的选择。

小时候来南京夫子庙，最喜欢吃奇芳阁的菜包子。这么多年过去了，奇芳阁的点心仍然保留着儿时的味道，实属难得。隆重推荐她家的桂花红豆沙小圆子，软糯Q弹，一口上瘾，好吃到停不下来。

每年5月下旬之后，来夫子庙拜谒的家长特别多，孔子雕像前总是挤满了祈福的人，他们都是来祈求高考顺利的。

文德桥始建于明朝万历年间，位于夫子庙大成殿前，泮池西侧。

由于这座桥正处在地球的子午线上，每年农历十一月十五日子时，桥影便将河中明月分为两半，这一奇观被称为"文德分月"。

相传这里也是李白醉酒捞月之地，后世为了纪念，在桥旁辟建得月台。

当时流传一句话，叫"君子不过文德桥"。

站在文德桥上，你会惊奇地发现，一侧是烟花之所青楼之地，古代达官贵人寻花问柳的地方。秦淮八艳之一的李香君故居媚香楼就在这里。

李香君是秦淮名妓，早年家境很好，后因魏忠贤的迫害家道中落，李香君被迫流落青楼，但是她卖艺不卖身，与明末四公子之一的侯方域有一段传奇的爱情。

而桥的另一侧，则是名满天下的江南贡院。

江南贡院是中国古代规模最大、影响最广的科举考场，可以同时容纳2万多名考生考试。这里走出去800多位状元，10万多名进士。他们中，有我们熟知的风流才子唐伯虎、《水浒传》的作者施耐庵、还有曾国藩、左宗棠、李鸿章、陈独秀等等。

秦淮河全长五公里，汇聚了六朝风月，十里繁华。它是南京的"母亲河"，是孕育金陵古老文化的摇篮。下午3点，我们来到游船码头，游船费用每位80元，时长40分钟，有语音讲解。线路是：泮池码头~白鹭洲公园~七彩水街~东水关~镇淮东桥~泮池码头。

秦淮河畔

南京图书馆

乘坐秦淮河画舫，看十里秦淮风光。耳畔响起杜牧的诗：烟笼寒水月笼沙，夜泊秦淮近酒家……

要想了解一座城市的文化底蕴和历史变革，最好去博物馆看看。南京游的第二天，我们去了南京博物院。无需门票，提前网上预约即可。

占地13万余平方米的南京博物院，设有历史馆、特展馆、数字馆、艺术馆、非遗馆和民国馆六馆，珍贵文物数量居中国第二，仅次于故宫博物院。

我们主要参观了民国馆。幽暗的路灯，木制座椅，复古电话机，街头海报，理发店，邮局，照相馆，中药铺，火车站……展品琳琅满目，散发着浓郁的民国风情。据说这里的每一样老物件都是从民间淘来的。建馆之初，南博向社会各界征集了1万多件民国藏品。

穿越千年历史，感受错位时空。民国馆就像一个电影拍摄基地，在那种情境中，有进入角色的错觉。

南京城区内的游览，我们采用了打车＋地铁的出行方式，期间还乘坐了一趟公交车。

坐在公交车上，看见前方一辆苏A牌照的汽车，尾窗玻璃上的文字吸引了我：2019，不慌不忙，做一个小流氓。吃最甜的糖，睡最软的床，吻最爱的姑娘，做最野的狼。

哈哈哈哈，也许是炒作，也许是自嗨，也许只是为了解压。不管怎样，这就是南京大萝卜式的幽默。

如今四年过去了，不知车主充满激情与梦想的愿望，实现了没有？

第六站：丹阳

这一站纯粹是为了配眼镜而去。从镇江到丹阳的高铁才13分钟，票价10元。出了高铁站，我们直奔吴良材眼镜店。

丹阳眼镜店

之所以选吴良材，是因为吴良材作为一个品牌，质量总是信得过的。况且我们在纽约眼镜店配的镜架和镜片都超级贵。

众所周知，丹阳眼镜闻名遐迩，无论质量和款式，特别是价格，都是纽约无法想象的，人在镇江，不去丹阳配几副眼镜，说不过去啊。

商店洁净，商品琳琅满目，各种档次的眼镜架摆放得整整齐齐。营业员端来茶水，热情地招呼我们。店员不厌其烦地帮我们挑选近视镜、老花镜和太阳镜，最终大家都找到了自己心仪的镜架。

当场验光，当场配镜，验光师很专业，验光设备很先进。我们四人一共买了十副眼镜，均价350元人民币一副，与纽约动辄几百美元的价格相比，简直太划算了！

除了眼镜闻名于世，丹阳方言也很特别。

　　丹阳话之难懂，令人抓狂。丹阳话处于吴语和官话两大方言区之间，有"吴头楚尾"之称，本地人称"四门十八腔"，东乡人也听不懂西乡人的话，其方言之奇特在全中国也属于罕见。我镇江的老同学里有不少老家是丹阳的，他们只要说家乡话，我就像听天书一样完全懵逼。

　　此外，丹阳是南朝齐高帝萧道成、梁武帝萧衍两代开国皇帝的故里，文化底蕴丰厚，名胜古迹众多，古有云阳八景、延陵八景、经山崇教寺八景、练湖二十四景、七峰山房等，享有"江南文物之邦"的盛誉。

　　在丹阳高铁站，我们和凤伟娜娜就此暂别。

　　他俩从丹阳去常州的亲家，然后高铁回福州，再从福州转机香港回纽约。我们从丹阳先回镇江，然后去上海，Ben的假期到了，他要先返美，从上海飞台北再转机去纽约。

　　仲夏有梦，也有别离。我对他们说，镇江的荷花六月初就盛开了，你们若晚些走，就可以看见一池粉红。凤伟和娜娜说，留点念想也好啊，这次收获太大了，没想到江南的夏天这么美！

　　一场烟雨朦胧，一场姹紫嫣红。我想每个人心里，都住着一个不一样的江南。就在Ben启程返美的那天早晨，我们小区的荷塘，绽放了今夏第一朵莲。

第一朵莲

📅 | 2024年3月16日

春天回国，我的魔都见闻

每年春天回国探亲，于我而言，是雷打不动的事儿。哪怕口罩三年，也无法阻挡我回国的行程。

飞机落地上海后，朋友安排我入住到虹桥锦江大酒店。时差倒得乱七八糟，常常在凌晨3点醒来，静静地等着天亮。在黎明前消磨时光的黑暗里，我学会了用手机在某宝某东某音上购物。国内快递业发达，人还在上海，宝贝已经送达江南小城。

我买的是棉被和床上全棉四件套。就像饥饿的时候去超市，会不由分说买上一大堆吃的东西，担心江南的夜晚更寒凉，先把被子囤好。

上海那几日总下雨，天阴沉沉的，风飕飕地吹着，湿气渗入骨髓，体感比纽约还冷。我问酒店前台多要了一床被子，盖在身上勉强暖和，夜里不再辗转反侧。记者出身，适应环境的能力比较强。不出两日，已经把酒店周边娄山关路、仙霞路、天山路一带的公园、地铁、美食广场逛了个遍。

上海的商场大多比较冷清。

我住的酒店旁边有一家友谊商城。想当年，里面许多高档进口商品，没有外汇券是没法买的，普通老百姓望而却步。那时候生意火爆，人头攒动，一片繁华

的景象。现如今，这家商场门可罗雀，一片萧条。

除了大棉被，我还在网上团了一个烫发，不到300元。查了一下，这家连锁美发店有5家分店，便选了静安寺地铁旁的一家。烫发的过程不赘述了，服务挺好，效果也说得过去，就是冷得不行。偌大的房间，空调竟然不制热。美发师托尼让我把寄存的外套取出来披身上，他说店里空调温度打不上去，为了节约成本一直没修。

美发结束后，我打着喷嚏扫码结账。托尼不失时机地向我推荐了另一个更加实惠的养发护发套餐。我说过两天就回江苏了，这个套餐用不上。托尼倒也不强求，说：阿姐，现在生意不好做，不办卡没关系，麻烦勾选五星！我立马写了几行字的好评，还配了图。

原本我长发及腰，烫完发一下子缩短到肩膀，感觉人精神了很多。托尼说，要想显得年轻，烫发就得烫得嫩一些。可能是烫得太嫩了，睡一觉，洗两遍头发之后，头发就直了，烫发的痕迹几乎没留下。

我上海的家在黄浦区。房子借出去之前，常去丽园路的本帮菜馆"金锚传菜"吃饭。说实话，金锚的本帮菜做得不错。花雕鸡、红烧肉、烤子鱼、熟醉虾、生煎包……在食肆林立、竞争激烈的申城，还是有口碑的，价格也相对实惠，生意好时，需要排队等位，食客以周边居民为主。

每年回国，我都存个几千元在金锚，如同充值卡，吃一次扣一次，结账时菜品打9折，享受会员折扣，吃不完的钱，下次回国接着吃。饭店的结账处有两个会员充值明细的本子，上面清楚地记录了每个会员每次消费的时间和金额。就这样吃了十多年，跟金锚丽园路店的经理和服务员都混熟了。这家店生意一向好，虽然疫情三年支撑得很艰难，但也总算挺过去了。

然而，去年夏天，我刚返回美国，丽园路店就关门了。可是我还有一些钱没消费完。已经去别的饭店再就业的大堂经理对我说：金锚新华路总店还在，等你明年春天回国，去吃掉那些余钱，他们应该是认账的。

新华路这家店是2004年开业的，我常和朋友来这里小聚。当年我还在上海媒体朝九晚九地搬砖，干活干得热火朝天，虽然辛苦，但那个时候有热情、有干劲、有奔头。

虹桥锦江大酒店距离新华路定西路的"金锚传菜"只有一站公交的距离。我决定去实地看看，核销一下去年充值的余款，和闺蜜在那儿聚聚。

结果到了饭店门口一看，大门紧闭，门上白纸黑字贴有告示：设备故障，暂停营业。询问岗亭保安人员，两个保安诡秘一笑：这家饭店前天关的门，哪天再开门、还开不开门，我们讲不清楚，想要维权，就去打官司吧。

我不死心，拨打饭店的电话，里面传来标准的普通话语音提示：您好，您拨打的号码是空号，请核对后再拨。虽然充值卡里的余款不算多，但一个吃了20年的上海老饭店说关门就关门了，不免令人心塞。就像一个相处了20年的老朋友，有一天突然就消失不见了，电话不接，短信不回，一声招呼都没有。

那天和上海闺蜜的小聚，安排在浙江路一带，吃完饭还可以顺道兜兜电视剧《繁花》的拍摄地。

上海闺蜜其实是我在电视台工作时的前同事，这个春天，恰逢我原来就职的单位建台30周年。安安带了一瓶产于法国的勃艮第葡萄酒，说要为我接风。四个女人欢呼着相拥后落座，开始说往事，忆故人，述离情。

几杯红酒下肚，迅儿的小脸泛起了红晕。为了方便接送孩子上下学，她今年换个地方，租了一个比原先大些的房子。平日里跑社会新闻、做专题片，已经忙得不可开交，迅儿居然在多年前为了让自己的采访更有温度，去考出了心理咨询师证书。采访之余，她尽最大可能地帮助人们缓解紧张和焦虑，提升心理素质，调节负面情绪。

这个又飒又美的单亲妈妈调侃道：这些年，虽然身体一直闲置，但是精神世界丰富。

安安衣品好气质佳，是资深文艺女青年，也是一个幸福有爱的小女人。做了多年养老服务节目制片人，她更懂得怎样心平气和地与这个世界相处。无论天地变换，不管阴晴圆缺，都不会影响她那颗热爱生活、讲究品位的少女心。她说：我想快点退休，世界那么大，一定去看看！安安灵动的眼眸中，透着自信而佛系的光。

玉香是我们的大姐，春节前刚从加拿大旅行回来。退休多年，早就过起了随性自在的小日子。她说，走了那么多国家，看了那么多风景，还是觉得生活在上海最惬意。

在黄河路出生长大的玉香，见证了魔都数十年的发展变迁，自然而然地聊到王家卫导演的《繁花》。她说，其实乍浦路的美食街比黄河路还要早、还要有名气。宝总、汪小姐、玲子、李李，虽说是剧中人物，也是生活中真实存在过的。

说起老上海的市井百态，玉香一如既往地理性和通透。她回忆道，90年代初有两个热潮，一个是下海经商，一个是出国留学。那是一个热血沸腾的年代！为了一纸本科文凭，为了珍惜单位难得的学习机会，当年即使怀孕了，也毅然决然地打掉孩子。毕业后，玉香终于脱胎换骨，有了干部编制，走上领导岗位。可代价是，直到36岁高龄才怀孕生子……

大家一边闲聊，一边把酒杯斟满。一杯致青春，一杯致未来，一杯敬上海，一杯敬自由。

天空放晴，乘坐地铁，我去了徐家汇。在天桥上，远远看见徐家汇著名的第六百货商场正在进行拆除和重建工程。

上海六百在徐家

2024年春天相聚上海。左一迅儿，左二玉香，右一安安

汇商圈经营了70多年，市民们喜欢去那里买羊毛衫和珠宝首饰，是不少上海阿姨和爷叔的童年回忆。我曾在六百给母亲买过真丝衬衫，给父亲买过电动剃须刀，给儿子买过童装。

可能是周末的缘故，徐家汇美罗城二楼的"星巴克"人满为患，端着咖啡，竟然找不到一个座位。一杯焦糖玛奇朵握在手中渐渐冷却，香浓的气息中，弥漫着窃窃私语的交谈声，以及服务生做好了咖啡的领取叫号声。

瞄一眼，喝咖啡的人群中，不仅仅有年轻人，更多的是退休的中老年人。一个端着咖啡，戴着报童帽，围着小方格丝巾的大叔经过我跟前时，微微笑着，嘟囔了一句：嘎西多宁，隔啊隔瑟特了！（这么多人，挤都挤死了！）

忽然想起一个上海老克勒曾对我说过，上海男人混得再落魄，也要有点腔调的。腔就是风度，调就是规矩。哪怕生意不好，哪怕收入不高，哪怕情绪低落，咖啡也要吃一杯的。头势保持清爽，皮鞋擦得锃亮，面孔平静，看不出风浪。

上海那几日，我还去逛了南京东路、河南路、宁波路、南京西路、江宁路、威海路、茂名路……

梅陇镇广场周边，集中了沪上诸多涉外商务楼、涉外星级酒店及高档住宅，是沪上时尚文化的代名词。作为魔都商业中心铁三角的"梅恒泰"之一，鼎盛时期的梅陇镇商厦里，有美国领事馆公民签证处、伊势丹(中国)投资有限公司等多家跨国公司，还有环艺影城、中西食府、时装及精品名店等。夜幕下的梅陇镇广场，典雅美丽，流光溢彩，散发着夜上海独特的韵味。

然而，此刻的商场里顾客稀少，满目清寂。那个曾经充满文化气息的购物商场，已经今非昔比。外面冷风呼啸，我在商厦一楼找了家小店，点了两杯饮料，坐下休息片刻。

与大商场的冷清相反，老字号的餐饮小店，依然是一番热闹的景象。从南京西路走到石门路，看见王家沙门口又排起了队，但队伍并不长。于是走进去，想吃一碗黑洋酥汤团，再来两个火腿萝卜丝包子。这些都是我在纽约日思夜想的上海美食。可惜我来得不是时候。营业员告诉我，汤团要下午1点半之后，上两楼吃。火腿萝卜丝包子是冷的，想吃热的，现在只有菜包和豆沙包。好不容易排队到橱窗前，最终悻悻离开。

在吴江路，看见一个欲过马路，正在等红灯变绿的老外。

经历了特殊三年，一些外国人悄然离开了这里，这几天我在城内City walk，还真没看见几个老外。如今，魔都的洋面孔是越来越少了。

疫情结束了，大批华裔开始启动回国探亲的行程。

有些华裔苦恼于国内的支付系统，担心不能使用现金和银行卡，买东西不知怎么付款，而国内的老百姓早已适应了利用手机进行便捷的移动支付，电子支付是首选。打车，吃饭，住宿，旅行，去大型商场或者路边小店，哪怕是去菜市场买棵小葱，买斤水果，也大多使用扫码支付。

一对近期准备从纽约飞上海的老夫妻问我，他们没有支付宝，手机上也没有钱包，哪能办？其实，为优化入境人士在沪支付便利环境，上海的涉外重点商圈外卡POS机覆盖率高，可使用外卡支付的场景也在不断增多。目前已经推出中英文版本境外人士绑外卡操作指南，能支持境外人士绑定visa、万事达等外卡。

就是说，老外或者华裔可以在微信上绑定外国银行信用卡。不过需要注意的是，在国内使用外国银行卡进行交易，有可能需要付手续费。

上海休整了几日，准备回江南小城。动身前一天，接到一个认识多年的上海房产中介打来的电话。她说，姐，今年上海房价跌得很厉害。早知道这样，你前年应该把房子卖掉而不是租掉，手上握着现金，现在可以置换一套大房子了。

是啊，不仅是北上广深一线城市，二三线城市的房价也在下降通道中。这对于炒房客是灾难，但对于刚需自住的房子，涨或者跌，似乎影响不大。我对上海的楼市没有太过担忧。不久的将来，也许限购会放开，平衡供求关系，让市场决定房价。从长远看，上海房价还是会随着经济发展和城市化进程而上升的。

在我心里，上海是中国最好的城市。

一个带着俩娃，生了场大病，仍在职场苦苦打拼的上海邻居对我说，经济不景气，上有老下有小，我们是卷也卷不动，躺也躺不平，摆也摆不烂……繁花已成过往，唯有努力前行。

三月的魔都，早樱恣意绽放，粉红的花朵堆云叠雪，妖娆枝头；粉白的花瓣纯洁唯美，婆婆烂漫。

这样一个春天，百转千回，柔情万种。每一个怒放的生命，都是时光沉淀的精华。

2024年4月6日

> ## 有一种时光交错，
> ## 叫西津渡

一眼千年

从纽约飞东京再转机抵达上海，然后乘车回到有着3000年历史的江南古城。一路颠簸的狼狈，时差汹涌的困意，在故乡温润的空气里，飘散得无影无踪。

闻着春日的花香，嗅着泥土的芬芳，踏着青石板铺就的小路，我陶醉在镇江满目苍翠的青绿中。

这个年轻时拼命想要逃离的家园，如今却成了奔赴山海、阅尽沧桑、被岁月磨平了棱角、收敛了锐气之后的中年最想久留的地方。

从春秋的"朱方"到战国的"谷阳"，从秦朝的"丹徒"到三国的"京口"，从南朝的"南徐州"到隋朝的"润州"，从北宋到民国直至今天的"镇江"，这个做了江苏20年省会的小城，在历史的长河中涌现出无数风云人物和传奇故事，是王昌龄、辛弃疾、苏轼、唐寅、王阳明等文人雅士笔下风情万种的江南水乡，亦是抒发忧国忧民和万丈豪情的地方。

京口瓜洲一水间，钟山只隔数重山。春风又绿江南岸，明月何时照我还？

这是王安石的千古绝句，其中的"京口"，描述的就是镇江。当年他应召赴京乘船北上横渡长江的渡口，就是今天的西津古渡。

清明已至，谷雨未来。微风拂面，轻松惬意。从我居住的荷花塘小区，悠悠散步几分钟，便来到建于三国、盛于唐宋的西津古渡。

西津渡位于镇江城西的云台山麓，是依附破山栈道而建的历史遗迹，三国时称蒜山渡，六朝时称西津渡，唐代又称金陵渡，连接着江南江北，处于长江与大运河的黄金十字水道上。

西津渡历史文化古街全长约1000米，南至大西路，北至长江路，沿街的各式古代楼阁，颇有唐宋时期的风韵。斑驳的木门、古老的屋檐，娓娓诉说着这里曾经的风霜。

作为古街的主道之一，通往云台山的坡道有五十三级台阶，也叫五十三坡。

五十三坡源于佛教典籍《华严经》中劝人为善的故事。说是善财童子因受文殊菩萨的教化，走遍全国寻访圣贤。他跋山涉水、风餐露宿，先后求教于包括镇江焦山定慧寺方丈海云法师在内的53位高知，最后在观世音菩萨的点化下，善财童子大彻大悟，成为观音的左胁侍。如今，我们每上一级台阶，仿佛就是参拜了一位圣贤，走完53级台阶，意味着对53位高人的求教。

解放初期的五十三坡是商贾云集、店铺林立的场所，与周边迎江路、大西路、天主街、二马路等，同属镇江最热闹繁华之地。

云台山并不高，对游客很友好，沿坡缓缓走到山顶的云台阁，就可以一览城区的风貌。

云台阁坐落于云台山北峰，阁体秉承宋、元古建风格，雕梁画栋，飞檐翘角，精美的斗拱如同跳动的音符，檐铃在风中叮咚吟唱。

远眺长江，怀古咏今，厚重老城和时尚新城氤氲相拥、和谐共生，美好的自然风光尽收眼底。

春意染枝头，大地正绚烂。此刻，正是烟花三月下江南的好时光。西津渡摩肩接踵，游人如织。当温暖的春天与古老的渡口相遇，又会碰撞出怎样的激情和火花呢。

近年来，随着传统文化的复兴，追逐"国潮"的社会审美时尚正悄然兴起。年轻人喜欢穿上精致的汉服或唐装，感受古韵古风，体验时空穿越的既视感。

站在古街上，掏出手机随意一拍，就是一幅江南风情画。厚重的历史文化令

镇江女孩穿汉服拍照

人着迷，鲜活的生活气息扑面而来。

沿着石阶拾级而上，眼前出现一座待渡亭。传说当年乾隆皇帝下江南也曾在这里小憩，再乘坐龙舟过江到对岸的扬州。

当年的待渡亭，是一个充满诗情画意的地方。李白、孟浩然、苏轼、米芾、陆游、马可波罗等一众骚人墨客和旅行家，都曾在此候船，并留下许多传世佳作。

张祜，人称张公子，家世显赫，颇有文采，个性却清高，向往超脱尘世，远离纷扰。他怀才不遇，先后被白居易和元稹打压和排挤，一生未涉足官场，晚年隐居曲阿（今镇江丹阳）。

张祜的诗流转自然，超脱隐逸。他一生寄情于镇江山水，除了那首最脍炙人口的《题金陵渡》外，还写过一首褒贬各异、有些"颓废"的《题润州金山寺》：一宿金山寺，超然离世群。僧归夜船月，龙出晓堂云。树色中流见，钟声两岸闻。翻思在朝市，终日醉醺醺。

这首五言律诗反映出诗人对佛寺清静的羡慕，对尘世生活的厌恶。

在西津渡古街入口的最高处，有一座全国仅存的保存完好的过街石塔，它就是建于元末明初的昭关石塔，为遏制镇江水灾而建造。塔顶呈瓶状，塔身扁鼓形，并刻有梵文六字真言"唵、嘛、呢、叭、咪、吽"。佛经释义。人从塔下经过，便是礼佛。

过了石塔，可以看见石墙上，刻着"一眼看千年"五个大字。刻字下方，就是用玻璃罩住的古街地貌。游客可以清晰地看到古街路面的演变：从唐代之前的泥土路到唐代之后的鹅卵石路，从宋朝的石板路到明清的砖砌路……这片古街因渡而兴，青石板路面上隐约可见的车辙，讲述着昔日的兴盛和艰辛，串起了西津渡千年的风云变幻。

要说西津渡必须打卡的网红景点，非尚清戏台莫属。这是一座历史遗留的古戏台，为古街区增添了浓厚的文化氛围。

无论白天还是黑夜，尚清戏台都繁花似锦，多姿多彩。黄梅戏《女驸马》选段《中状元》、锡剧《珍珠塔》选段《跌雪》、京剧《苏三起解》……耳熟能详的曲目，婉转动听的旋律，让南来北往的游客多了一处驻足观赏戏曲的地方。

曾经的尚清戏台不仅仅用于唱戏，更是老百姓祈祷丰年、酬谢神灵的演出场所。

昭关石塔，全国唯一保存完整的元代过街石塔

我喜欢在黄昏时分漫步西津渡。窗栏朱红，飞檐雕花，细窄的古街巷弄晕染了一抹橙黄，食肆店铺飘着诱人的饭香，晚清的楼阁层层叠叠错落有致，别具风情的老建筑披着霞光熠熠生辉，"金陵渡"小山楼静谧而温馨，游客徜徉其中，仿佛走进了世外桃源。

西津渡

到此一游的朋友，如果从西往东走，可谓一步一景：玉山大码头遗址、超岸禅寺、见山楼、云庐、美庐、李公朴故居、夕晖亭、蒜山游园、朱方印吧、铁柱宫、观音洞、救生会、德士古火油公司旧址、英国领事馆马厩旧址等等，无一不在述说着西津渡曾经的璀璨风流。

夜幕下的西津渡，是另一番情意绵绵、春意荡漾。

幽深的酒吧里，传来驻唱歌手略带沙哑的歌声，伤感又磁性，久久回荡在迷离的夜空。各式各样的彩灯高悬，赏心悦目。灯火阑珊处，是观光客闲逛、觅食、拍照的惊艳时光。

随着长江江岸北移，跨江大桥兴建，现代交通运输业迅猛发展，这个早在三国时期就有东吴水师驻扎的渡口黯然失色，渐渐失去功能。

西津渡退出了历史舞台。

但是老街"活化石"般的古代风貌，却是镇江"一眼望千年"的文化名片，在四季轮回、光影更迭之间，释放着耀眼的光芒。

非遗传承

非遗传承人周宝康

玉兰在风里摇曳，梨花在窗下飘香，婀娜的柳枝吐出新芽，青砖黛瓦的古街，笼罩在清晨的薄雾中……

西津渡古街上，不仅能寻到六朝至清代的历史踪迹，还藏着众多非遗小店。有国家级非遗"镇江恒顺香醋酿制技艺"，省级非遗"孙氏太极拳保护单位"，省级非遗"镇江锅盖面制作技艺"，市级非遗"古琴制作"等等。

其中省级非遗"太平泥叫叫"体验馆，作为非物质文化遗产的传承和研学基地，极具地方特色，在一众店铺中，彰显出独特的艺术魅力。

走进体验馆，由一圈圈小蝌蚪状的泥叫叫组成的太极图，格外引人注目。这个作品叫《洪荒之子》。

蝌蚪与蟾蜍都象征着生命，八卦之形的蝌蚪群，意为太极阴阳相生，展现生命的循环过程，2016年获得江苏省民间文艺最高奖"迎春花奖"。

太平泥叫叫源于南朝，距今已有一千多年历史，是姚桥镇的千年古村落华山村特有的民俗玩

泥叫叫作品《镇江三怪》

具，像陶笛一样，可以吹出清脆响亮的哨声。

太平泥叫叫是镇江独有的儿童玩具和吉祥物，承载着祝福天下太平的美好寓意。据说小孩子吹泥叫叫，就会吹去晦气，保佑平安。

制作太平泥叫叫，要选用镇江地区的山泥或者当地的老黄泥，黏性强，韧性好，不易开裂。制作过程要将泥土反复槌打，成为熟泥后才能捏塑。制作者可以根据自己想象，以揉、搓、拍、捏等手法技巧，捏出造型拙朴、形神兼备的飞禽走兽花鸟鱼虫等塑像。

成品的太平泥叫叫有牡丹纹样、梅花纹样、桃花纹样和鱼鳞纹样等，一个个又黑又亮，憨态可掬，充满乡土气息，凝聚着民族记忆、价值观念和审美情趣。

20世纪末，由于没有人愿意从事"太平泥叫叫"，周宝康老师不甘心将已经延续千年的手艺走向末路，决定拜师学艺，无意中为镇江市增添了一项江苏省级非遗项目，他本人也被江苏省人民政府授予此项目代表性传承人。

我与周宝康夫妇的交往超过30年。年轻时的宝康就独具匠心，喜欢研究制作各式各样的民俗手工艺品，他送给我的"钟馗驱鬼"木雕、"年年有余"挂饰，后来被我漂洋过海带到纽约家中。

周宝康说：现代社会节奏太快，人们为了生存疲于奔命，特别是这两年，内卷得厉害。小小一枚泥叫叫，集民间艺术和风俗趣味于一体，让人们回归简单的快乐，同时也涵养了文化自信。

随着时间流转，传统的手工艺技术易于被遗忘和淘汰。为了传承泥叫叫这个

濒危项目，周宝康不断思考和研发，对最初图腾和象形文字基础上的泥叫叫进行创新，制作出符合当今社会审美需求的新工艺。

镇江有三怪，肴肉不当菜，香醋摆不坏，面锅里煮锅盖。传说张果老骑驴途经镇江时，吃了锅盖面，尝了肴肉，品了香醋后赞不绝口。周宝康就做了一个仙驴背三怪的泥叫叫，取名《镇江三怪》。这个设计精妙、形态可爱、能吹出响声的泥叫叫连续两年获得全国旅游博览会铜奖。

太平泥叫叫采用"前店后厂"的模式，常年接待学校手工社团、亲子游、研学游、和来自海外的游学团。

"鱼化龙"、"张王"、"十二生肖"、"白蛇传"……前店展示的泥叫叫温婉灵动、典雅古拙。有神话故事、民间传说、戏曲、人物和现代题材，这些造型夸张、生动典雅的泥塑隐藏着丰富的民俗、宗教和历史故事，具有极高的观赏性和艺术性。

而后厂的学习体验过程，则进一步激发了青少年对传统手工艺的兴趣和保护意识，也让成年人找回童年的快乐。到这里参观，能从一个侧面了解一个民族或一个时代的独特魅力。人们评论说：泥叫叫，是幸福的泥哨子！

为了让更多人了解这项民间艺术，周宝康经历了许多困难，付出了许多努力，却从没想过放弃。他凭一己之力，把一个濒临消亡、后继乏人的民间艺术发扬光大，并彰显出强大的生命力和重要的文化价值。

这些年，周宝康带着太平泥叫叫走过国内外许多地方，让这一古老的非遗艺术，焕发出新的生机活力和时代光彩。

家的味道

西津渡并不大，却有150多家店铺。透过橱窗，就能品味镇江。

各种瓷器店，首饰店，鲜花店，汉服店，小儿书店，伴手礼店，还有藏在深巷里的各式酒吧，咖啡店，奶茶店，啤酒屋，锅盖面店，密密麻麻，鳞次栉比，熙来攘往，热闹非凡。

但要说人气最旺的店，那一定是高朋满座的饭店和人头攒动的小吃铺子。

和老朋友相聚"苏锡常"

五花八门的美食香气四溢，每一口都冲击着味蕾，每一口都是对传统手工艺术的致敬。听闻我回国，闺蜜把我带到西津渡去年新开的饭店"苏锡常"吃早茶。蛋挞、榴莲酥、蟹黄汤包、水晶虾饺、黄桥烧饼、马齿苋包子、鸡汁小馄饨……摆盘是惊艳的面点，入眼是典雅的格调，喝着早春的新茶，聊聊这一年的经历和心情，美食与晨光交织出温暖的味道。

除了新式早茶，"苏锡常"中餐晚餐的生意也很好。板栗鹅肝，东海三鲜，扬州狮子头，老鹅烧芋头，苏式红烧肉，勾魂鱼头配大油鬼……每一道菜都体现了厨师的良苦用心。

同学聚会，老友相见，之后我多次去过"苏锡常"，发现这里菜品新鲜，没有预制菜，所有点心都是手工现做，颜值与口感双重在线。

老板成谦是个文化人，小城著名播音员，人称谦哥，倡导慢节奏的江南舒适饮食文化圈。他以淮扬菜为底色，融合并创新了华东地区的精品菜肴，让大家遍尝江南的味道。

成谦引用孔子的话："不时不食"，强调在选择食物时考虑季节和时令的因素，这也是饭店菜品定位的一个文化理念。他说要让每一个用餐的客人，都能感受到家的味道。

西津渡还有八分饱、粤南山、老码头、永安鱼庄、镇江菜馆、美华小馆、问津会馆、周家二小姐的菜、相遇融合餐厅等饭店。每一道江南美食，都是生活给予我们的馈赠。

散漫安逸，丰简随意，团坐而食，烟火可亲，便是人间幸福的模样。

在西津渡吃完饭，随意逛逛，信步来到"马副官的店"。这是一家茶馆，老板娘是我的中学同窗。老同学从小爱读书，浑身散发着清新淡雅的书香气，大学毕业后遇见爱喝茶的马副官，在琴瑟和鸣中，走过四季风雨，携手共度芳华。

马副官的店

要说这家茶馆的与众不同之处，是它作为镇江市图书馆的分馆，里面藏书三千多册，图书资源共享，可以通借通还。藏书包括文学历史类、自然科学类、国学经典类、女性生活类、茶艺花道类等。淡雅清幽的环境，古色古香的色调，习茶道，烹茶饮，听古琴，阅读写字和赏花，安静地享受午后的馨香。

游客们在书中读到白娘子水漫金山的故事，认识了刘备招亲的甘露寺，以及孙尚香殉情的祭江亭等等关于镇江的历史文化传说，加深了对这座江南古城的了解。这里每月还举办读书朗诵分享会，吸引了一批又一批不同年龄段的读者。茶香伴书香，马副官的店，让品茗读书成为西津渡的新时尚。

西津渡附近古老而有韵味的地方，还有广肇公所、镇江博物馆等。

广肇公所是清末民国时的粤商会馆。民国初年，孙中山先生曾由上海专程来镇江考察和演讲，下榻广肇公所，与地方人士商讨整治长江和建设镇江港的计划。晚清时期，镇江划出156亩土地设为英租界。其中英领事馆旧址规模最大，系砖木结构的"东印度式"建筑，有五栋房屋组成，端庄而典雅，就是现在的镇江博物馆。

镇江博物馆新展厅占地5300平方米，藏品3万余件，从石器时代至明清时期的文物和10万册古籍书。

值得一提的还有大华电影院。它的前身是"同乐园"戏院，建于1873年，光绪二年京剧名家杨月楼在此演出《取洛阳》，轰动一时。戏院几经火灾兵祸，1948年修复后改名为大华电影院。

上世纪80年代随着市中心东移，加上娱乐多样化，电影院风光不再。90年代中期，卡拉OK、KTV、电玩等新娱乐休闲方式涌现，严重冲击了电影市场，大华电影院亏损严重难以维持，于2008年关门停业。大华电影院关了，门口大华面馆的锅盖面生意却异常火爆。

一些上了年纪的老镇江人说，西津渡、大西路一带，是镇江的繁华商圈和风水宝地。

伯先公园，赛珍珠故居，清真寺，福音堂，大华电影院，宴春酒楼，九如素菜馆，第一百货，鼎大祥布店，享德利钟表店，谢馥春老店……套圈子，梨膏糖，西洋景，木偶戏，说书的，唱曲的，算命的，捏面塑的，浇糖人的，还有京江脐，京果粉，云片糕，蛤蟆酥，在这些浓缩的城市记忆里，有他们儿时的味道，难忘的童年。

当繁华褪去，那些老街巷、老字号、老味道都沉淀了下来，根植于古城的灵魂深处，成为文化和脉络，成为牵挂和情怀。

林开古驿，范桥流水，竹林听泉，北固晚钟，山绕瓮城，西津晓渡……隽永的古城，绽放着诗意的浪漫，狭长的古街，掩映着岁月的温柔。西津渡的碎片时光令人陶醉，一城山水半城诗的镇江，是您探寻世界不可错过的宝藏之地。

春风何止绿了江南岸？也醉了游子心。

喜欢一个地方，如同喜欢一个人，从来不需要什么海誓山盟。那是风雨无阻踽踽独行中的方寸不乱，那是细水长流平淡琐碎里的浮世清欢。

📅 | 2024年4月24日

电波里流淌的，
是我们的青春啊

我主持过《心跳1800》、《叶子歌台》等节目

4月23日，于镇江这座古老的江南小城而言，是一个极其特殊的日子。1949年4月23日，镇江迎来了解放，1984年4月23日，镇江广播电台诞生。

1984年广播电台成立的时候，地址就设在市区的观音桥巷，这在当时的镇江是一件非常大的事情，也是镇江广播电台发展史的第一阶段。用我的老台长孙悦萌的话说，就是"雄起阶段"。

那时的著名播音员有雨田、向阳、李丹等等，成为那个年代镇江听众心目中的白月光。向阳的本名叫邬建国，"镇江人民广播电台"的第一声呼号就是他播出的，后来成为镇江人民广播电台的台长，也是镇江广电的老局长，播音界的老前辈。

后来随着镇江广播事业逐渐发展壮大，有了电视台和广播电视报。1992年10月，广电大楼搬家到中山西路，这是镇江广播发展的第二阶段，成立了系列台，进入"专业阶段"。这一阶段是属于广播人的黄金岁月。我有幸参与其中，成为当地小有名气的节目主持人之一，见证了广播最辉煌的时代。

广播站时期的播音员：雨田、向阳、王福生、苗青

第三阶段就是现在的"融合阶段"，已经搬迁到长江路上的镇江文广集团，在新形势下不断创新发展，成为推动时代进步的力量。

我人生最绚烂的青春，是从进入广播电台开始的。上个世纪90年代初期，经济广播电台在全国多个城市横空出世，传统的广播节目迎来新的变革。

1992年12月25日，一个寻常的早晨，一条陌生的广播呼号，从中山西路的广电大楼发出，它打破了小城的宁静，唤醒了睡梦中的人们。从此，清新柔和的声音

孙永辉、郭莲华、孙悦萌、孙小梅、夏少俭

迎接1996年元旦，经济台的特殊庆典

飘进了千家万户：调频99.4兆赫，中波900千赫，镇江经济广播电台，镇江经济广播电台，现在开始广播……

那天，是镇江经济广播电台的试播。当我第一次从收音机里听到自己的声音时，激动的心情无法用言语描述。

在这之前，我和17名同事，经历了笔试、面试、普通话测试、即兴表演、现场发挥等一系列严格的筛选，过五关斩六将，在数千名竞争者中脱颖而出。紧接着，我们又经历了层层考核，集中培训，成为即将持证上岗的节目主持人。试播那几天的准备工作，大家忙得昏天黑地，太晚了就打地铺，直接睡在直播间的地板上。

镇江经济广播电台1993年1月1日正式播出。每天用中波和调频同时播出18小时30分钟的直播节目，以大板块、小栏目的形式，向镇江和临近地区广大听众传播新闻时讯、提供信息服务、文化娱乐、谈话类节目等。主持人话语亲切，娓娓道来，听众可以打热线电话参与其中……新颖互动、活泼多样的节目形式立刻圈粉无数。

刚刚组建的经济台只有26名员工，平均年龄只有26岁，为了把节目做好，每个人都倾注了自己的心血，短短半年时间，就创经济效益过百万大关，成为镇江广播界的传奇。

我在经济台工作了整整十年。我没有任何背景，我的家族里没有一个人是做传媒或者搞文艺的。现在想想，当年的我挺有勇气的。青春是用来做什么的？用来尝试和体验的，用来打拼和奋斗的。那时的人活得纯粹，因为热爱，可以为之付出一切。

从《难忘今宵》到《叶子歌台》，从《心跳1800》到《咖啡Music》，我还和少华搭档主持过《茶余饭后》和《星夜航班》，和欣明搭档主持过黄金假日。我的声线有点特别，加上用心和全情投入，节目很快火了。那时，几乎每天下了节目，都有粉丝等在广电大楼的门口，想看一眼"只闻其声不见其人的叶子长啥样"。

1995年的夏天，我骑自行车赶往直播现场的路上，被一辆外地牌照的拖挂车撞飞。这场车祸导致我盆骨骨折，身体多处擦伤，万幸没有毁容。住院期间，台领导几乎天天来探望我，同事们也轮流到医院照顾我。

更令我感动的是，那段日子我收到大量的听众来信和邮寄包裹，他们关心我的身体状况，鲜花和慰问品摆满了病房。本来需要卧床休息6个月的我，仅仅住院3个月，就回电台继续工作了。

同样也遭遇了车祸的武宁就没那么幸运了。武宁原来是高专的老师，不惑之年才来到经济台工作。他为人厚道，乐于助人，我许多节目片头的男声部分都是找他配的音。下了节目，他常常热心地帮其他同事做音频做广告。

武宁播音时鼻音有些重，加上平日里说话一口京腔，我们就给他取个绰号叫"武老宁儿"，特别是女生每次喊他的名字，有意把那个"宁儿"的音拖得长长的。"武老宁儿"是我们的老大哥，比我们大了十多岁，人又特别随和，爱说笑话，在台里的人缘出奇的好。

然而天有不测风云，一日晚饭后，他和夫人外出散步，遭遇飞来横祸，被车撞倒，从此再没醒来。

正值壮年的"武老宁儿"，就这样突然地离开了，令大家伤心难过了许久，成为经济台永远的痛。

我的第一任台长是思想前卫、敢于冒险、雄才大略的霸道总裁孙永辉，人称"拼命三郎"。他是经济台的灵魂人物，因为太能干了，职位不断升迁变换，后来索性下海做起了生意。数十年后，我从美国回故乡，再见辉台，当年英气逼人的脸上写满了沧桑。他说，下海后，才真正体会到人心难测，海水难量。

我的第二任台长是智勇双全、福气满满的袁剑峰。袁台是让经济台再创辉煌的台长，他擅长组织大活动，搞现场直播和连续报道，并频频获奖。那些年也是我主持人生涯的高光时刻，先后被评为江苏省优秀节目主持人和镇江市最受欢迎节目主持人。我去上海数年后，袁台先去了江苏有线镇江分公司，后调任无锡有线电视台当台长去了。

袁台在任时喜欢组织大家走出镇江，去看看外面的世界。我们去过三峡大坝，游览过九寨风光，还去探秘过庐山仙境。我相册里为数不多的有关电台岁月的痕迹，都是袁剑峰当台长那几年留下的。

我的第三任台长是才华横溢、温文尔雅的孙悦萌。萌萌台长不仅会舞文弄墨、还擅长拍照，他的书法更是笔走龙蛇、字如烟云。退休后，萌萌担任市摄影家协会主席。我是在萌萌当台长期间开溜的。后来台里有人怪罪萌萌，责问他为什么放叶子离开镇江？萌萌只淡淡回了一句：人往高处走。

萌萌是我的几个台长里唯一从一而终的台长，他80年代进入镇江广播系统工作后，就没离开过。今年，他把自己在电台30多年留存的50万字广播作品进行了整理，最终选出25万字汇编成册，《岁月留声·孙悦萌广播作品》作为特殊礼物，奉献给镇江人民广播电台开播40周年。

这里还要特别提一下当年文艺台的台长张波，集作家、导演、歌唱家等卓越才华于一身，是镇江广播电视台男神级别的存在。在那个没有被多元娱乐冲击的年代，他主持的广播节目《星期八十分》，是小城收听率最高的节目，没有之一。

张波台长

当年还在中学读书的我，就是听了张波的节目，迷上了广播的。

1993~2024，弹指之间，三十多年过去了。翻看有些泛黄的老照片，当年经济台的主持人仅剩下马苏、王莹、葛少华、严古舟、李良焉等为数不多的几个还在坚守岗位，做着播音主持相关的工作。

离开镇江去上海。左起：雨婷，马苏，薛维，叶子

　　小李群最早离开镇江去南京干电视了，李重华后来去做公司了，童舒调去北京做干部了，任建华做了老板，范梅源、蒋心敏、朱明、滕霏、濮雨婷、钱世彤、夏京宁去了广电其他部门，张雪峰调江苏有线，朱镇钢王浩然还在技术部，王永湘做行政管理，张康平、黄青石退休后含饴弄孙……

　　任晨曦和薛维先后去了加拿大，王国芳去了英国，我去了美国。

　　电波，带走的是我们的青春岁月，带不走的，是我们的真情和痴心。作为镇江广播电台曾经的一名节目主持人，我对经济台的感情非常特别。入职经济台的那十年，是我职业生涯中相对平稳和幸福的十年。虽然后来我因个人感情出了问题，决绝地离开小城去了上海，但是电波带给我的荣耀与梦想，那段值得喝彩的青春，那段温情隽永的记忆，早已融入我的骨血，好似一朵蓝莲花，永远绽放，永不凋零。

｜2024年6月8日

> # 逛吃逛吃一天，
> # 你会爱上川沙的

皇廷繁花

当我的发小在电话那头盛情相邀，喊我去苏州看樱花的时候，我正沉醉于上海川沙一片迷人的花海中……

距离浦东机场不远，有一家低调且奢华的酒店。

她不像和平饭店，占据外滩顶级商圈位置，成为魔都一路繁花的文化符号；她不似佘山深坑，打造独特的秘境酒店主题游乐园，吊足年轻人的胃口；她也非万豪、香格里拉、华尔道夫等奢华酒店那般，拥有恒久建筑、传

奇色彩或者深厚的文化底蕴；它
更不是网红酒店，一些上海本地
人甚至都没听说过它。

她就是坐落于川沙华夏东路
上，由华飞集团投资，在晚清民初
著名画家吴昌硕纪念馆原址上，
历时7年，花费20亿巨资，精雕
细琢扩建而成的皇廷花园酒店。

花园酒店的入口，是一座
天然的玉石九龙壁，它以徽州青
砖砌筑，壁上匾额题有"厚德载
物"四字，蛟龙腾跃于云海波光
之间，晶莹光洁，栩栩如生。这
样一座华美的屏障，挡住了外界
的喧嚣，避开了世间的纷扰。

亭台楼阁，水榭桥石，锦鲤
嬉戏，回廊蜿蜒，精美镂空的斗
拱窗花，古色古香的红木家具，以及遍布于酒店的古树名木，珍贵石雕……置身
于绿意葱茏的园林，人们仿佛走进了明清的江南，散发着古典韵味，充满了诗情
画意。

除了雕梁画栋，精美绝伦的建筑，惊艳到我的，还有这里种植的花花草草。
每一处不经意的小景，都能让你的内心产生一阵悸动。

暮冬过后的园林，气温一天天转暖。早春二月的腊梅绽放枝头，如同星星点
点的火焰，开得笃定又绚烂。还有热烈奔放的红山茶，在乍暖还寒时，释放着积
极向上的坚韧，不屈不挠的倔强。

占地百亩、花香鸟语、有着浓郁苏式园林风情，随着季节的转变，酒店呈现
出不同的色彩和情调。如果你恰好春天来沪，恰好入住皇廷花园酒店，恰好赶上
最美的樱花季，那么恭喜你有眼福了，发朋友圈用的九宫图，是绝对装不下樱花
之美的。

上海赏樱的地方有很多，比如顾村公园、上海植物园、辰山植物园、鲁迅公园、世纪公园等等，个人觉得，都不及来川沙这个小众的地方观赏樱花。正值盛放期的樱花，迎风绽开，满树烂漫，妖娆多姿，灿若云霞。

野生的樱花在数百万年前，诞生于喜马拉雅地区。距今2000多年的秦汉时期，樱花已经栽种于宫廷。唐朝初期，赏樱开始在民间流行。到了晚唐，樱花已经开遍了王公贵胄的私家庭院。

在中国诗歌史最辉煌的唐朝，凭一首《长恨歌》封神的白居易，尤爱樱花，写过很多关于樱花的诗，每一首都情意绵绵，动人心扉。

唐宪宗元和十年，43岁的白居易由于政敌构陷，被贬官到江州（今江西九江）做了司马，仕途遭遇挫折。正当沮丧之时，他看见山野中美丽的樱桃树后，欢欢喜喜地移栽到自己的院子里，并写诗《移山樱桃》：亦知官舍非吾宅，且劚山樱满院栽。上佐近来多五考，少应四度见花开。

白居易说，虽然这里不是我的宅院，但为了以后能常常看见樱花，就移植了一些，在九江住了五年了，看见樱花四度绽放的美景，也算欣慰啊。

樱花盛开，象征着春天和希望。樱花凋谢，标志着时间的流逝、生命的终结。

白居易晚年时居住在洛阳，身体抱恙，精神大不如前。一日兴起，写下了《樱桃花下有感而作》，其中有句"烂熳岂无意，为君占年华"，通过对樱桃花的描绘，表达了对美好光阴流逝的遗憾、对人生易老的感叹。

唐武宗会昌六年，75岁的白居易寿终正寝，病逝于洛阳。他生前栽种的樱花，却一年比一年开得繁茂绚烂。

人间最美四月天。清明前后，樱花进入盛花期。漫步园林，春风拂面，带着湿润的芳香，不期而遇，邂逅一场樱花雨，看落"樱"缤纷，本身就是一件浪漫的事儿。

樱花开落美人肩，纷纷扬扬，如雾如雪，如梦如幻，那可是连杏花春雨都望尘莫及的美啊！遗憾的是，樱花的花期很短，每朵花只有7天的寿命，一棵树也只有15天的花期。樱花的一生，边开花边凋落，如春光乍现，一晃而过。

如果你初夏来这里，错过了樱花，却依然可以感受绿柳成荫，繁花似锦的另一番景象：蓝色的绣球花，粉色的月见草，白色的鸢尾花，艳丽的三色堇，嫣红的杜鹃，大红的牡丹和月季，还有驱邪的金线蝴蝶花，黄色的花瓣像展翅的蝴蝶……各式各样的花卉粉墨登场，争奇斗艳。墙角边，还有一小朵一小朵的蓍草，白色、粉色、紫色，它们挤在一起，拥抱成团，活泼俏丽。

上海朋友听说我住在川沙，总会惊讶地说上一句："川沙啊，那么远！"是啊。在许多上海市民心目中，川沙是上海郊区的郊区，是一个遥远的地方。

然而就在魔都高楼耸立的钢筋水泥丛林里，隐匿着这样一处清幽雅致的苏式园林酒店，看莺飞草长，嗅花香芬芳，散步拍照休憩，喝茶品咖会友……它让人卸下心防，偷得浮生半日闲。

不宣传，不张扬，不炫耀，不逢迎，你来或者不来，她都在那里，像一朵静默无语的花，低调到尘埃里，却在你心里盛开着喜悦和满足。

这是魔都的静谧之地，这也是浦东川沙的世外桃源。

夕阳西下，当夜幕降临之后，星空湛蓝，灯光摇曳，晚风轻柔，幽魅醉人，又是另一番风情，仿佛瑶池仙境一般。

这次回国入住皇廷，帮我清洁客房的小崔每天笑盈盈地跟我说早安。闲聊中得知，小崔是上海媳妇，老家在安徽蚌埠，婆家是川沙本地人。小崔说，酒店员工的工资虽然不高，好在包吃包住，如果自己不乱花钱，每月能省下不少银子呢。

　　嫁到川沙20年，小崔已经融入本地生活。早年和公婆挤在川沙的老公房里，这些年和老公努力打拼，养大了孩子，攒下一笔钱，终于在川沙老街买下了属于自己的小房子。小崔一脸的满足地说："现在经济不好，工作难找，我们小老百姓要求不高，生活简单，衣食无忧就行了，呵呵"。

　　这些年飞来飞去，行走中美之间，出发或者归来，多次入住川沙，饱览四季繁花，感受古风古韵。

　　也许很多人来到大上海，是为了体验大都市的繁华热闹、时尚新潮，对于我这个曾在浦西打拼和生活过20年的新上海人而言，却意外地在远离闹市的浦东川沙，寻到一份难得的清净和心安。

　　平和，清幽，温情，唯美。

　　一眼惊艳，再看精彩，屡见屡爱，莫名欢喜。

川沙古镇

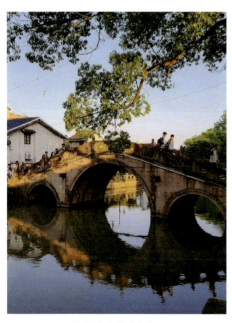

东城壕路的东门桥

　　在车水马龙、霓虹闪烁的大上海，寻觅一处避世清幽之地并非易事，川沙古镇绝对算得上一个。

　　川沙位于上海东面、长江入海口南面，是上海的门户之一。它拥有1300多年成陆史、近500年筑城史、200多年建县史、100多年革命史、60多年发展史。1993年之前，川沙镇还是川沙县。独特的地理位置和繁荣的商贸活动，使川沙逐渐发展成为一个繁华的城镇，曾是上海的第一强县。

　　我的上海朋友圈里有好几个川沙本地人，每次回上海，去浦东，必定要来川沙古镇吃吃老酒，会会老友。

川沙的建筑风格延续了清末至民国初年的样式，有小桥流水的江南味道，也有中西合璧的宅院腔调。

到川沙不来老街，等于没来。老街位于川沙老城厢的东部，由修旧如旧、历史风貌保存完好的南市街、中市街、北市街和西市街组成。

川沙老街上，始建于1958年的人民大会堂，还留存着那个特殊年代的口号，右边竖着三个石柱，代表川沙的"川"。墙面斑驳的国营工农饭店，也醒目地书写着当年的红色标语，让人思绪凝重，百味杂陈。

还有著名的川沙营造馆，讲述的是"一把泥刀走天下"的川沙营造业。川沙营造帮，通俗地讲就是建筑施工队，外滩万国建筑群里有许多大楼，都出自"浦东川沙帮"之手。1880年，杨斯盛创设的杨瑞泰营造厂，是上海建筑史上第一家由中国人开设的营造厂。

川沙也是沪剧发源地，"东乡调"的戏曲雏形就诞生在这里，清末形成上海滩簧小戏，后发展为小型舞台剧"申曲"，1941年上海成立沪剧社，申曲正式改称沪剧。2006年，沪剧被列入第一批国家级非物质文化遗产名录。

六月的黄昏有些慵懒，落日的余晖洒满古镇的每一个角落。

傍晚时分，安静了一下午的老街忽然喧闹起来，放学回家的孩子们叽叽喳喳地涌出校园，他们叫着、笑着、追逐打闹着，释放着童年的快乐和活力。

新川路上有距今190年历史的观澜小学，原为清道光十四年所建的观澜书院，1903年，著名教育家黄炎培将其改名为川沙小学堂，这也是黄炎培在川沙开办的第一所学校。

东河浜路上还有一所五三中学，1953年在黄炎培、胡厥文、黄炳权倡导和支持下，委托沈敬之先生创办。

名气更大的要属川沙中学，简称川中。1959年被确定为川沙县重点中学，2012年被评为上海市实验性示范性高中。以前我在上海做电视记者时，经常去川沙中学采访和拍摄人文经典、科技信息和体育课改方面的新闻。

历史上的川沙是一个因盐而兴、因商而聚、因纺而盛的工商名镇，是古代江南防倭的前哨。到了万历年间，日益富庶的川沙已经成为滨海重镇。

在川沙老街长大的符强大哥告诉我，他小时候就在观澜小学念书，虽然生活

稻香食品店紧挨着为抗倭英雄乔镗而建的牌楼

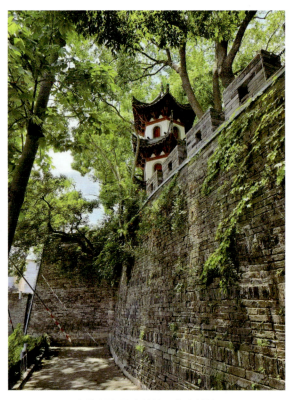

上海保存最完整的明代古城墙

清贫，却过得单纯快乐。那时候家里买米面粮油，都要凭票去老街的稻香食品店买。

稻香食品店位于中市街74号，是一座建于1956年的二层小楼，也是老街最热闹的地方，每每走到这里，川沙本地人都会忆起儿时的味道。

食品店旁边有个石牌楼，正面写着"彪炳千秋"，背面刻有"御倭功赐"。明嘉靖三十六年，乔镗率人筑修川沙城抵御倭寇侵犯，这个石牌楼是为纪念抗倭英雄乔镗而建，也是老街的标志性景点。

在川沙古城墙公园里，有上海保存最完整的明代古城墙，虽然不足百米，却经历过烽火和硝烟的洗礼，见证了川沙人民抵御倭寇的光辉历史。

古城墙的尽头，是创建于道光年间、被毁坏又重新修缮的宝塔型魁星阁。还有穿越时光的古炮台，默默诉说着当年川沙人民保家卫国的决心。

古城墙下的护城河，是明嘉靖三十六年乔镗带领乡亲们开挖的，长约2500米，宽36米，深5米，有4座吊桥，川流不息的护城河对抵御倭寇进犯起到重要作用，也是古镇一道美丽的风景线。

川沙至今完好地保留着明代建造的方形城池，是上海唯一一座四方城，被誉为浦东的历史文化之根。

漫步老街，逍遥安宁。与其他古镇不同，这里没有熙熙攘攘的人流，如果不是逢年过节，往来游客稀少，目光所及，绝大多数是本地居民。

老街上美味的小饭店很多，有本帮菜，有传统小吃，也有老字号的川沙特色饭庄。端午节临近，很多店铺在售卖粽子。一些阿姨爷叔正排队买刚刚包好的生粽子，拿回家煮。

川沙粽子传承的是老上海味道，用料多为糯米、猪肉、酱油等，入口松软甜糯、香气浓烈，有鲜肉、板栗、香菇、蛋黄、鸭肉、米仁、豆沙等品种。

信步而行，逛到南市街路口，老远闻见一股芝麻独有的焦香味，一家叫"老毛烧饼"的铺子，勾起我肚子里的馋虫。

正在烤炉里贴壁烘烤的烧饼有梅菜、葱油、牛肉等馅心。微信扫码3元，我买了一个最传统的白糖烧饼，外酥里脆，甜而不腻，唇齿留香，真好吃啊。

一边吃，一边跟做烧饼的夫妇聊天，他们是来自浙江的沪漂一族，已经在川沙生活多年。大叔说，上海哪哪都贵，但是川沙物价还行，生活压力比市区小。特别是川沙当地人，厚道，淳朴，善良，容易打交道，在这里生活，幸福指数比别处高。

除了饭店和小吃摊，川沙古镇的沿街商铺更是鳞次栉比、琳琅满目：字画店、钟表店、瓷器店、针灸店、旧书店、毛衣编织店、红木家具店……展示着浓郁的文化气质和烟火气息。看似不起眼的

川沙人喜欢吃咸蛋黄肉粽

青鹊书店

内史第

"青鹊书店"，竟然是当年中共设立在川沙的地下交通站。

走到一家古玩店门口，我停下了脚步。见我看着门上挂的大大小小的的毛主席像章发呆，店老板出来打招呼："侬有兴趣伐，买一只回去，老便宜额"。

我告诉店老板，我家老房子里有这些，小时候还在胸前戴过呢。老板马上来了兴致，问我家里那个年代的东西多不多，毛选啊、语录书啊、像章啊、邮票啊、他这里都可以回收的，价钱好谈。

作为中国历史文化名镇，川沙古镇拥有83幢历史建筑和15处文化保护单位。虽然一直保持低调，却从未被外界小觑。教育家黄炎培直言道："浦东的文化在川沙，而川沙的文化在内史第"。

位于新川路218号的内史第是黄炎培故居，这座建于1859年的江南官宦宅邸，外观古朴，白墙灰瓦，没有分毫奢靡，内庭书卷气满满，却无半点铺张。内史第旧称沈家大院，为沈树镛祖上所建，黄炎培就是在这里出生长大的，他的奶奶是沈树镛的妹妹。

黄炎培21岁中秀才，23岁考入上海南洋公学。他和堂兄黄洪培在家中开办了浦东第一所女子学校"开群女学"。1945年，黄炎培等人在重庆发起成立民主建国会。新中国成立后，73岁高龄的黄炎培担任中央人民政府政务院副总理兼轻工业部部长。

内史第孕育了对中国历史有着深远影响的人物：国家名誉主席宋庆龄先生就出生于此，宋庆龄、宋美龄、宋子文姐弟的童年时光也是在这里度过的。宋庆龄在内史第生活了11年，养成了勤劳俭朴、助人为乐的好品德。

黄炎培、张闻天、沈树镛都在川沙居住过。幼年的胡适也曾和母亲在内史第借住过一年时间。著名音乐家黄自、民主战士黄竞武、会计学家黄祖方、水利专家黄万里等黄氏子弟均诞生于此。因为留下太多的名人足迹，内史第也被称为"江南第一名宅"。

低调而美丽的川沙古镇，孕育了务实上进、坚韧不拔的川沙人。

我想起建文兄，川沙人，浦东自立彩印厂的当家人。当年父亲突发脑溢血送到上海瑞金医院抢救，命悬一线，医院给家属发了病危通知书。我急得抓狂，到处打电话求药。正在深圳出差的建文一边安慰我，一边帮我紧急联系了外地药厂，托关系买到了当时上海医院奇缺的人血白蛋白，在那个热得发疯的夏天，另一个川沙朋友新亚冒着40度的高温把药送到了医院。

父亲得救了！急用的药、高超的医术、强烈的求生欲、家人和朋友的爱，让父亲闯过了鬼门关。当父亲从ICU转到普通病房那一刻，所有的感激之言都显得太苍白，我的热泪顺着脸颊一直流到内心深处，川沙人，是父亲的救命恩人啊！

建文兄为人低调，朴实无华，是个有爱心的企业家。他的工厂是福利企业，招募了近百名残疾员工。数十年来，建文一直默默做慈善，为安徽、四川、江西等地的贫困社区捐款捐物。在口罩三年的特殊时期，他尽自己所能，自掏腰包，为社区、为病人家庭送药送菜，帮助了许多人。

我想起我的老台长张德明，川沙人，刚正不阿，睿智豁达，勇于创新。从复旦大学到教育电视台再到电大开大远程教育集团，老台长坚守"为了一切学习者，一

和老台长老同事相聚上海

切为了学习者"的初心，砥砺前行，追求卓越，敢争一流，把电视台和开放大学的事业做得风生水起。

更加难能可贵的是，老台长退休后发挥余热，做公益课堂，在国学教育领域探索耕耘，传播经典，弘扬优秀传统文化，不辱使命，不负年华。

岁月悠悠，弹指之间，头发花白的老台长已是古稀之年，我也辞职赴美逾十载春秋。每年回国探亲与老台长和同事们的短暂相聚，总把我带回到那些在上海滩打拼的美好而难忘的时光里。

天色已晚。从川沙古镇乘车回上海市区的路上，远远瞥见鼎鼎大名的鹤鸣楼。鹤鸣楼很像武汉的黄鹤楼，总面积4200平方米，高54米，是川沙境内最大的单体仿古建筑。琉璃盖顶、玉石平台、飞檐流丹，气势非凡。

可惜没时间去逛了，还是留点念想吧，下次再来。

川沙好似缩小版的姑苏城，美丽温婉，底蕴深厚，有动人故事，有家国情怀，让我们感受到历史名人和传奇工匠们留下来的文化魅力。

古镇地方不大，距离迪士尼乐园不远，商业气息也不浓，好吃的小饭店又多，景点集中且门票全免，地铁2号线可以直达川沙站，骑共享单车8分钟，步行的话20几分钟就能抵达川沙老街，真的很适合一日游。

十里洋场的大上海，高楼林立，人声鼎沸，快节奏高压力的工作和生活有时令人喘不过气来。如果想暂时逃离大都市的喧嚣，不妨来小众的川沙古镇，穿越一下旧时光，安抚一下疲惫的灵魂，体验一下天马行空的自由和松懈。

逛吃逛吃一天，你会爱上川沙的。

2024年7月13日

江南的梅雨季

去南京那几日，恰逢江南的梅雨季。

天气异常闷热，薄如蝉翼的真丝裙穿上也不管用，湿哒哒地粘在身体上，汗水从皮肤里一丝丝溢出，很快潮湿了一片。

江南的梅雨季，也称黄梅雨季，是江南地区特有的气候现象。通常自6月中旬开始，到7月上旬结束，几乎跨越了芒种、夏至和小暑三个节气，梅雨期长约20至30天，雨量在200至400毫米之间。

我与阳光约了在建邺区一家雅致的咖啡馆里见面。他没打伞，用纤长的手指轻轻撸了一下湿漉漉的头发说："就喜欢南京这种雨蒙蒙的天，街道静谧，整座城市显得很有诗意。"

我和阳光是多年笔友，他喜欢我行走中美天马行空的流水账日记，我欣赏他的特立独行勇于担当的人格魅力。

在纽约时，我常常阅读他发表在"阳光城市论坛"上的文章，了解江苏经济文化的风情变幻。这是阳光多年前创办的一个富有南京本土特色的公众号，发现城市价值，为读者提供精准全面的楼市、商业、教育等方面的资讯与解析。

近年来，随着社交媒体、短视频、数字平台的崛起，新媒体行业迎来前所未有的发展机遇。擅长写作、舞文弄墨的阳光抓住这一风口，深耕细作，开拓创新，与其他行业跨界合作，开创了属于自己的财富新纪元。

不惑之年的阳光，正值一个男人最好的年华。人如其名，明媚又敞亮，沉稳而帅气，哪怕在南京湿漉漉的天气里，也能感受到他从内而外散发出来的充满魅惑的中年气质。

"你知道你长得像谁吗？"我打趣地说："最近在看热播剧《玫瑰的故事》，你长得太像玫瑰的初恋庄国栋啦！"阳光笑了，他说已经有好几个朋友调侃他长得像玫瑰的初恋："可是，我的性格和经历与庄国栋完全不同哦。"

人生如戏，却不是戏。这个世界没有随随便便的成功，阳光之前也经历过风雨，走过一段漫长而艰辛的路。

那天下午，随便看了一下阳光居住的小区，繁花绿植令人赏心悦目，东南亚风情的中庭设计渲染出浓郁的休闲宜居氛围，低密度的景观阔宅笼罩在烟雨蒙蒙中，宛若仙境一般。

公元212年，东吴孙权定都"建业"，建邺地名由此而来。作为南京河西新城的主体，建邺区东依外秦淮河，西临长江，南到秦淮新河，北至汉中门大街，面积81.75平方公里，总人口约60万人。区域内有被誉为"金陵四十八景"之首的莫愁湖，有中国"三大名锦"之一的民族工艺瑰宝"中华云锦"，有南京奥林匹克体育中心、江苏大剧院、绿博园、侵华日军南京大屠杀遇难同胞纪念馆等历史文化资源。

街道整洁，建筑新潮，细雨如梦如幻，落地无声。潮湿闷热的风里，夹带着

栀子花的芬芳。雨雾中的楼宇自带朦胧的光晕，为这座城市增添了一丝神秘的美感。

不远处，是南京眼步行桥。作为长江上首座观光步行桥，南京眼步行桥是长江夹江水道上一座连接江心洲与河西的桥梁，北起江心洲青奥森林公园、南至南京国际青年文化中心，总长827.5米，因其独特造型而闻名中外。站在这片烟雨江南的独特风景里，我惊讶于河西的典雅和美丽。

产能过剩，过度内卷，与去年相比，今年的经济更加疲软。谈起现状，阳光的眼里闪过一丝忧郁。公司的运营从之前的奔跑，到后来的慢走，到如今的躺平，收入打了折扣。预期不好，投资者更加谨慎，企业面临诸多挑战。不过，阳光的心态很好。他说自己有较强的抗压能力，困难是暂时的，对于未来，要保持乐观。

生于斯长于斯，金陵古城的厚重历史和文化底蕴，孕育了踏实憨厚、荣辱不惊、勇于进取的"蓝鲸人"。

"比起那些关门倒闭的，我们还活着，活着就有希望"。开车送我回酒店的路上，阳光淡定的语气中透着自信。

那天晚上，南京老朋友大山请我去新街口德基广场吃饭。

出了地铁，走进德基广场，我被眼前熙熙攘攘的人流吓了一跳。这里是南京最豪最贵的商场，奢侈品销量在全国排名第二。

比奢侈品更出名的，是德基的几个超豪华洗手间。据说装修费分别花了500万（米开朗琪罗意式艺术风，德基广场2期8楼）；800万（森系花园风，德基广场1期6楼）；1200万（蓝调奢华宫殿风，德基广场1期2楼）；2000万（赛博朋克夜店风，德基广场1期3楼）；还有新中式禅意风（德基广场1期4楼）和眩晕风（德基广场1期5楼）。建成之后，这些洗手间迅速成为网红打卡地。

经济不好，对德基的影响似乎不大，商场里的人潮涌动。除了奢侈品商店顾客稀少，其他卖服装的、卖生活用品的、卖食品的店铺人气都很旺。客流量最大的要属网红饭店，需要排队等叫号。

德基不愧是德基！在这个下着大雨的闷热夏夜，南京老百姓该买买，该吃吃，欲望不减，消费热烈。

我和大山认识30年了。他曾是镇江预备役部队的政委，后来转业去了南京省级机关工作。

大山有个优秀的女儿，南大毕业后先工作了两年，后来考取了上海的公务员，举家搬去上海，在浦东贷款买了新房。大山夫妇退休后的生活，就是帮忙带外孙，来来回回，奔波在沪宁线上。

大山去上海从不坐高铁。他说高铁带东西不方便，下了高铁还要换乘地铁，不如开车，说走就走。为此他把家里那辆开了多年的桑塔纳抵给4S店，买了一辆奥迪。

大山的太太抱怨女儿跑到上海那么远，相互照应起来不方便。见多识广的大山却非常支持女儿去外面的世界闯一闯。

大山的口头禅是：树挪死，人挪活。

那晚和大山聊起经年往事，喝了一点小酒，晕乎乎地钻进地铁车厢后才想起，竟然忘了去体验一把德基的豪厕。

离开南京那天刚好是周末，接到艾瑞克的电话。他刚从上海回到南京，说什么也要和我见一面，他急急地说："反正有车，我送你回镇江好了，一脚油门的事儿，你在哪儿？"

艾瑞克是我20年前在上海认识的朋友，那时他就职于一家公关公司。每次他们公司举办年会，都是学生模样的艾瑞克负责接待媒体。相熟之后，有一次艾瑞克腼腆地对我说："姐，你们做记者的人脉广，有合适的女生介绍一个给我哈，单着呢。"

后来我还真给他介绍过两个女孩，我觉得各方面条件和他挺般配的，结果都不了了之。再后来，我出国了，距离上海越来越远，慢慢淡出了之前工作圈交往的人群，与艾瑞克也失去了联系。

前年回国，在上海的思南路上与艾瑞克不期而遇。当我们擦肩而过时，艾瑞克脱口喊出我的名字。看着眼前手提公文包的男子，我感觉非常眼熟，一时却怎么也想不起来他是谁。

艾瑞克的外貌变化有点大，他不仅留了长发，还蓄起了小胡子，穿衣风格也很西化。

我们加了微信，艾瑞克告诉我，他已经结婚了，太太是南京人，刚刚给他生了一个宝贝女儿。从公关公司职员到地产公司顾问再到金融公司高管，这十多年，艾瑞克魔幻的成长经历令我惊讶和赞叹。

安家南京，艾瑞克却坚持在上海工作。他说，沪宁两地奔波，这点辛苦不算什么，毕竟上海的年薪是南京的两倍多，挣足了女儿的奶粉钱，还想给女儿更好的未来。

开着和阳光同款的新能源汽车，艾瑞克骄傲地说，现在国产电动汽车做得是真好，外观大气，价格不贵。以前每月要花3000多元油钱，现在只需300多元电钱。

除了新能源汽车，这次回国，我发现很多东西都比之前更实惠了。特别是在电商平台购物，不仅便宜，售后服务也好。我曾经秒杀1元钱买一桶5斤的洗衣液，5元钱买两只大个儿甜瓜，花费200元，就能买到一件双面刺绣的国风马甲。这一年，国内变化挺大。特别是人们的心态，似乎更加佛系。

我在蒙蒙细雨中回到镇江。连续几天高温，又接连下了几天暴雨。

今年的梅雨季结束得比往年早。出梅之后，江南地区告别了阴雨绵绵的天气，进入烈日炎炎的酷暑。

小区里的天然荷花塘，六月初就开满了一池粉红。但不知什么原因，今年的荷花稀稀拉拉的，没有去年密集，也没有去年艳丽。

这些年，镇江的经济增长乏力，成为苏南板块的最后一片洼地，GDP在整个江苏尴尬垫底。但是当地的房价和物价却低得令人感动，老百姓的生活知足常乐。

年轻时去深圳发展的著名歌手苏苏回来了，当红时跳槽去湖北台做节目主持的杨帆回来了，大学毕业留沪工作的老同学简妮回来了，在无锡打拼半生的大美女泰梅回来了，苏州工作的发小君君表示明年退休也要回镇江……

大家都说镇江是个好地方，生活成本低，美丽、休闲且宜居，太适合养老啦！

是啊，如果工作到退休，存款有个100万，其他苏南城市不敢说，但是在镇江，绝对能生活得比较体面：80万在市中心买个两房，再花10万元买辆代步车，银行卡里还可以存个10万元零花钱。

怀揣两千元退休金的邻居跟我闲聊："家里还有一套老房子用于出租，一个月800块贴补家用。我们都是买菜回家自己烧，不能经常下馆子，那个肯定吃不消。退休了不得事做，每天遛遛狗，掼掼蛋，打打小麻将，还是蛮开心的。"

　　闺蜜聚会，相视一笑。这么多年过去，接受了青丝变白，接受了困惑不安，接受了遗憾失望，接受了世事无常……被时光打磨过的女人们，不再青春，却很清醒：努力把自己变得更好，享受奋斗的过程，至于结局怎样，已经不重要。

　　过去的无力改变，未来也无法预测。生命如此短暂，没有标准答案。世界如此不完美，我们又何必要求自己的人生十全十美呢。

　　不妨活得放松一些吧！去江南吹吹夏日的晚风，听一听雨滴敲打蒲叶的沙沙声；去见见故友，喝一壶陈年的老酒；走一走青石板铺就的小巷，去偶遇一个撑着油纸伞的姑娘……

　　生命的际遇就如同江南的梅雨季，有惊喜也有遗憾。既然无法抗拒，不如顺

其自然。不苛责自己，不强求别人，不谈亏欠，也不负遇见。

　　如此，甚好。

后记

　　整理完这两年的文稿，交给编辑时，才发现这本散文集的书名还没想好。

　　赴美这些年，我一直在写散文，内容都是游走世界，特别是游走于中美之间的随笔。与早年赴美打拼的华人不同，在纽约郊区那间小小的、却足以为我遮风挡雨的小屋里，三餐四季，朝阳暮雪，我过着闲云野鹤般的平静日子，不再为五斗米奔波焦虑，更无需为揣测复杂多变的人心而黯然神伤。

　　记者出身的我，擅长与人交往。闲暇之余，我去社区图书馆上ESL课，与不同族裔的人打交道，认识了许多新面孔；去健身房游泳，结识来自天南地北的新朋友；去后院养花种菜，体验当农妇的辛劳和快乐；学习做各种花式面包和蛋糕，与周边邻居分享美食……我用了许多年时间，渐渐适应了美国"好山好水好寂寞"的生活。

　　写字，是属于个人的自斟自饮和自娱自乐。我写中文故事，也写英文随笔，发表在美国当地的报纸上。口罩三年，干脆开设了一个纯文学公众号"大苹果花园"，记录了发生在美国民间的真实感人故事。我把自己体验世界、感悟生活的心情，与熟悉或陌生的读者交流。我喜欢这样的状态，在那些缓慢流淌的空气中，贪婪地呼吸着文字带来的爱与忧伤。

生命，或许丰盈多彩，或许寡淡无趣，记录本身就是情绪的宣泄。我喜欢在午后打开电脑，轻轻敲击键盘，发出暗哑却有力度的声响。透过落地大玻璃窗，瞥一眼小小的后院，从青绿到金黄再到银白，四季幻化的色彩，还有时不时闯入的松鼠、野兔、火鸡、野鹿甚至狐狸，让日子变得灵动起来，充满了自然野趣。阳光温柔地洒进房间，有时下着雨，抑或飘着雪，坐在长长的书桌前，看书，听歌，写字，喝咖啡，那是我一天之中最安宁美妙的时光：灵魂愉悦，无拘无束，笔下的人和事变得丝滑流畅，生动细腻起来。

这是赴美之后的第三本散文集，延续了《时差减小，这一刻很温暖》和《此心安处是吾乡》的纪实风格，所写皆为真人真事，照片都是现场拍摄。全书分为"繁花似锦~节日的祝福"、"惊艳旅程~温暖的时空"、"天堂地狱~真实的美国"、"烟雨微茫~故土的情思"四个篇章，一共50篇随笔，35万字，记录了美国华人华侨的生活情感故事。

这里要特别鸣谢上海浦东自立彩印厂有限公司董事长陈建文先生，上海天亿投资集团董事长俞熔先生。感恩上海三联书店、阳光城市论坛、金山杂志社等单位的鼎力支持。感谢我的老台长张德明先生于百忙之中为我的书作序，谢谢王川老师的悉心指导以及所有陪伴我一路走来的海内外读者和亲朋好友们。

今年世界读书日，我以一名华侨的身份，应邀参加了在镇江举办的"与故乡的距离"读书分享会，讲述了自己从江南小城的节目主持人到魔都上海的电视台记者、再到美国自由撰稿人的打拼经历，以及跌宕起伏、漂洋过海的情感故事。说到远离故土那些艰难窘迫的日子，说到家乡父老的不离不弃，我声音哽咽、红了眼圈。

上海和纽约这两座城市，是我离开镇江之后，工作、学习和生活的地方。镇江到上海的距离，是一个半小时的高铁，上海到纽约的距离，直飞的话十五个小时。距离滋生了乡愁，而乡愁又凝结成思念。

故乡永远是我心中的牵挂，那里有我的根，有我生长的土壤，有我温暖的记忆。

人生海海，余生漫漫。女为悦己者容，字为知音者书。哪怕只有一个读者喜欢，我也会坚持写下去。

那天，帮我排版的赵蕾老师发微信问我，书名想好了吗？我不假思索地回复：与故乡的距离。

其实在每一个游子的心中，与故乡的距离，不仅仅是一张小小的机票，不仅仅是静夜里两行悄然滑落的泪滴，更是零零碎碎、千丝万缕、难以割舍的情感联结。

浮生若梦，每一个远离故土的人，都经历过寂寞感伤。乡愁写满纸上，眼里却无沧桑。能够治愈我们的，唯有内心的释怀。怀揣梦想，保持热爱，足以抵挡这世间的万般风雪。

如果记忆有重叠，似水沉香，我希望自己出走半生，归来依然是江南夏日里那朵温婉痴情的荷，摇曳在风中，绚烂于心上。

欢迎关注公众号"大苹果花园"给作者留言，谢谢您的支持和鼓励！

图书在版编目（CIP）数据

与故乡的距离 / 华晔著． —上海：上海三联书店，2024.9.
--ISBN 978-7-5426-8642-8

Ⅰ.Ⅰ267.1

中国国家版本馆CIP数据核字第20240DP819号

与故乡的距离

著　　者 / 华　晔

责任编辑 / 殷亚平

装帧设计 / 赵　蕾　徐　徐

监　　制 / 姚　军

责任校对 / 王凌霄

出版发行 / 上海三联书店

　　　　　　（200041）中国上海市静安区威海路755号30楼

邮　　箱 / sdxsanlian@sina.com

联系电话 / 编辑部：021-22895517

　　　　　　发行部：021-22895559

印　　刷 / 上海雅昌艺术印刷有限公司

版　　次 / 2024年9月第1版

印　　次 / 2024年9月第1次印刷

开　　本 / 710mm×1000mm　1/16

字　　数 / 330 千字

印　　张 / 23

书　　号 / ISBN 978-7-5426-8642-8 / Ⅰ·1903

定　　价 / 98.00元

敬启读者，如发现本书有印装质量问题，请与印刷厂联系021-68798999